後來時間都與你有關

A Matter of Love

張皓宸

台灣版序——見字如面

這本書說來與台灣有諸多緣分，第一個故事是在台北旅行時，在一家酒店邊吃下午茶邊起筆的，為這本書拍攝的音樂微電影也是與台灣的主創團隊合作，以及在台北街頭取景。就連那幾張宣傳照，也拍攝於台北一家掛滿老式鐘錶的牛肉麵店裡。

時常想，時間到底是什麼東西。是我們觀念意義上的線性規律，還是突破次元的定義。這跟人生意義一樣，參不透摸不著。唯獨只覺得時間之於我們每個人，都有巨大力量。能把我們當初執迷的東西變得不再重要，能幫我們篩選人際關係，能把我們嚮往的人留在最後，也把我們的至親送離身邊。在對時間的體悟下，寫下了這九個故事。主題不一。沒有刻意篩選，只是想到了人物、情節，或是某個畫面，就這麼任性地架構出來了。有人說像紙上電影，我更認為，是不同人在時間下的命運。我們都好渺小啊，面對命運其實束手無策，但走到最後，也便成了偉大。

畢竟我們都在這綿長的愛裡熾熱過，活過，也失去過。

這本書剛出版時，我在想，後來時間與「你」有關，那個「你」究竟是誰。帶著這個問題走遍了四十多個城市，見了數十萬讀者，直到今日，她漂洋過海有幸與你相見。那個你，就更確切了。

是彼此興趣相投，會在書堆裡一眼看上，捧回家，翻閱至此的惺惺相惜。

祝安好，見字如面。

Contents

前言

時間的跨度不過是一次遇見和告別，短的是三兩行情詩，長的是用一生陪伴。而我往時間裡看一眼，只能看見你，當我看你一眼，便看見整片後來時間。

這本書從秋天起筆，初夏結束，是我出版過的書裡，字數最多的一本。寫作過程中我幾乎掏空了所有的情緒與感受。文字本是一場夢境，帶人窺探相同情感的另一個世界，在這完全虛構的九個故事裡，如果有幸某段情感讓你感同身受，讓我們隔空擊個掌，或許這就是靈魂的相遇。

人這一生只有九百個月，也就是一張30×30的表格。要如何定義這本書，它或許像是用文字搭載的影像世界，不敢大言不慚地在我這個年紀討論人生，只能用不成熟的感受，去尋找時間給我們的答案。

這些故事，或許像一個沙漏，提醒你要珍惜身邊的人，像一架時間機器，讓你重視每一次選擇，像一雙粗糙而寬厚的手，輕撫你不敢再去愛的心，抑或是一張紅牌，一盞紅燈，告訴你那些執迷不悟的事是時候放手了。

有些故事多看幾遍，慢點讀它，或許會有不同的感受，希望這本書能在你的周圍，占據你記憶裡一小塊空位。

願那個在乎你的人，會讓你住進他的日常，保護你的天真，給你傷害他的權力。他知道你一個人不行，或許過去沒來得及參與，但未來裡一定會有你。他不是為了你而來到這個世界，但會因為你，覺得不虛此行。

這個人，可以是你情感世界的任何對象，也可以是你自己。

後來時間都與你有關，還好是你，成為我的喜歡。

05:30 ______ AM

01

DAYDREAMING
&CONFESSION

白日夢告白書

很多事情，差一點就可以，
海灘差一點才能遇見海浪，計程車差一點就能等到乘客，
情歌歌詞差一點就能被有心人聽懂，想要愛的時候，差一點才真被愛上，
但那一點，往往要付出很多代價。

001-

當初跟××先生在一起的時候，欣賞他的主動與忠誠、藏不住的孩子氣與天真、元氣滿滿，但沒想過他有一個隱藏技能是說情話。

事情是這樣的：因為近兩個月開重點會議，作息稍微亂了點，體重不爭氣地穩重了點，於是臉和肚子上的肉齊頭並進，每次想問題想躁鬱了，我就會玩自己肚子。××先生在旁邊看老港片，E罩杯大胸妹從泳池裡出水，此時他回頭看我一眼，然後繼續看他的電影，表情略微絕望。

我不爽地問：「幹嘛，有比較有傷害嗎？」

他淡淡地回：「挺好的，別的男人喜歡上面那一圈，我比較喜歡下面這一圈。」

雖然聽著有點恥辱，但也被甜到了。從此說服自己，多長一圈肉，他就多喜歡我一寸。

哦，忘了說，為什麼叫他××先生，因為不想給他太多存在感，名字就懶得取了。

002-

其實嚴格來說，我不是一個合格的CEO。

只是碰巧做了喜歡的事，公司又有一百多號人等著餵飽，必然每天妝容精緻、走路生風告訴他們老娘倒不了，必然在見風投基金的時候於一堆數字之間的變量啊邏輯中找到底氣，必然要在「你怎麼平衡職業與家庭」這種愚蠢問題前強忍怒氣，開玩笑說買個秤。

外界有很多定義女強人的詞：強勢、控制欲、壓迫感。曾經有一段時間，我的臉上像長了個句號，同事碰到我話題就收尾了。我聽不到批評，看著一張張病態的笑臉和漂亮的成績單，滿腦子都是自己很優秀的泡沫，一度以為久了我會慢慢變成自己想嫁的那種人，直到遇見了××先生。

儘管他也同樣優秀，但我一直很怕××先生被人說是小白臉，吃軟飯。

有一次××先生跟朋友聊起投資餐廳的事，剛好我聽見說是差點錢，請不到法國的廚師，我提出贊助，但他立刻就拒絕了。睡前，我刻意轉了條雞湯到朋友圈，大意是說，活著，就不要在乎別人的看法。

我趴在床上，××先生上來拍了拍我的屁股，撒嬌道：「這年頭，『財』貌雙全的女人不好找了。」

我特別想踹他，轉過身就不自覺埋到他懷裡了。

他抱著我說：「投資也講究緣分的，『差一點』就是老天爺告訴你這不是你的。沒關係啦，喜歡你是我這輩子做過最穩賺不賠的投資了。」

他總有特別的辦法讓我開心。

女強人在愛情面前不過也是女人，也要囿於晝夜、廚房與愛，可能外人不理解，其實女人最強大的一面，叫作溫柔。

003-

我們剛談戀愛那會兒，我爸是第一個知道的。我家的「催婚」人員配置一直反套路，我爸熱中於給我找對象，反而我媽總以一個大學教授的身分叮囑我，寧缺毋濫，要往高處看，天上才有寶貝。

帶××先生去見我爸的路上，他盯著我看，末了丟下一結論：「你爸的臉肯定很方，不然你怎麼長得這麼正。」

我猛地一轉方向盤：「你緊張就說緊張，別拿我尋開心！」

因為我爸的臉型非常鵝蛋。

他見到我爸第一句話說：「叔叔好帥啊，這臉型跟打了瘦臉針一樣。」

後來我們決定結婚那天，我爸喝到斷了片，趴在我耳邊說：「我第一眼見××的時候，就特別喜歡這個孩子，誠實。」

誠實？老爸你這些年瞞著我做了什麼？

004-

說真的，我有時也挺受不了自己的。

最近看了某青春文學女王的書，我跟××先生吐槽那些只能感動小學生的非主流橋段：「完了，我覺得這種少女文全都打動不了我，我心裡應該住著個男人。」

××先生說：「對啊，我住在裡面，誰敢打一打動一動試試？」

看完電影《我的少女時代》，又找回久違的少女心。××先生穿著一件連帽T恤，我怎麼看怎麼順眼，於是在大馬路上犯花癡，不自覺想到一個找死的問題。

我問他：「你以前比較喜歡我，還是現在比較喜歡我啊？」

他咬著冰棒，含混地說：「我未來比較喜歡你。」

好啦！就讓你當一晚的徐太宇。

005-

我有一個明星朋友Q，你們不用猜名字了，只是我剛好看到手邊有張撲克牌，黑桃Q。Q是典型的熱心腸，很好奇她紅成這樣平日是怎麼對我們這些平民的煩惱瞭若指掌的。那段時間是我入行以來最忙最焦躁的時期，壓力大到一度有過好幾次解甲歸田的念頭。她沒問我，直接給我訂了飛夏威夷的機票，於是我拋棄××先生，她甩掉經紀人，兩個傻女去島上玩。誰知道××先生竟然不回我訊息，我就隔著大洋跟他吵了一架，直接微信拉黑，電話拒接。後來我才知道其實××先生在創作期，扛的壓力比我還大。

回來擁抱他的時候，才看清他腦袋上白頭髮都竄出來好多根。

晚上我們在超市買了兩瓶染髮劑，神經兮兮地回家自己染頭髮。

他好認真地幫我套上塑膠膜，仔細研究一番後，煞有介事地說：「別把衣服弄髒了，乾脆裸體吧。」

「哦。」我還真脫了。

然而那晚我們並沒有染成頭髮。

要說××先生給我的全部感受，用電影《Her》裡的台詞可以概括：風雨裡像個大人，陽光下像個孩子。

好男人會讓女人一直做個沒心沒肺的good girl，一個好女人會想讓男人努力be a better man。

-006-

我們曖昧的最後一天，是2．14「屠狗節」，我倆的微信對話是這樣的。

××先生：「情人節快樂，祝你早日脫單。」

我回：「也祝你早日脫單。」
「那我們為什麼不在一起啊？」
「是啊，確實沒做好人才配置。」

我們熱戀的時候，他會半路「劫持」外賣小哥，把我點的外賣裡三層外三層套上盒子。
我打開第一層，上面貼著便條紙，問：「你想我嗎？」
想立刻下去跟他吃飯，不想繼續打開。
第二層：「再給你個機會，好好想想。」
想立刻下去跟他吃飯，不想繼續打開。
第三層：「好，你贏了，我上來陪你吃。」

我們決定結婚，要感謝那頓雜誌推薦的日本料理。去之前我成竹在胸地跟××先生打賭，好吃，他埋單；難吃，我埋單。
結果那頓日本料理難吃到我如果睜眼說瞎話都會遭天譴的地步。
我吃了一肚子氣，掏出信用卡：「我埋單吧。」
「那結婚證，我埋單吧。」他說。

我想過我人生的結局。

我也想過那些「身為一個女強人的體驗」裡的標準答案。

哪怕相親過程中，男方中途「尿遁」，我也會歲月靜好地埋單之後獨自回家。哪怕揭開時間的骰盅是清一色的孤獨，我也無話可說。因為我相信幸福和衰就像是動能和勢能，在一定條件下相互轉化，但最後兩者都是守恆的。如果這一秒衰到極點，那下一秒一定會觸底反彈。

直到遇見××先生，我知道我的明天開始變得不一樣了。

單單把新寫的文發布到微博，瞬間成百上千的評論湧進來：「狗糧來了」「100000點暴擊」「一日一屠」。她滿足地合上電腦，今夜又是一場好眠。

每天早晨8：45，單單都會準時出現在公司對面的街口。8：50，鹿游原會穿著襯衫，端著一杯熱咖啡從旁邊走過來，單單剛好假裝偶遇跟他打招呼。

完美的一天要從這樣完美的偶遇開始。

公司裡有人討論昨天白芷的更新。她跟××先生的小日常羨煞旁人，吸引了大票粉絲，通殺各個年齡層。

單單輕輕坐到位子上，側頭看了眼鹿游原，打開文章開始校對。

這是一家小而精的圖書公司，專攻年輕市場，主推穿越雞湯小暖文，偶爾來點文藝散文調和，成績亮眼，是出版市場裡一支新秀。單單剛來公司一個月，ＥＱ不以「高」「低」計算，只能說還「有」，畢業之後換過三次工作，也沒能把她改頭換面，仍然是活脫脫一個平凡妹子，茫茫海裡的一枚貝殼，跟著浪走。坐在單單旁邊的，是兩個編輯，鬈頭髮的叫小薩，每天都抱著一頭豬的公仔；另一個戴紅框眼鏡、穿棉麻裙子的大齡女文青叫慢慢，目前除了喜歡黃渤、說話慢以外暫沒發現其他存在感。坐在最裡面的是設計黃桑（皇上），身高一百八，性取向不明。皇上的設計能力是隨他吃沒吃好這個標準上下浮動的，最近暢銷到盜版攤上都鋪滿的言情書是他做的，庫房裡堆著的那些也是。坐在對桌的這位，名字跟臉一樣讓人服氣，上輩子應該苦念經書千百遍，才能姓鹿，還得投胎到一對有文化的爸媽家裡，才能名游原，天時地利人帥，不公平三個字就這麼寫的。還有這個正朝她走過來的，猶如腳踩維多利亞秘密舞台、屁股開著振動模式的，是她的專案經理Lisa。

「單單，看看你二校的稿，我隨便看一眼，就能揪出兩個錯別字。」Lisa扠著腰。

「Lisa姐，我叫單單，那個字用作姓的時候……讀ㄕㄢˋ。」單單弱弱地說。

「我管你是山丹丹還是紅豔豔，需要你來教我注音嗎？」

做錯了事兒就得挨著，更何況怨天怨地不怨美人，單單老實受著罵，蜷在座位上一動也不敢動。

對於名字，單單一直都耿耿於懷。爸媽起的名太隨便了點兒，以至於她的人生也顯得過於隨便。隨便的長相，隨便的性格，隨便的運氣。在這座能食人的大城市裡以為靠著一腔孤勇，就能看見自己的光，但只有努力過，才發現人跟人的差距真的是大到不公平。

就像她來這個公司遇見鹿游原，雖然感嘆世界的不公，卻又想跟這個不公平產生交集。要說喜歡他什麼呢，小到每天不重複但服貼的襯衫，大到做書時滿溢的才情，又或者粗淺一點僅是因為那張精緻的臉。總之因為他，單單開啟暗戀模式，陷入純情，即便對方是座拒人於千里之外、傲嬌清高的冰山。

單單的人生中唯一值得欣慰的是，對文字長情，總還算有點高貴愛好。某天她在夢裡參加了自己跟鹿游原的婚禮，醒來就甚是犯病，打開了久違的word文檔，翻中藥百科一眼相中筆名，白芷。

生活中得不到的東西，統統在文字世界裡實現吧。

可能是這個時代的人都太缺愛，這些僅在腦海裡排練過的橋段，竟然戳中癡男怨女的心，哪怕網上根本搜不到他們的照片，也對白芷和××先生堅信不疑，說這就是嫁給愛情的樣子。

這天單單一早醒來，打開臥室門就被客廳大包小包的衣服攔了去路，穿著牛仔衣的寧缺從一堆紙箱子裡探出半個身子，跟她道早安。這個短髮女孩是她多年的閨蜜，單單眼裡的未來影后，張牙舞爪的性格專演十八線女漢子，一群女的裡最爺們兒的那個，襯托「傻白甜」女主角的。寧缺的偶像是蒂妲．史雲頓，房間滿牆貼的都是她的海報，她說演戲就是要學會修煉氣質。只是這位影后迫於生計，沒戲的時候就淘寶賣賣衣服，她跟那些網紅還不一樣，自己不出鏡當模特兒，另外如果有差評，她會毫不留情地頂回去。曾有人給差評的理由是，不包含郵資，她回覆說，給你包機吧。

一語雙關，下流女商人。

寧缺是全世界唯一知道單單秘密的人。所以寧缺在單單的世界裡再飛揚跋扈，她也只能轉身微笑，揣著一肚子憋屈，認命地問她一句玩爽了嗎。好在有這幾年閨蜜情撐著，不然寧缺一定變成她筆下某個討人厭的路人甲。

單單的公司有個行蹤不定的神經質男主編，此時正站在單單身後，說作者拖稿把Lisa拖得去了醫院掛急診，他決定讓全公司最人畜無害的單單幫Lisa催稿去。單單一聽是那個青春文學女王朵蜜，嚇得大驚失色連連向後退。主編大手一揮，鹿游原作為前輩，會陪你去。

如果所有愛情故事裡都有一個這麼明事理的配角，編劇就犯不著那麼辛苦了。

對於編輯催稿這件事，好比打游擊戰，敵進我退，敵駐我擾，敵疲我打，敵退我追。對面那群作者們的招數，保持著一天五次的更新頻率：他們的系統最容易崩潰，他們的word文檔最容易忘記保存，他們不是打開電腦發現電腦打不開，就是在準備打開電腦的路上；他們有特別的時間觀念，「馬上」、「等會兒」、「明天」均等於「永遠」；手機的作用是鎮宅，社區隔三岔五斷電，英年最容易早衰，行走的生病百科全書，一年失戀三百六十五次；他們有全天下最夠義氣的朋友，三天兩頭喝酒鬧事墮胎抓「小三」，他們有最體貼的父母，一兩天不見就逼他們回家親親抱抱舉高高。

一般的編輯可能在催稿一週後，就對這個世界失去了信心，但像鹿游原這樣的大神，自然成竹在胸，大招在後。

一路上鹿游原都穩著他的高冷氣質，刻意跟單單保持一段安全距離，單單只得有一搭沒一搭地找話題，實在覺得尷尬就用餘光瞥他。從她的身高看過去，剛好能看到他的喉結。這小東西怎麼長得這麼可愛，她想。

來到一個高檔別墅區，警衛小哥見到鹿游原殷勤地打了個招呼，單單瞬間驕傲放縱，昂首跨步到朵蜜家門口。鹿游原突然站住不動，單單會意，嚥了口口水，準備上前按鈴。

「回來。」鹿游原終於出聲了。

單單愣住。

「退到一邊。」他命令道。

單單應聲縮到一邊，乖乖看鹿游原放大招。只見他沒有按鈴，而是席地而坐，拉開包包，拿出一包全麥吐司和兩瓶優酪乳，跟著翻出一個紅色膠囊狀的音箱，然後開始播放〈愛的供養〉，單曲循環。

單單下巴要掉下來了。

一個小時後，有個阿姨開了門。

「你好，朵蜜老師在嗎？」單單強忍睏意，補上八顆標準露齒笑。

鹿游原咬著牙小聲提醒：「她就是。」

直到現在，單單都無法相信出版了十六本青春少女讀物的作家朵蜜真實身分是個四十多歲的大媽。代入想想又不禁暗自垂淚，要是被不明真相的粉絲們知道白芷的真實身分是她這等模樣，應該比這個朵蜜還要讓人氣憤吧。

朵蜜老師不是刻意拖稿的。有一天她不小心看到男助理小朱的工作信箱，裡面全是謾罵的郵件，她才開始研究網上的評論，原來大家早已對她脫軌且矯情的文字嗤之以鼻。當一個人達到某種地位的時候，身邊的人會自然為你築起一道屏障，你住在閣樓頂上，聽不見外界的喧囂，很難聽到實話，所有感知的訊息都是被美化後你想聽到的。朵蜜看清真相，一時間無法扛住輿論壓力，喪失了面對word文檔的勇氣。

單單全程一言不發，倒是鹿游原彬彬有禮，難得湊出了很多成段的話，大體都離不開那幾句：「走自己的路讓別人說去吧」「你寫給那些真正喜歡你的人就好了」「只要還暢銷就說明是正確的」……跟他的人一樣，冷冰冰的商人語氣。

四十多歲的大人反而更玻璃心，朵蜜聽不進去，執意讓小朱送客。在單單努力從「這個男助理長得挺鮮」這個生不逢時的感慨裡回過神時，他們已經快被推出門外了。

她突然抵住大門，怒刷存在感，朝屋裡大吼：「是啊，你真的寫得很爛啊！」

朵蜜老師從屋裡出來，靠在扶梯上，一副要吃人了的表情。

「來來回回就那麼幾件事，也就是消費原有的粉絲罷了。青春就是談戀愛，出車禍墮個胎就能賺人眼淚，真實的青春其實全是有血有肉的日常啊。為什麼一定要寫青春呢，青春留給那些正在經歷的人自己感受就好了，你的使命已經達成了。你是作家啊，作家就是造夢的，這個夢舊了，換個新的不就行了，你還有很多別的感受可以寫啊。反正以你的地位，無論寫什麼，都一定會有人埋單出版的不是嗎？」單單連著前陣子看完她的書的怨氣，一口氣發洩完。

最後他們還是被趕了出去。鹿游原用一種不可思議的眼神望著她，單單拍拍袖子，佯裝鎮定道：「我有預感，她會很快交稿的。」

現實生活始終沒有雞湯故事來得勵志，朵蜜還是沒有交稿，她甚至立刻毀了出版合約，隨後讓小朱在工作室微博上發了聲明，宣布暫停寫作計畫，並且表示一直都在趕路，現在想看看風景。

單單不知道朵蜜會不會帶著更大的驕傲回來，只知道自己的年終獎金肯定是沒有了，要不是抱緊主編大腿，順帶去廟裡燒了三炷高香，自己可能連工作都保不住。單單徹底成了害群之馬。皇上事不關己地猛塞了口泡麵，慢慢的節奏還沒跟上，抱豬同事小薩指桑罵槐連發好幾條朋友圈暗諷豬隊友。這只是暴風雨前的寧靜，躺在醫院的Lisa還不知道這個「好消息」。

第二天單單垂頭喪氣地踏進公司，看見座位上多出來一個紙杯蛋糕，上面用馬克筆畫了一隻動物——牛。她向四周掃了一圈，直到視線停在最不可能的鹿游原身上，他竟然在看著她。

-008-

不知道有沒有人跟我一樣，喜歡男生的喉結。

××先生的喉結很大，跟他站在一起的時候，我的視線剛好對著他的喉結。看他仰頭喝水時喉結一上一下的樣子，就滿足了我所有身為怪阿姨的幻想。

有一回我看到資料，說亞當在偷吃伊甸園的蘋果時，吃得倉促，有一片果肉哽在喉中，不上不下，留下個結塊。他們違背了上帝的告誡被逐出伊甸園。從此，亞當就永遠在脖子前端留下「喉結」，作為偷吃禁果的「罪證」。

看完我不禁感嘆道：「男人的喉結是伊甸園裡最後一個存在於世的蘋果了，怪不得我那麼喜歡。」

旋即××先生接話：「我身上還有很多突出來的東西，你都可以喜歡一下。」

我要報警了。

009-

我公司裡有個女孩，暫且給她個英文名Lisa吧。Lisa工作履歷低調，為人倒是挺高調，日常穿著隆重，見著我總是一口一句「白姐」。

我一向對事不對人，但碰到她很難喜歡得起來，每個「姐」字都聽著彆扭，好像無時無刻不在提醒我，該買保險了。

最近一次公司搞團隊建設，百十來人浩浩蕩蕩去了近郊的度假村，××先生擔心我喝多也跟來了。那是他第一次這麼正式地拋頭露面，往日那群乖寶貝人設的丫頭們，都邁著她們雪白的「蹄子」，圍著××先生轉。

其他小孩我權當開玩笑也就算了，唯獨Lisa最不懂事地巴著××先生聊了很久。

事後我問他們都聊了些啥，××先生說：「她就誇我啊，聽說白姐以前的男友都挺慘的，你的抗壓能力應該特別強吧。」

我當下就想打給人事，讓她滾蛋。

××先生看出我爆表的怒氣值，問：「你不想知道我怎麼回的？」

「嗯哼？」我開始編輯訊息給人事。

××先生生動地演起來：「啊？她告訴我，我是她的初戀啊！」

不好笑！我關掉微信，準備直接打給人事，打完電話再打眼前這個男的。

「我說，這種理性知性並存，性感可愛同在的女人，之前的loser不適合她。」××先生扳下我的手正色道。

說實話，我沒有很詳細地告訴過他前任的事蹟，他也沒有很在意。反正每個人在愛情這門課上都會有幾個試錯的名額，學會穿上鎧甲，丟掉軟肋。遇到××先生之後，我更擅長做自己，毛毛蟲蛻變成蝶，留下的那層繭，冰塊融成水，流走的時間，就是我的偽裝。

好了，大人不記小人過，Lisa你就玩去吧。

單單就覺得冥冥中今天會發生什麼事，早晨起來口氣很重，倒開水燙了手，寧缺強行占用她如廁時間讓她幫忙對的戲，是在後宮只活了一天的宮女，出門趕地鐵暈乎乎坐過了站而遲到，種種預示都往不好的方向發展。

而終點只有一個。

Lisa坐在單單的座位上，悠閒地喝著咖啡。見到埋頭示弱的單單，她陰陽怪氣地調侃：「你真是催稿領域的天才。」

Lisa當然不會善罷甘休，剩下的稿子不用校了，發配單單駐紮偏遠山區的印刷廠，幫忙搞印製。先不說廠裡糟糕的空氣，單是上紙切紙，力氣小點的女生都要耗費半條命，防止頭髮捲入印刷機還得紮著，餓了又只能吃便當，幾天下來，單單已然從一個還能看的女人變成一個普通的雌性。

在她史上最醜最瘦的時候，寧缺拎著面膜、麻辣香鍋、啤酒和一袋紅薯拯救了她。印刷廠外有個賣紅薯的大爺，每天限量供應。有次寧缺因為最後一根紅薯跟一個帥哥起爭執，餓到變形的單單跑到案發現場。寧缺嚷道，在這根紅薯熟之前我就預定了。帥哥倒是幽默，還嘴道，那你叫叫它，看它理不理你。他說著便掏出一百塊塞給大爺，想把紅薯拿走。此等鳥不拉屎的地方冒出個高富帥，不是私人飛機拋錨了就是千年妖怪，單單捂著叫個不停的胃，不管這個帥哥某個角度有點眼熟，上前一把拽過紅薯，連皮帶肉先下口為強，然後留下目瞪口呆的帥哥，挽著寧缺，拎著半截紅薯走了。

美食面前無男人，這種積極向上的態度，寧缺自愧不如。

後來單單才知道這位眼熟的帥哥，就是鹿游原一直想簽下的當紅作家顧文。鹿游原此等冰山屬性的人，能撂下面子，路上攔門口堵，好不容易才讓顧文點頭答應。就在做好合約給對方發過去的時候，顧文突然反悔了，他發了張名片過來，問這個人是不是你們公司的。

名片上寫著：單單，文字編輯。

單單賠上一百根紅薯，也填不滿遺憾。鹿游原那天當著所有人的面，朝她發了脾氣。他聽不進單單的解釋，也對，解釋什麼呢，因為自己餓，抑或是在印刷廠工作的委屈，在不喜歡自己的人面前，所有原因都失去了立場。

他點了一個讚，你腦補出了一齣戲，他更新一條動態，你就像在做閱讀理解，他坐在你身邊，卻隔著一條銀河，他什麼都沒做，卻成了你心裡的最重要。他什麼都好，唯一的缺點就是不喜歡你。

在新一輪被同事的眼神吊打後，單單躲在茶水間裡寫辭職信，寫到聲淚俱下時，皇上咬著鴨脖子從沙發背後鑽出來，扶著把手喊腿麻了。他說躲起來吃東西能找到不一樣的靈感，單單抹了一把淚，說，不要再提吃了。

皇上瞥了一眼她螢幕上的辭職信，繼續咬下一塊鴨脖子。單單雪上加霜，問他，你怎麼就不勸我一下呢。皇上含混著說：「人跟人之間啊沒那麼熟，各顧各的就好。」單單眼淚又上來了：「你是不是也太直接了點。」皇上吐掉骨頭，補充道：「但我覺得你可以再努力一下，不然怎麼證明自己就是個普通人呢。」

單單被口水嗆得出不來氣，信也沒心情寫了，陪皇上啃起了鴨脖子。第二天她破天荒地蹺了班，多方偵察鎖定顧文的公寓地址，去他家門口放音樂，結果被警衛趕了出去。之後又嘗試各種辦法，比如假裝送快遞的，埋伏在他常去的咖啡廳，半路攔他的座駕，最後要嘛被拉下半截墨鏡的顧文眼神殺，要嘛被他的工作人員直接拎走。她哭求再給他們公司一個機會，但顧文非常決絕——不可能。

直到一週後，單單想再垂死掙扎一次，熬夜手寫了整整五頁說鹿游原有多厲害的推薦信，埋伏在顧文家附近的進口超市裡，隔著一截貨架的距離伺機行動。貓著腰來回竄了幾次，顧文突然不見了，等她四處打量的時候，突然小腿被推車架子撞上，腿一軟，整個人坐進推車裡。回過頭，抱著一大袋薯片的顧文正睨著她。

沒等她說話，顧文順手拎起一箱酒，直接推她去收銀台結帳。他們坐在超市門口的小桌上，顧文把酒一瓶瓶打開，說陪他喝，喝開心了再聽她說話。

單單咬咬牙，接過啤酒，怔怔地看了眼顧文，然後用力撞上他的瓶子，仰頭灌了下去。

喝完最後一瓶酒的時候，單單覺得自己被整了，但理智已經被酒精沖散，她只記得幾個腦海裡定格的畫面，一張是她抱住顧文讓他讀推薦信，一張是顧文直接把她裝在推車裡推著走，一張是中途下車抱著路邊的垃圾桶，邊吐邊哭。

年前我查過一次基因，就是那種吐口唾沫就可以檢測體質、遺傳病的技術。

我的報告說是酒精代謝快，千杯不醉。××先生不相信，硬是買了好幾瓶紅酒回來。於是老夫老妻兩個人大晚上在家裡酗酒。

果然我喝多了就是不停去廁所尿尿，而他就是不停去廁所吐。

最後他像隻貓咪一樣趴在我懷裡，硬要把銀行卡裡的錢轉給我，餘額寶裡的都要轉出來，他說想把一切都給我。睡著之前，他喃喃道：「感覺真的要一輩子了。」

那一晚我無比愛他。

還有什麼比喝醉酒就給錢的丈夫更令人喜愛的呢。

單單沒有料到，清晨出現在夢裡的，不是××先生或鹿游原，而是顧文，他那一副不可一世的賤樣，燦爛地占據她16：9的超清視界。再一睜眼，聽到門鈴響個不停，單單腰痠背痛地起身開門，顧文拎著一袋子早餐滿臉燦爛。

他一進門就幫單單回顧昨晚是如何一路走一路吐，死都不肯坐計程車，以及千里推車送瘋子。但他大器地不計較，因為被單單打動了，感謝她給了自己創作瓶頸期的靈光一現，說著舉起手機栽到沙發裡，一條腿搭在扶手上，說著：「你的推薦信我看了，我可以幫你。」

單單覺得間隔一晚的世界變化太快，她需要適應。

接下來他們的對話是這樣的。

「單單。」

「我叫ㄕㄢˋ單，那個字念ㄕㄢˋ。」

「哈哈哈哈，我以為是小名呢，你父母真夠壞的。」

「你到底要幹嘛?!」

「小聲點，你喝醉酒後的樣子比現在可愛多了。」

「我喝醉……是什麼樣子？」

「沒什麼，就是抱著垃圾桶喊鹿游原的名字。」

「……然後呢？」

「然後就罵你這個沒良心的啊，我喜歡你啊，我只是想幫你啊，你對我好點會死啊，你……」

「可以了！」單單打斷他，不想再聽。

聽著動靜的寧缺蓬頭垢面地從房間出來，眼見紅薯男上門，掄起抱枕就想打，被單單勸下來。一聽說是那個紅到不行的大作家，寧缺瞬間態度突變，整理好睡衣和髮型，換了個聲調問，大作家，最近有沒有新作品翻拍啊？

到底是演戲的，在屋簷下別說低個頭，磕個頭都行。

顧文出現在單單公司的時候，座位上的人已清空，大家像《屍速列車》裡的喪屍一樣趴在會議室的玻璃上，觀賞這難得一見的當紅炸子雞。

會議室裡，顧文在出版合約上簽上了名字。鹿游原承諾，一定會做好這本書。顧文朝他暖心一笑，指著外面抱著稿紙路過的單單說：「我要她做。」

人生總是不堪與順遂交錯，這樣才會堅信自己是被上帝選中的人。每一次觸底反彈的前提往往伴隨著谷底幾日遊，單單終於從印刷廠的苦海脫身，卻又跳進另一個泥沼裡。

鹿游原徹底把單單隔絕出了他的世界。單單每天準點8：50的早安，他權當過耳的風；單單刻意湊近他身邊找的話題，他也用標準的省話範本「嗯啊哦呵呵」帶過；最後單單受不住了，在男廁門口堵住他，說自己能力不夠，顧文的書還是還給他做。他只是冷冷地看了單單一眼，撂下一句：「連你都不要的東西，我還會要嗎？」再無贅言。

單單被他這話激起鬥志，刻意在他面前忙碌，雖然主編安排了其他的編輯幫她編校書稿，但單單的日常也幾乎只剩工作。除了要面對顧文的稿子外，還要搞定封面排版，確定用紙計算成本，提供給行銷人員亮點賣點。她一度崩潰，發現自己什麼都不會，在很多年前，她就知道自己是這個世界第二梯隊的人，但這一刻，她承認了自己的普通。

在快絕望的時候，慢慢拍了拍她的肩。

慢慢雖然性子慢，但好歹是老編輯，有慢慢的幫忙，單單心態平和，開始上手了。慢慢說，做書一定要知輕重，不要想在重要的地方偷懶，或者跳過哪個步驟，反正到最後，你做過沒做過的事，都會在這本書上看見。

那個顧文的時間觀念比他的人還隨便，常常凌晨三點一個電話，五點微信連環轟炸，單單戰鬥力不足，神經又緊繃，於是練就出一個右手摸著電腦鍵盤，左手扶著電話，挺直腰背、頭紋絲不動的入睡技能。這天鹿游原剛好也加班，夜深後，他伸個懶腰提神，看到對面像是在作法事的單單，免不了背後一涼。

他起身把單單的頭按在桌上，不料沒過一會兒她的頭又條件反射地彈了起來，無奈之下，只得拿同事的空調毯整個給她罩住。大概是空氣稀薄，單單開始嗚嗚地呻吟，鹿游原趕緊把毯子掀開，給她調整好睡姿。單單一個機靈，半眯著眼醒了，她覺察到身邊的鹿游原，便裝模作樣地裝睡抓住他的胳膊，然後再也不鬆開，鹿游原就可以無比暖心地被她這麼枕著直到天亮。童話故事裡都這麼演的。

現實是單單剛碰上鹿游原，鹿游原就下意識地一抽手，手背直接正中單單的臉，好嘹喨的一聲響。接下來的後半夜，公司獨留無比清醒的單單，美夢與情人的手印交織，體驗豐盛異常。

鹿游原沒告訴過任何人，他拒異性於千里之外的原因，是不能讓異性碰他，只要身體有接觸，就跟觸電一樣，不受控彈開。想想焦頭爛額的單單，自己放不下面子，忍不住讓慢慢去幫她，也說不清原因，那一刻他只是說服自己，就當是對弱者的同情，但心裡又有另外一個聲音響起，覺得她的能量絕非只是走到這裡而已。

011-

最近碰上一個難纏的大客戶，時間觀念被狗吃了，害得我總是熬夜看案子，好在××先生也在搞創作，於是我倆破天荒地對坐在書桌上一起熬夜，頗有重返青春，在圖書館共同溫書的架式，小腿在桌底打架，小紙條在桌上橫飛。

××先生還真是配合，其間動不動偷瞄我，以為是在看暗戀的女生哪。

我忍不住損他：「我知道我好看，但你也要適度啊。」

「就你這姿色，別自戀了。」

我準備「揭電腦而起」。

「參加選美比賽，最多前三。」

單單沒想到顧文這個宇宙直男，最挑剔的竟然是封面。在皇上出了十稿設計之後，顧文仍然不滿意，他說，不是他要的感覺。

單單更沒想到第一次去日本，是跟著顧文去的。受岩井俊二文藝片的影響，單單對日本有少女情結。她一直幻想陪她在銀座四丁目看霓虹與夕陽、在河口湖遠眺富士山、在箱根溫泉裡親吻的人，是她心裡的那個人。但在顧文要求她一起去見一個日本設計師朋友後，這個幻想就永遠只能在腦海裡排練了。

那次日本行，其實只用了半天時間見設計師，之後的五天單單都在給顧文當助理，訂餐廳訂車票拎購物袋。在東京的娃娃機裡，單單抓了一個很醜的公仔送給顧文，說跟他很像。在箱根吃美食，每一口顧文都要驚嘆地叫一下，讓單單又尷尬又好笑。在神社燒香為新書祈福，臨走前顧文送給單單一個御守，感謝這段時間被他折磨。

回國後的單單了無生趣地在御守上畫了隻鹿，默念了三遍：「桃花快來」。

日本人並沒有傳說中那麼守時：單單在承受著上市日期壓力、終於盼來設計師的稿子後，直接傻了眼。封面一片直截了當的灰白，寡淡得像是無印良品體系的張貼廣告，原本跟愛情有關的書名坦蕩蕩地躺在一角，顯得故事主人公要嘛清苦，要嘛是個寡婦。

文藝青年都不可靠，但沒想到顧文非常滿意。他執意要用這版封面，這令皇上之前的十餘稿設計死得特別冤枉。單單知道，每版封面的背後都是皇上用麻辣香鍋酸菜魚煲仔飯魚香肉絲泡椒鳳爪海膽壽司餵出來的。

單單信誓旦旦地跟皇上說，承蒙上回「開導」之恩，所以這次一定會幫忙。然後她雄赳赳氣昂昂地去跟顧文理論，好好的一本愛情故事，偏偏做成性冷淡，男人到死都是少年，女人永遠活在自己的十八歲，愛情就要有顏色，黑白灰也要看主人啊。乾淨素雅的封面是別致，但對於一本書的價值而言，好看的封面是要想拿起來讀的，而不是只想買回家！

顧文二話不說，取下鴨舌帽反手套在單單頭上，戴上墨鏡瀟灑離場。兩天的冷戰後，顧文在進口超市結完帳，看見門口拎著一箱啤酒的單單。

她按老規矩，先灌了自己一瓶酒，手裡緊緊握著皇上的設計稿。

沒一會兒單單的理智就下線了，飄忽著說再喝就睡了，顧文霸道地捏住她的肉臉撐住她，嚷嚷道：「那就看我喝。」一口氣喝了大半瓶，他嗆得齜牙咧嘴，手微微失了氣力，單單就直接倒在了他肩上。

他看著單單，換了語氣：「其實那天你說完那些話，我就已經有選擇了。上次在這裡，你拿著推薦信，這次拿著設計稿，你怎麼就那麼不服輸，那麼固執呢，我突然很期待，你還能做出什麼事。」

後來在單單做好的訂閱單上，顧文的新書是黑色色調，猶如靜默宇宙，書名一抹亮橙，兩個手繪的男女相遇。設計師一欄的名字是黃桑。

從此以後，單單桌上的美食就沒斷過。

012-

跟××先生的日本行。

找了幾家點評網推薦的銀座美食，都大排長龍，在我快暴走的時候，××先生看到巷子裡一家新開的餃子店，裡面剛好有空位。

結果我們全程尖叫著吃完那頓飯。

××先生走之前用蹩腳的英文外加誠實的大拇指對廚師說：「這是我吃過最好吃的煎餃和蛋炒飯。」

其實我只是覺得好吃，也嫌過他是不是太誇張，但他大快朵頤的真誠，也讓我的每一口「好吃」變成了「好幸運」。他總是很容易感知幸福，對世界上的一切美好都保持好意。

男人到死都是少年，我想這就是我如此喜歡他的原因吧。

013-

我跟××先生發明了很多情侶間的小遊戲，在箱根泡溫泉的時候，我倆裸著身子玩猜明星。出題者心裡想一個名字，答題者有二十一個提問機會，但出題方只能回答「是」或「不是」。輸了的人要給對方買禮物。

我以為自己的「景崗山」已經超出範圍了，沒想到他請來了「屠洪剛」，於是我倆兩敗俱傷，我給他送了一個在箱根神社求的御守，可他遲遲沒給我禮物，離開箱根前，他竟把那枚御守塞還給我，不過上面多了一隻手繪的鹿。只有我知道，鹿代表的是他。

他努努嘴說：「我知道你什麼都有，所以就希望你平安，以及老老實實待在我身邊。」

我讓溫泉旅館的司機小哥再等我們一下，然後轉身給了××先生一年份的吻。

014-

我們並沒看到富士山。

好死不死地趕上大霧，我站在河口湖畔，對著一片蒼茫的慘白哀號。回去的飛機上，××先生突然把我叫醒，指著窗外清晰可見的富士山對我笑。在河口湖的時候，××先生安慰我：「它一直都在，只是你沒看見。」我躺在××先生的肩上，以特別的角度俯視著富士山，不自覺眼眶就紅了。想想我總歸是不自信的，因為事業太順利總怕給另一半壓力，所以當初才會三番五次拒絕××先生，迷信天時地利人和，追求命中注定，差點就要錯過他了。

心裡的人從未離開過，這就是最好的天意。

顧文新書的訂閱單一發出去，首印的五十萬冊就被瓜分得差不多了。在單單以往的工作經驗裡，一本書能做到十萬冊，已經要拜天地了，更何況自己第一本統領全程的書，竟然是顧文的，現在想來還不免覺得是一場大夢。

說到顧文，沒想到這位久經沙場且看上去沒煩惱的大人物竟然也有「產前焦慮症」，三不五時的電話不說，還要約單單出來陪著他才能緩解。幾次下來，連累原本只有一點小緊張的單單也變得莫名焦躁，每一個細節都要來回確認無數遍，生怕自己容易觸霉頭的屬性又惹來災難。

恍恍惚惚間竟然在早晨8：50撞上鹿游原，他手裡的咖啡潑出來，弄髒了單單包裡掉落的一地雜物。

鹿游原撿起那個畫著鹿的御守，來回翻看。

單單安慰自己，憑鹿游原這種高冷神人，應該不會看她寫的那些凡夫俗子的情愛段子。

鹿游原突然開口：「你是白芷……」

天。

「……的朋友？」

單單奪過御守，頭點個不停。

事情往詼諧的地步發展了。鹿游原讓她幫忙引薦白芷，想出版她的書。他對單單每多說一個白芷身上的優點，單單的心裡就痛一下，終於等到了自己跟他的交集，但交錯的卻是平行世界裡，那個張揚的、幸福的、成功的、虛構的自己。

推開「白芷」的別墅大門，女管家有模有樣地招呼鹿游原和單單，大概五分鐘之後，穿著真絲家居服、妝髮到位的寧缺在二樓閃亮登場，全程用慢半拍的步子遊蕩下來，一坐下就開始做作地磨指甲。

「你的御守上次落我這兒了，」單單刻意把御守塞給寧缺，在她耳邊咬牙切齒道：「搞那麼大陣仗我錢包不答應啊！」

按照之前跟單單對好的台詞，寧缺動用影后演技拒絕了鹿游原的出版邀請，藉口全推給××先生，他說愛情只是分享，不想變成商品云云。沒想到鹿游原對寧缺使出當初對朵蜜老師那套，用異常溫柔的語調完整灑了一整罐雞湯。活了快半輩子的朵蜜自然免疫，但寧缺就完全上了套，在一個帥哥嚴肅地告訴自己「你很優秀，我看到了你身上閃光的東西，你會記錄這些細節說明你善良」等等漂亮話後，寧缺聽醉了。

不過是上個廁所的工夫，單單出來就看到鹿游原起身，對寧缺說，那就這麼說定了。他本想伸出手，卻又警惕地縮回，改為點頭道別。

鹿游原走後，單單想把寧缺千刀萬剮。寧缺撩著頭髮對單單說：「人間極品啊，這次我承認你有眼光了。」

「你們說定了什麼，不會答應他了吧？」

「老娘吃素的嗎，先耗著，折磨他個九九八十一難。」

從網路預售開始，顧文就每天穿著一件毛茸茸的熊貓家居服窩在電腦前，不停刷新榜單，但凡掉到第二，他都會把單單拎到家裡來虐一遍，以至於整整半個月單單都沒敢闔眼，滿腦子都是顧文的臉以及網站的刷新音效。直到書店正式鋪貨那天，她才舒了口長氣，緊繃的神經微鬆，身子就垮了，燒得厲害。打電話給顧文，才知道他鬆得更離譜，直接低血糖暈去了醫院。

顧文躺不住，沒等葡萄糖輸完，就拔掉針頭，牽著單單去了就近的書城。

穿著病患服的顧文格外顯眼，只能用袖子捂著半張臉，躲在角落裡看他新書的堆頭，看有多少人路過，多少人願意拿起書讀，多少人願意抱在胸口帶回家。

單單覺得顧文在抖，抬眼一看，他竟然哭了，是那種小男孩的哭法，手掌抹著眼，淚痕把臉弄花。

顧文抽泣著說：「寫東西真的是一個很孤獨的過程啊，一萬次想砸電腦摔手機，一萬次自暴自棄塞零食轉移注意，一萬次罵自己寫的是什麼垃圾，一萬次又覺得好有成就感。一萬次想放棄，一萬次明白已經沒有放棄的資格了。終於看它出來的那一刻，就像重新活了一遍一樣。」

這是第一次有個男人在她面前哭，單單被嚇得不知所措，只得拍拍他的肩以示安慰。看來每個職業都一樣，所有的光鮮其實都是外在的繭，內在多難，真的只有做毛毛蟲的自己知道。

這時有別家公司的銷售員出沒，偷偷把他們作者的書蓋在顧文的堆頭上。單單直接衝上前一番理論，在對方胡攪蠻纏快敗下陣來的時候，顧文適時出現，坦蕩地露出臉，銷售員驚呆了，連說了幾聲對不起，倉皇逃走了。

單單把那個作者的書放回原位，俯身整理顧文的書，散髮垂在耳際，她下意識地伸手撩到耳後。顧文看在眼裡，心裡突然湧上一陣暖意，有什麼按鈕被打開了。

規整如初。二人相視一笑，為了這幾個月的成果用力擊掌。

015-

今天要講一下我的大明星Q。

因為在拍一個大導演的大戲，所以這段時間她都在組裡，除了拍戲，經常無聊騷擾我。她特別愛收集各種笑話，尤其是折疊答案，就是發在朋友圈，你得點開全文的那種。

我經常提醒她，做點你們女明星該做的事吧。

她卻回我：「你教教我，女明星該做什麼。每次和你說好玩的事情，想到你螢幕後面的笑臉都不由自主地開心，這件事對我比較重要。」

儘管我知道，台詞功底超強的她對這些酸話信手拈來，但我相信，說話的那一刻，她是真心的。

016-

要說我跟Q認識的過程真的非常drama。當時我在上海出差，聽到酒店隔壁房間，一個女的好像來捉姦，一直像雪姨一樣喊開門。我兩度打開門說，你要嘛找服務生抓緊把房卡辦好，要嘛帶兩個壯漢破門而入，抓姦哪有敲門抓的啊，吵死了。

結果沒一會兒，外面就打起來了。那女的在酒店走廊質問服務生，為什麼你們酒店可以找小姐。好像很精采，但我一個人太膽小，不敢開門，於是開了一條門縫，發現斜對面一個漂亮妹子也在偷看，我的門縫對著她的門縫，我倆四目交接有些尷尬。就是那一眼，兩個八卦的人就此建立革命友誼，我反射弧比較長，直到後來微信都加上了，才終於想起她就是那個電視上廣告上微博熱搜上經常出現的大明星。

感謝那一場好戲。

017-

今年公司給Q搞了場生日會，剛好我一個人在家，就找她要了票，想著去湊熱鬧。當天場地外已經被粉絲的應援牆淹沒，我跟著人流往入口處擠，結果還沒走到一半，手裡拿的票就不知道被誰扯走了。到了檢票口，工作人員不讓進，態度還惡劣，好歹我也是一上市公司的ＣＥＯ，氣不過就跟那男的理論了幾句。

等到快開場時，眼看這眼力見兒低的生物無法教育，就發了個微信給Q，準備打道回府。沒想到她竟然放著內場一大票粉絲不顧，踩著高跟跑過來，身邊圍著一群嚇壞的工作人員，她指著檢票人員說：「你不讓她進來，那我就出去了。」

她永遠不在乎別人怎麼說她，大大咧咧，沒有偶像包袱，帶兔頭兒來我家啃，喝醉酒拉我去ＫＴＶ瘋，手機打到燙手才肯掛，跟我睡覺的時候非要比誰胸大。灑脫到有點可愛，耿直到有點臭屁，她說過：「能跟你成為閨蜜，我很榮幸，如果有一天我們倆淡了，也為你感到高興，還好你早點認識我了。」

這點是真的，寫到她的時候，感覺她就是我的驕傲。

友情跟愛情一樣，寧缺，也不要濫，她是很多人的大明星，卻是我唯一的星星。

寧缺欣賞完單單筆下的自己，異常滿意，即便外包裝是假的，但閨蜜的內核比真金還真，寧缺大手一揮說會以撮合她跟鹿游原為己任，每次鹿游原約她出來聊書，她就把單單帶上。但那個畫面非常糟糕，寧缺很稱職的一身女強人裝扮，鹿游原保持他一貫的襯衫禁欲風，身材高眺的兩人中間夾著個像是出門幫媽媽買菜的單單。為此單單跟寧缺抱怨，一直覺得自己的加入湊成了吉祥三寶。

寧缺拍她後背讓她挺直身子，說他這種貓系男，都喜歡強勢的，你下次打扮成熟點。不過單單對「成熟」的定義有誤解，以為把頭髮綁起紮高，套件皮衣，有模有樣地化上濃妝就熟了。等他們三個再並排走的時候，寧缺扶額嘆息，完了，這次像一對拉拉和她們的代孕爸爸。

鹿游原和單單陪寧缺去舞蹈工作室學街舞，說是想要出她的書，就要參與她的興趣；去健身房跑步，說是要身體受得住日後的折磨；幫她填淘寶快遞單，說是要練字。直到單單某天打開無人的公司門，看見鹿游原在跟著音樂跳舞之後，她鄭重地跟寧缺開會，差不多就可以了，不是不忍心看到自己的高冷男神那麼接地氣，而是跳得真的太難看了。單單問天問大地，自己身上沒有費洛蒙，而今還要在鹿游原面前演戲，不禁心灰意冷。

回公司時，單單在門外看見一個不知該叫爺爺還是大叔的男子，頭髮白了大半，拎著一個藍色的帆布袋來回踱步。本想上前關心，這時慢慢從裡面出來，非常不友善地把男子趕走了。後來單單又在公司附近遇見過他幾次，才知道這個男子是慢慢的爸爸。

慢爸其實也是個作家，不過寫的大體都是家鄉的方言故事、地方歷史和民間傳奇，他視作寶貝的藍色帆布袋裡，裝了厚厚的手寫稿。他來找女兒，是想能出版自己的書，但他明白，女兒避著他，是不想讓他作白日夢。這個時代，看書的人本來就少了，大家不是用兒女情長來消遣，就是在乎深切意義，不願花時間讀一些晦澀無聊的小地方趣味。

單單特意找慢慢聊過，理解她的苦衷，慢爸賣了老家的房子，自費在小地方出版了幾本書，但結果都是自娛自樂，為此媽媽離開了家，他們父女倆也積下矛盾。如今出版行業難做，好的出版社都不願意收留這樣一個偏門弱小的孩子，有些夢想終歸是要懸崖勒馬的。單單連夜讀完慢爸的手稿，竟被他筆下對文化逗趣的解讀所感動。叔叔有一個年過半百的智慧心，知道什麼值得記錄，什麼隨它遺忘。她冥冥中覺得，自己的公司會容納慢爸，於是向鹿游原請教，他的答覆是，試試看。

單單把慢爸之前自費出版的書都讀了一遍，寫了滿滿兩頁紙的選題報告，在週一的提案會上慷慨陳詞，最後卻鎩羽而歸。她抱著電腦跑到主編跟前，想讓他看看稿子，主編拒絕，她連問數個為什麼，卻被主編罵了回去：「出版不是施捨，你有你的赤子之心，公司有公司的考慮，不要以為你一腔熱血，就能說服別人照你說的做，說白了，還不是自私。」

單單的不服氣掛在臉上，不輕易認輸，一連拜訪了幾個認識的出版社編輯，都被退了回來，到底不免俗地還是失敗了。單單把藍色帆布袋還給慢爸，離開後想到他失望卻強行釋懷的表情，難免鼻酸，甚至有那麼一刻，她開始懷疑自己的職業，懷疑自己每天朝九晚五的原動力，懷疑自己每每去書店裡賞心悅目的是什麼，是明碼標價的商品，還是鉛字印紙背後的夢想和熱血。

鹿游原放了瓶水在中間，坐到一邊，遞給單單一塊灰色的手帕：「由不得你任性吧。」

「我沒哭，」單單不敢多看鹿游原一眼，這種讓她措手不及的關心，隨時會讓她的眼淚不爭氣地漾一臉，她兀自說：「我真的很喜歡這本書，為什麼大家就不試試呢，至少也給讀者一種可能啊。」

「喜歡和合適是兩回事。喜歡是了解了別人，合適是了解了自己，自己所在的位置，整個行業的現狀，你應該最清楚。」

「我以為我可以的。」

「想像都很美好，可現實往往比較殘酷，生活用這種方法來證明它的厲害，凡人要是能琢磨清楚，就不那麼容易失望了。想來這也是生活的一種溫柔啊。」

她不置可否地喝了口水，問鹿游原：「你為什麼當編輯啊？」

「作家負責天馬行空，編輯負責天馬落地，我已經沒有想像的能力了，所以當編輯比較適合我。」鹿游原反問道，「你呢，沒想過自己寫東西？」

單單言辭躲閃：「想過寫，但沒想過出書……我就是自娛自樂寫寫，書對我來講還是一件很神聖的事，讓給那些更有天賦的人完成使命吧。」

兩人有一句沒一句聊了一會兒，暮色四合，起風了，鹿游原才發現不知道什麼時候單單已經坐在他身邊了。他臉色陡變，騰地起身，淡淡道了別就離開了。

幾天後的某個早晨，慢慢的座位空了。她辭職的原因有很多個版本，主編說她身體不舒服，小薩說她被那個固執的老爸帶回老家，轉行做生意去了。只有單單知道，在她的微信紀錄裡，躺著昨晚慢慢發來的消息：做了這麼久別人的編輯，是時候要幫爸爸成為真正的作家了。謝謝你讓我知道我還不夠懂他。

想像雖美好，現實卻總是殘酷，所以我們降低期待值，不容易失望，但另一方面，也讓我們自願選擇挑戰，反正最壞的情況已經嫻熟於心。

周圍議論聲不斷，單單撐著下巴頰兒轉著筆，對桌的鹿游原探出半個頭，送上一抹難得的笑。

顧文的新書巡迴簽售會成了單單的二度噩夢。帶通告原本是行銷編輯的工作，卻被顧文油膩膩的兩句話「這麼久不見難道你就不想我」「你是孩子的媽，生了還要教人家走」堵得只能硬著頭皮陪同。顧文開車殺到單單樓下，勾住她的肩膀塞上了車，熱鬧的是，寧大小姐也坐在後座，最近沒戲可拍，淘寶生意不好，這一個月準備蹭吃蹭喝蹭好感，時刻不忘舉著顧文的書推銷自己適合哪個角色。

前幾場簽售會單單被顧文這個生活不能自理的過動兒折騰得不輕，在人頭攢動的簽售會上還不時地抬頭看向單單，朝她做鬼臉，吃飯的時候一定要她陪著咂吧嘴，房卡一定要她收著一張，這樣第二天準點掀他被子才不會耽誤行程。只是那個時候的單單，「被喜歡」只存在於想像，現實總是慢半拍，她不知道，當一個男生喜歡上一個人，就會迫不及待去找她，無論何時視線都離不開她，再硬氣的漢子也可以分分鐘嬌喘成一隻貓，總之，傻子什麼樣他就什麼樣。

第四站簽售來到南方城市，當地領導很重視，批了最好的購物中心做場地，主編還特意讓鹿游原飛來支援，但也就是這一站，單單發現生活兜兜轉轉，注定就是個笑話。

事情是這樣的。寧缺出門跟當地的朋友聚會，單單不湊巧地把顧文的房卡錯給了她，後來喝大了的寧缺不湊巧刷錯了房，在顧文身邊睡了一晚，睡成死豬的顧文不湊巧沒有醒，抱著顧文大腿的寧缺不湊巧以為是單單最近沒積極剃毛，最後非常不湊巧，鹿游原一大早敲響了顧文的房門。

人生他媽的就是這麼多不湊巧。

髮絲凌亂的寧缺握緊門把手，「Hi」地自帶振動模式，此時顧文被門口的動靜吵醒，穿著一條內褲走過來，寧缺和他面面相覷，下一秒炸彈就引燃了。好在單單及時出現，趕在宿醉的寧缺開始表演之前，對鹿游原正色道，顧文就是××先生。然後把顧文拉去一邊，破罐子破摔：「我就是白芷，網上的故事是我編的，但我跟鹿游原說白芷是寧缺，哎呀我知道有點繞，來不及解釋了，你就先當一下××先生，幫我這一次，我求你了什麼我都答應你。」

愛耍小聰明的顧文會意，上前抱起寧缺原地打轉，落地再來個壁咚，說一晚不見，甚是想念。

鹿游原恍然大悟，怪不得不願意讓我出你們的書。

簽售結束後，當地書店主管請他們去附近的風景區遊玩。一行人來到姻緣樹前，導遊介紹這棵千年古木很靈驗，只有顧文積極地買來木牌子，背過身寫字，嘴裡還傻乎乎地振振有詞，接著把寫著他和單單名字的木牌扔到了樹頂上。眾人離開後，從上帝視角，可以看見寧缺偷偷摸摸來到姻緣樹旁，寫好名字，後退幾步想扔到最高點，正要脫手時，被前來的單單抓個正著，於是那牌子只飛到了樹中間，掛在一根瘦削的樹枝上。單單邊寫鹿游原的名字邊審問她，什麼時候有喜歡的人了。寧缺仰起頭，保持她那副盛氣凌人的模樣，隨口說，顧文唄，我掐指一算，一看他就旺妻。

單單扔完木牌，像幹了件壞事，火速逃離犯罪現場，看著單單的背影，寧缺收斂了臉上表情，回望一眼姻緣樹，正想離開，聽見「啪」一聲，有塊木牌掉了下來。她撿起來，發現是自己的那塊，旋即吸了下鼻子，強忍眼淚，把「鹿游原」旁邊「寧缺」的名字塗掉，改成了「單單」。

她使出全身力氣往空中一扔，嘴裡含糊地默念著，你們要幸福。

很多事情，差一點就可以，海灘差一點才能遇見海浪，計程車差一點就能等到乘客，情歌歌詞差一點就能被有心人聽懂，想要愛的時候，差一點才真被愛上，但那一點，往往要付出很多代價。

外表無堅不摧的寧缺，心裡到底還是有笨拙的軟肋，摸爬滾打這些年，她早已清楚，誰才是對她最重要的，她可以忽略沉沒成本，懂得止損，喜歡一個人，但就到喜歡為止。

當地有一個淡水湖，這個季節溫度適宜，映襯著碧水藍天，很多人在湖上泛舟。小舟兩人一艘，還在假扮是××先生的顧文不得已跟寧缺組隊，單單跟鹿游原共乘一艘。兩人優哉游哉地在湖中心划著槳，單單看著遠處小山後面，幾束陽光從雲裡瀉下，像是受到什麼指引，她提議去那邊看看。

他們來到一片草海，一層青綠把水面鋪滿，隔開了藍天白雲的倒影，與之前全然是不同的景致。水面上的植物根系發達，他們的船槳很快被纏住，越用力越難擺脫，直到力竭。鹿游原使出最後一點力氣，不巧沒有握緊船槳，身子直接被帶了出去，對面的單單迅疾地拉住了他，由於外力的慣性使然，他們一起栽進了湖裡。爬上小舟，才發現太陽已經下沉，整片天空布滿火燒的晚霞。

兩支手機一支進水一支無服務，他們裹著濕透的衣服在起風的傍晚蜷起身子，以為大部隊會來拯救他們。山對面的湖畔，寧缺拉住魂不守舍的顧文，悠悠地說，應該是去對面的島上了，讓他們倆單獨待一會兒吧。

單單覺得冷，往鹿游原身邊靠了靠，手臂的皮膚彼此觸及的那刻，鹿游原又本能地彈開了。單單委屈地逼問他為什麼總要保持安全距離，你又不是唐僧，我也成不了妖精，要是你今天告訴我你是個彎的，那我就當場認了你這個姐姐。

那晚，鹿游原第一次向外人敞開了心扉：五歲的時候，鄰居的好奇姐姐帶他一起洗了澡，給他上了堂生動的生理衛生課，內斂的鹿游原從此對女性身體有種莫名的羞赧。看來性啟蒙太早也是一種壓力啊。

鹿游原掏心掏肺地講童年陰影，一旁的單單沒忍住笑出聲，以鹿游原這種後天高冷陰鬱的氣質，總以為會有什麼了不起的緣由，這樣聽來莫名多了點喜感，說到底都是「怪姐姐」的錯。

兩人聊到夜深，也不見有人來，四周愈加安靜，沒有一點光亮，聽著水裡不知是什麼生物發出的聲響，單單瑟縮著抱膝坐著。鹿游原把手機電筒打開，叮囑單單不要胡思亂想，如果害怕就早點睡，天亮再想辦法。

終於感受到有一種「關心」是來自喜歡的人，竟然腦裡還閃過變態的假設，如果一直就困在這草海裡也不錯。單單的幻想世界開始運轉，坐在對面的鹿游原變成對她愛到癡狂的××先生，怕她受涼，還把未乾透的外套脫下披在她身上，然後把她抱在懷裡，對著天上的星河哼起曲子。

雨水把美夢擾醒，清晨的湖面霧氣重重，涼風刺骨。單單叫不醒鹿游原，碰上額頭才發現燙手。她倒吸一口氣，把自己的外套脫下來給鹿游原蓋好，在小舟上找到一把兒童傘，幫他撐著，自己只能躲進去半個腦袋。

雨不見停，她緊靠著鹿游原，心跳加速，自言自語地反問自己，怎麼就喜歡上你了呢。她微微側頭，見鹿游原的喉結上下蠕動，一點兒醒過來的意思都沒有。

單單的手不受控地輕輕拉下雨傘一角，貼在鹿游原臉前，然後伸長脖子，隔著傘上透明的塑膠膜，在鹿游原嘴唇的位置，偷偷留下一個吻。

雨一直下，晨霧深處，顧文和寧缺的呼聲傳來。

018-

因為從來沒有曝光過自己和××先生的照片，網上各種傳聞，有說我其實是個男的，也有說××先生是個家暴男，我是受了委屈才在微博上幻想的。還有人說我是年紀大太強勢，所以金屋藏鮮肉，不敢讓大家知道××先生有多帥。

有次我問××先生：「如果我把你的醜照發出去你怎麼辦？」

「那我就發一張你美到不可方物的。」

「那這樣你不是很虧？」

「不會啊，這樣顯得你瞎啊。」

「那我就發你帥照。」

「那我只有發你摳腳挖鼻屎，對我發脾氣的照片了。」

「這不會顯得你瞎嗎?!」

「那只會顯得你暴殄天物。」

是啊，反正怎樣都是你對。我要代表廣大女權同胞表示抗議。

第一次跟××先生接吻是在一個雨天。記得《燕尾蝶》裡有一段情節印象很深，肖飛鴻對雅佳說：「靈魂碰到雲會變成雨，所以沒人見過天堂，雨天的時候，我想這就是天堂吧。」

××先生撐著傘，俯身親吻我的時候，那一刻，無論是肉體還是靈魂，我都覺得置身天堂。

單單如往常一樣擠地鐵，換乘公車，8：45準時出現在公司對街，等待五分鐘後出現的心上人。只是今天這一路，莫名感受到多了些眼光。她不解地滑開手機，掃了幾眼後，止不住顫抖地鎖上螢幕，在鹿游原距離她只有短短十幾步路的時候，掉頭往來時的方向逃走了。

自己的微博在凌晨更新了一條圖文，文字內容是，這是我的真相。圖片是公司存檔的個人資訊，姓名、年齡、出生地、工作經歷、住址，全部一清二楚。

單單刪掉微博，可惜為時已晚，微博上已經炸開了鍋。她越來越多的私人資訊被扒出來，不是什麼事業女強人，只是一家出版公司小小的女編輯，而編輯最清楚什麼樣的文字能夠迎合讀者，什麼樣的套路深得人心。

寧缺來了電話，說家裡已經闖進來幾個小女生哭天喊地。單單讓寧缺先出去避避風頭，在更多訊息和電話湧進來之前，她無助地關掉手機，看著迎面路過的行人，彷彿隨時有人站出來指責她，為什麼要欺騙大家的感情。單單不敢出示身分證，去不了酒店，兵荒馬亂間買了些乾糧躲進公園，一躲就是三天，最無助的時候，能自我安慰的辦法就是逃避。

也是在這個公園裡，她竟然撞見小薩和一個臉熟的男生你儂我儂。原本只是出於好意關心一下公司有沒有受影響，卻意外從那個笨拙的男生口裡聽出了端倪。事情的線索要回到當初去朵蜜家，因為單單義憤填膺的一段話，朵蜜封筆，男助理小朱，也就是眼前的這個男生，跟著失業，而小薩常抱著的豬公仔就是愛的見證。

小薩也破罐子破摔露出真面目，某天用單單電腦的時候，看到了她忘記退出的微博主頁。自卑的小薩不明白，同樣是平凡的女孩，為什麼單單就能得到那麼多原諒與關注。她不喜歡單單身上那種正能量加身的光環，這只能襯托自己多麼可悲。

於是小薩替單單說了實話。

傷透心的單單覺得餓壞了。她丟掉剩下半塊已經發硬的吐司，跑去附近的高檔酒店吃自助餐，各種情緒加上胃的抗議，她發瘋似地大吃大喝，結果成了史上第一個吃自助餐吃到去醫院的病人。

對床的門簾拉開，出現了Lisa素顏憔悴的臉。兩人默契地同時拉回門簾，用被子罩住頭。過了會兒，只聽隔壁的Lisa說，不然我們聊聊。單單欣然應允，這才得知Lisa得了膽囊炎，身體一直不好，跟男朋友領證很多年始終沒辦婚事。兩人都太忙了，一個做出版，爬到高位就停不了，一個當老師，學校擴招，師資力量不夠，所以一拖再拖就給耽誤了。

她看新聞知道了單單的處境。她說人活著就是有太多事與願違，但只要能夠承擔結果，作什麼樣的選擇都無可厚非。

她還說，等她病好，就馬上辦婚禮。

單單躺在床上，聽著Lisa說自己的故事，洗胃後的不適漸漸緩解。想上廁所，剛走到病房門口，看到鹿游原出現在樓梯口，她立刻撤回來躲進病房的櫃子裡，留下一條縫，朝Lisa比了個「噓」的手勢。

鹿游原見到Lisa並無驚訝，只是一聲不吭地在病房內溜達，來回撥弄著手機，末了正想離開，Lisa突然叫住他，神情倦怠道：「不管你們男人有多大能耐，永遠也不要讓一個女人獨自躺在醫院裡。」

鹿游原前腳剛離開，單單就向Lisa道別逃離了醫院，這些天她想過一百種給全世界解釋的理由，卻不敢面對鹿游原，跟他說一句，因為暗戀你，所以夢裡的人都像你。

單單用頭髮擋住臉，埋頭來到醫院樓下，一頭撞上顧文的胸。顧文跛著腳，朝她大吼：「躲到醫院來算什麼本事！你知道這個時候路上有多堵嗎，我車也不要了，學他們掃了一輛共用單車，媽的半路還被撞了。」

「那你趕緊上去看病吧。」單單埋頭往前走。

「你能不能行了，多大點事，管別人怎麼說啊！」

單單在路邊攔計程車。

「你不是說今後啥都聽我的，那我讓你站住！」

一輛計程車在身邊停下。

「單單我喜歡你！」

車門拉開一半，單單猝不及防地僵住了。聽到身後有落葉被踩碎的聲音，顧文朝她一瘸一拐地走來。她害怕面對接下來的情景，迅速坐上車，命令司機趕緊開。

不忍心辭職，卻又害怕去公司，單單只能漫無目的地讓司機在城市裡兜圈，最後停在了常去的書店前。

她在貨架上徘徊，用手撫摸過顧文的書，朵蜜的書，還有公司出版過的很多作品，甚至又碰到了那個搞破壞的銷售員。他見到單單，嚇得把顧文的書放在自己公司的書堆上，一副慷慨就義的表情。單單朝他笑了笑。

更深處的貨架下，裝滿了幾籃子賣不動的書，她能預見到它們的目的地，運氣好一點，只是回到冰冷的庫房，殘忍一點，就在造紙廠裡結束短暫的生命，化為新的紙漿。

這個世界上從不缺好的故事。書裡的鉛字真真假假，無心人在意結局，有心人不會問底，反正美人與英雄各自老去，結果與答案都成了謎。

單單一隻手劃過貨架上冰涼的書脊，直到指尖在一本新書上停住。她小心翼翼地取出來，看見書上慢爸的名字，翻到版權頁，編輯的署名是陳慢。

她終於蹲在地上，狠狠哭了出來。

有人拍了拍她的肩，她抹著淚側過頭，站在身後的是另一個自己——白芷。白芷化著精緻的妝容，身著黑色的寬版T恤，破洞牛仔褲，扠著腰，整個人跟她筆下勾勒的氣質一模一樣。白芷把單單扶起來，揶揄道：「女人啊，別給自己那麼多愁緒，哭鼻子這種事，得設定一個限額。」

「我是因為慢慢他們哭。」單單留有最後一點倔強。

「好啊。那別的事就不重要了，活得像我一樣，別人相信或者不相信你的故事，那是別人的選擇。還記得鹿游原說過什麼嗎，夢想很美好，現實很殘酷，兩者之間確實差距巨大，那麼你至少，不能讓它更糟。」

剛到家的顧文收到單單的微信，轉身就跛著腳跑到進口超市。門口的桌上，單單抱著幾瓶啤酒，爽快對著等紅燈的他，隔空碰了碰杯。

第二天一早，單單讓寧缺幫她化了妝，用捲髮棒做了髮型，還破天荒動用了衣櫃裡斥鉅資鎮宅的大牌衣服，在公司所有人注目禮下，閃亮登場。

她甚至主動撿起小薩掉在地上的小豬公仔，若無其事地還給她，道了句，別把人摔著了。小薩的手僵在半空中，臉上的表情說不上是驚訝還是失落。

單單非常誠心地寫好致歉聲明，打算把真實的自己親自剖給大家看，一切不過是一場暗戀的白日夢。

而在這之前，微博上出現一個疑似××先生的帳號。他竟然開始更新與白芷的日常，那個日常裡，有一個白日夢想家，經常闖禍，但攔不住倔勁兒，身體裡似乎有個發動機，只要按下她的開關，能量無限。

她每天會跟我說早安，我坐在她對面，偶爾累了，抬頭就能看見她傻乎乎努力的樣子。是她讓我知道，有些事不去瞎想，那這枯燥的現實生活，真是挺難熬的。也是她讓我知道，死皮賴臉地爭取一下，真的會有轉機。她其實挺難的，不要忘了，所有人都相信她的故事是真的，但從一開始只有她自己知道是假的。

我也是她的粉絲，不過人類的感情哪有故事裡寫的那麼簡單。她把好的拿出來分享，告訴你還是要心存美好，相信愛情，卻不告訴你，背後那些不好的經歷，不給你規避辦法，也沒有解決之道。你就相信你願意相信的部分就好。

曾經做過一本書，書的扉頁上寫，我們要說真話，不說假話，但真話只說一半。白芷的故事裡，至少有一點是真的，那就是我。

有一天作夢，夢裡都是她，醒來覺得這個覺沒白睡。我覺得該去找她了。

聲明沒發出去，單單看著對面空著的座位，給鹿游原發了條微信，說，不用這麼幫她。

傍晚下班時，窗外下起了雨，單單沒帶傘，在屋簷下等雨停，恍惚間伸出手，讓雨水打在手心上，想起了她跟鹿游原在小舟上的傘吻。

這時主角突然出現，一把抓住她，拉進他的傘下。

兩人緊挨著，一時無言。

「你千萬別對我客氣。你只是客氣，我會幻想很久。」單單逃避他的目光，埋頭囁嚅著。

鹿游原沒有說話，他唯一的回應，不是熱烈的擁抱或是親吻，而是牽著她的手，再沒有鬆開過。

南方景區的姻緣樹，那天它業務繁忙，送走了單單寧缺顧文，終於迎來最後一位客人。鹿游原扔了好幾次木牌都掛不上去，換作別人可能多少會喪氣，認為是天意注定，但鹿游原不信邪，一口氣買下一堆木牌，每個都寫上單單和鹿游原的名字，然後綁在一起，用了好大的力氣拋了上去。

鹿游原跳起來，做了個勝利的動作，看著自己的一捆牌子，牢牢地掛在樹頂最粗的樹枝上，滿足地微微一笑。

那晚在進口超市裡，顧文竟先把自己灌醉了，他把額頭貼在單單的手背上，用撒嬌的口吻說：「看過你更新的一千多條微博，卻沒有一條是跟我有關的，哪怕只是一個過目就忘的角色。我連你的幻想世界都住不進去。自從認識你以後，我新書裡每個故事的女主角都有你的影子。感情始終是不對等的，不喜歡就是不喜歡，我認了，但我覺得你一定會後悔的。」

在結束新書的所有宣傳後，顧文決定去巴黎旅居，說要收拾心情，為下一個作品收集靈感。單單和寧缺在機場跟他依依惜別時，單單眼淚差點掉出來：「你就不能再多待一段時間嗎？都沒人跟我喝酒了。」

他猶豫了幾秒鐘，神情有些複雜，給了單單一個摸頭殺：「有的是時間，等下次我回來找你啊。」

說完這句話，顧文頭也不回地進了安檢口，他背著的雙肩包上，掛著單單在日本抓的娃娃。

為什麼喜歡××先生，除了眉宇俊朗不羈額頭飽滿明亮鼻梁挺拔明眸皓齒，用人話來說就是帥以外，他真的有很多缺點。

他撒嬌功力滿級，幼稚程度可以領終身成就獎。

他是霸道理事國國王，日常行為準則就是，順我者昌逆我者——來啊我們互相傷害啊。

他自理能力為負，家裡有一個凳子，永遠會自動長滿衣服。

還有很多，不勝枚舉。

為什麼這麼多缺點我還喜歡，因為我知道，他的這些缺點都是以折騰我為圓心，圍著我繞一圈，就是他的整個世界。

021-

他住的地方附近有一家進口超市，我們常在那喝酒。

我們剛戀愛那會兒，有一次公司要派他去巴黎出差半年。我們在機場依依惜別，我的眼淚差點掉下來：「你就不能再多待一段時間嗎？都沒人跟我喝酒了。」

他猶豫了幾秒鐘，神情有些複雜，給了我一個摸頭殺，我以為他要用什麼「總有時間回來再去」這樣的標準藉口搪塞我。

結果他面無表情地把登機證撕了，站起來牽著我的手說：「走吧，現在就帶你去。」

仍然是早晨8：45，單單準點站在公司對街，提前五分鐘就到的鹿游原，遞給她一杯自己常喝的咖啡，他還是保持冷漠表情，並肩走進了公司大樓。

顧文的新書首印售罄，主編批了三十萬冊加印量，單單成了年終獎金最多的編輯，Lisa還給她在淘寶上做了個獎盃，結果掌櫃很實在的，把Lisa備註的「出版界小花旦單單，第一個單後面加讀音ㄕㄢˋ」幾個大字都刻在了上面。

最近寧缺又想轉行，纏著鹿游原給她出書，在成為中國蒂妲·絲雲頓前，想先出一本《我與世界只差一個馬雲》。鹿游原當然沒理她，簽下了新的作者，也是跟白芷一樣寫

「虐狗」日常的，揚言要挑戰單單的紀錄。

單單和鹿游原同框出現在公司的對桌，街角的素食餐廳，去印刷廠的路上，每次聽到鹿游原遠遠叫她的名字，都彷彿開啟一個嶄新的故事。只是故事的進展速度跟單單想像的不太一樣，但沒關係，無論終點在哪，此刻的他們一起走過就好。《太陽照常升起》裡有一句話說：「我一聞就知道是你，你離我十公尺，我就心跳加速。」鹿游原離她還有多遠她不知道，但一想到他，就已經心跳加速了。

隨著心臟的跳動聲，時間撥回幾個月前。

單單為了顧文的新書忙得焦頭爛額，在公司加班睡得放浪形骸。鹿游原跟熟睡的單單大戰三百回合，幫她調整睡姿時，不小心碰到她的滑鼠，螢幕亮起來，微博停在白芷的登錄頁面。

這個故事告訴我們，微博雖好，也請記得退出。自媒體時代，哪有秘密可言，有幸參與你的幻想，與有榮焉。

生活如一場天氣系統失衡的晴天風雪，讓人持續性懷有希望，卻總間歇性給點打擊。那些看完和沒說是一樣的道理，過目則忘，真實體驗的人生，只能靠自己慢慢想通。

到不了的夢想，只是一個比現實稍稍多一點修飾手法的平行世界而已；傷害你的人，只是一個在你身邊停留久一點點的過客而已；男朋友女朋友，只是比普通朋友稍微特殊那麼一點點的朋友而已。

所以不用那麼有壓力。你所在的世界，暗潮湧動，但是你清楚前方還有多少絆腳的石子，未來那些迷惑的選項也一覽無餘。所有人都在這個世界真實地活著，而你因為擁有幻想的能力，心裡自然也有底氣：我看過你們不曾見過的廣闊星空。

07:15 ______ AM

02

YEARS FROM
NOW ON

此去經年

那個時候，說什麼都挺容易的，
我喜歡你，可以是開場白，我發誓，成了謊話的前奏，
說了再見，以為真的會再見。

席慕蓉的詩裡有這麼一句，如何讓你遇見我，在我最美麗的時刻。何遇的媽媽就是念著這首詩在一棵楊柳樹下遇見了與她執手的人。

何遇的名字由此而來。

十八歲那年，他跟方楚楚離開熟悉的小縣城，提前過上了社會人生。這對神雕俠侶沒雕，不俠侶，只有神，神經病的神，在吧台上摔過瓶子，在動物園餵過老虎，幫人代筆寫過小說，給魔術師當過助理，曾經揮霍著人民幣吃遍一整條夜市美食街不心疼，也落魄到買個麵包都要一人一半。

二十五歲那年，何遇在一家賀卡公司工作，專職寫情書，被女上司強撩未果，倒是讓方楚楚以此為哏，吃了半輩子的醋。

二十八歲那年，何遇說，忙歸忙，什麼時候有空，咱們把婚結了吧。方楚楚說，結婚那麼大的事，怎麼能這麼隨便，要不，就今天吧。

三十歲那年，方楚楚腦裡長了顆瘤，差點見了閻羅王，治癒後從此右耳辨音吃力，走路左右搖晃。他們決定不生孩子，統一目標，開始在國內環遊，以季為單位，一年去四座城市，方楚楚靠體力在當地的青年旅社打工，何遇靠腦子在路邊寫字畫畫賺外快。

四十歲那年，他們成立了一家圖書公司，策劃了多部暢銷書。那一年是二〇三〇年，科技主導世界，極簡生活者遍地遊行，讓紙質書起死回生。

五十歲那年，方楚楚舊疾復發，常常昏厥，何遇賣掉圖書公司，用所有積蓄買回一輛無人駕駛的房車，將房車改造成移動書店，帶方楚楚環遊世界，共伴餘生。

方楚楚是誰？

兩人相遇在高一那年。何遇自小文筆好，私下幫同學寫情書，一封兩塊錢，賺點錢買雜誌。但他性子軟，碰上那種個兒高人渾的顧客就縮，結果非但沒賺到他們的錢，還被反將一軍，被老師直接查封了生意，順帶放學別走，留在辦公室裡寫悔過書。

這孩子在學校沒犯過什麼錯，一有點風吹草動就放大成黑洞，覺得寫悔過書是重罪，平日裡信手拈來的文字遊戲，奮戰到天黑什麼都沒憋出來。他窩在老師的桌上，看著四周堆成山的作業本，咬著筆抓耳撓腮。

此時方楚楚從窗外推開玻璃窗，一個跳躍從容落地，而後不緊不慢地開始在辦公室裡翻箱倒櫃。何遇瞪著眼，氣都不敢喘，腮幫子咬筆咬得生疼，盤算著這三層高樓，此乃何方蜘蛛俠。

只有兩個人的空間氣氛詭異，何遇多年的尷尬綜合症上頭，全身如針刺般難受，他強找話題：「今晚的月亮好圓。」

方楚楚一哆嗦，嘟囔著竟然有人，她叼著一枚棒棒糖含混地說：「外面有霧啊大哥。」

接下來，何遇努力不冷場，從天氣溫度、你叫什麼名字到你從哪裡來到哪裡去，越問越尷尬。倒是方楚楚一邊翻著東西，心情大好地接受了採訪。他們生活的小縣城叫龍泉，城裡有兩所學校，一所龍泉中學，一所二中，顯然，正房和妾的區別，但兩家學校不承認，暗地裡比拚升學率。之前有過兩校的學生談戀愛錯失重本的前科，於是學校出現了一個沒列入校規的潛規則：內部消化能忍則忍，外部消化格殺勿論，以至於兩校學生連正常的交往都劍拔弩張。方楚楚就是隔壁龍中的，此行來二中，是幫她老大找一個帶鎖的筆記本。

看著這個穿著便服，馬尾上綁著一圈圈彩色橡皮筋的不良少女，何遇嚥了口口水，不想生事，把臉往作業堆裡湊，不巧手肘碰到一個帶鎖的本子。

「你要找的……是這個嗎？」躲不過的何遇弱弱地舉起手。

方楚楚向他走去，這才終於看清楚作業本後面那個男生的模樣。

她們班走文藝路線的物理老師曾說過，真正的速度是看不出來的。比如樹葉什麼時候會變黃，嬰兒什麼時候會長出第一顆牙，你什麼時候會愛上一個人。

她計算了一下，大概就在剛才的半秒鐘時間內，心頭已經開啟了一扇門。

從此以後，何遇的世界就多了一個方楚楚。

何遇上廁所的時候，聽到窗外的動靜轉過頭，方楚楚正一蹦一跳的，露出那張笑開花的臉，嚇得他尿都斷了線。下了晚自習後，街上的路燈年久失修，方楚楚會突然從某條巷弄裡鑽出來，身上掛著彩燈，陪他走一段。最誇張的一次是方楚楚潛入何遇的教室，在他座位上搞事情，被何遇逮個正著。不過沒等他問清情況，班主任突然也進來了，何遇急中生智，把方楚楚的頭按進自己的課桌洞裡，本以為躲過一劫，誰知道方楚楚的腦袋被卡住拔不出來，最後請來了消防隊。

因為跟龍中學生往來，何遇被班主任發配到操場跑圈散熱，方楚楚在旁邊蹦蹦跳跳地跟著，那個五顏六色的馬尾辮和花衣裳格外顯眼。何遇用校服套住頭，委屈至極地問她到底要幹什麼。

「你校服有樟腦球的味道，真好聞。」這是那天方楚楚的回答。

「那是什麼味道？」莫羨揪著何遇的衣服，輕輕聞了一下。

莫羨是何遇在這個學校「唯二」的朋友，顏值與成績並駕齊驅。何遇很理性，任何事井井有條，他安靜，不爭，寫東西是他的安全島，所以他在學校的常態就是在座位上跟自己玩，因為不合群，同學都不太喜歡他。

只有莫羨欣賞他，她跟何遇說，有些人的使命就是改變世界，另外一些人跟在這些人後面做自己喜歡的就好了，你得允許這樣的自己存在。那一年，她不過也才十六歲，人美心善，世上真的有天使。

而何遇另一位朋友，是他們的心理學老師，何遇叫她雅典娜。當初學校為了響應國家號召，校長請來雅典娜老師為大家上心理課，結果不出一個月，就被國文數學英文老師以各種理由占課。零星的幾次見面，她總能用各種招數活躍班上的氣氛。何遇看著講台上的她，穿著一身乾淨的白衣，眼波流轉，氣質非凡，那時有一期雜誌寫聖鬥士星矢的，他看著紫頭髮白衣的雅典娜，心裡似乎有了女神模糊的對照，雅典娜老師因此而來。

何遇有次跟同桌鬧了口角，差點動了手。儘管何遇占理，但他紅著臉，還是忍不住抹了把淚。記憶裡這是第一次跟同學吵架，他怨懟自己沒用，雅典娜給了他一杯檸檬茶，對他說，吵完架會哭的人，其實是潛意識覺得把自己隱藏的另一面給別人看到，於是沒有了安全感，才會忍不住哭。

也許自己心底有一隻小惡魔吧。何遇躺在單人床上，望著天花板暗自想。何媽媽伴著周杰倫的曲兒在客廳裡跳舞，無論是抒情歌還是吐字不清的rap，這位舞后都能隨機調換步調，「舞法舞天」。

伴著「菊花殘，滿地傷」，何遇睡了好沉的一覺。

方楚楚出現在他的夢裡，洗完澡的她披著一頭未乾的長髮，蜷著腿在床上琢磨著藏頭詩，她好努力地想把「何遇我喜歡你」幾個字藏進詩裡，但來回揉了好幾張紙，都寫不出半個字。良久，她突然轉身，朝何遇的視角衝他猙獰道：「我竟然為了你做這種事，把我自己都感動到了。」

何遇從房車裡醒來的時候，已是正午。助理機器人靠在床前，顯示電量低，肚子上的音箱正放著何遇常聽的電台調頻，裡面溫和的男聲說，剛剛聽到的是來自周杰倫的經典老歌，〈告白氣球〉。

何遇彎著腰，把機器人抱去充電座，也不過就十幾斤的傢伙，感覺比前些天又吃力了不少。簡單洗漱後，他在飲食一體機前猶豫片刻，點了一杯溫水和蛋餅。

何遇坐在工作台前，一隻手顫悠悠地掀開窗簾一角，外面是透光的白，電視上說，這是札幌今年入冬以來，最大的一場雪。

還是往常的習慣，他用那支慣用的白色鋼筆，緩緩寫下一封信，耐心裝進一個米色的信封裡，隨後起身穿上大衣，套著羊絨圍巾，把白色頭髮順了順，戴上一頂灰色的平簷帽，斂去表情，打開車門，輕輕地下了房車。

這是移動書店停業的第五天。

何遇來到札幌市醫院，在重症病房前，把那封信遞給穿著粉衣的護士。銀色的房門裡，方楚楚在病床上安靜地沉睡，兩台精密的儀器連著她的大腦和心臟。因為用藥的緣故，她大部分時間都在昏睡，間或醒來，就讀讀何遇給她的信，聊聊天氣心情，更多是他們共同的回憶，末尾，總是附上一段情話。

只有在儀器換藥時，何遇才能進入病房，不能停留太久，所以還要看運氣，最好方楚楚能默契地睜開眼。

最近一次的見面，何遇說寫信沒人回的感覺，好孤單啊。方楚楚笑笑，聲音發澀地說：「輪到你了老頭兒，該你主動一點，我好休息休息。」

何遇心疼道：「當年你追我的時候，應該就是這種感覺。」

「什麼我追你，是你先撩我！」方楚楚用力嚥了嚥口水，一股熱流襲來，眼睛被刺得糊上一層霧氣，她緩緩說道，「在老師辦公室裡，突然說月亮圓，看你老老實實的，還不是為了吸引我注意，你就是心眼多。」

「好好好，你說什麼就是什麼，感謝月亮，讓我們碰上了。」

「我們能碰面，那是因為我長得好看。」

何遇被嗆得咳了起來。

兩校合併的消息何遇是最後一個知道的。

高一學年結束，決定讀文科的他，得了急性闌尾炎，躺進醫院待了大半個月。他帶著小腹的一道傷口重回學校，校園早已狼煙四起，有人在食堂後門偷偷集會簽名抗議合校，高年級甚至直接帶頭在頂樓撕書，整個教學樓被白花花的紙片淹沒。

當然最後還是合校了，說是教育局的意思，兩校統稱龍泉縣中學，高中部搬到隔壁龍中，二中變成初中部，二中這個響噹噹的名號從此消失。二中學子萬念俱灰，莫羨倒是平靜，她坐在靠窗的座位，一手托著腮，一副歲月靜好的模樣。

沒人知道那時的她在想什麼。

踏進新班級的那天，何遇首先看到的是莫羨，緣分使然，何遇心想。再一轉眼，方楚楚靠在椅背上，給了他一個飽滿的大笑。我想死，何遇心想。

無敵方楚楚在這個學校有個男女混合團體，名曰「Girls and More」，一看這小破團就是嚴重性別歧視。他們有課一起逃，報告互相抄，團隊宗旨就是活在當下，時光愛老不老，我們畢業就散。那個高個子劉海男叫修遠兮，聽說外公是日本人，家裡開劍道館的，常在座位上張牙舞爪，招式每天不重複，官方解釋說他在練氣功。寸頭肌肉，說話總愛摻英文的男生叫高興，從認識方楚楚他們那天起，他就不停炫耀畢業後會去英國念書，He is the king of the world。身高一百五的叫郝青春，二次元美術生，會真實地把cosplay衣服穿到學校裡，並且一整天都沉浸角色的敬業妹子。最後要隆重介紹的是，占用了「每個班都會有一個胖子」名額的Pizza，英文名是她自己取的，她的夢想是賺大錢，每天都能吃上必勝客。

這幫人給何遇和莫羨的見面禮就是拉他們去網咖。對於何遇這種沒有深層次追求，以及膽子不在線的人，網咖、遊戲廳猶如善良人設的一處黑洞，如果進去了，那就真的從一個可塑之才變成無恥之徒了。何遇抱緊網咖門口的水泥柱子，寧死不從，最後輸給了莫羨寡淡的一句話：「我在這裡有卡。」

網咖裡烏煙瘴氣，何遇有好幾次都忍不住想吐。方楚楚熱情洋溢，給何遇申請了一個QQ號，把每個人都加上，還特意把自己設置到一個分組裡，何遇像是看某種儀式一樣，跟著方楚楚的滑鼠箭頭晃著腦袋。

還沒把「886」「9494」和「555」代表的意思分清楚，就聽見對面的修遠兮揚著下巴，煞有介事地說：「何遇，你六點鐘方向，有個女生在偷看你。」

方楚楚機警地先回頭，剛好看見一個小女生閃躲的眼神，不住地把臉往顯示器一角鑽。

「她不是看你，她是看門口的警察。」坐在他們旁邊的莫羨溫柔一刀。

門口的警察叔叔看完網咖老闆的登記表，開始一個一個看身分證。所有人默契地開始脫校服，何遇胃裡已經翻江倒海，他大口呼氣，腦袋已經跟不上這節奏。

莫羨和修遠兮仗著七成熟的臉，從警察身邊走過，在老闆那刷了卡從容離開，接下來是郝青春，她是直接大搖大擺走出去的，因為身高優勢警察壓根兒沒看見她。方楚楚把何遇的校服脫下來綁在自己腰上，拎起已經全身僵硬的何遇，掩耳盜鈴埋著頭走，結果不偏不倚撞在警察身上。

那天要不是Pizza靠噸位擋住了警察，高興再靠蠻力拖走了Pizza，他們一行人就跑不到龍泉湖邊，即便喘不停，也不忘指著對方狼狽的樣子大笑，還能相安無事地吃上便當，為了紀念，拍下第一張大合照。

有些人總是猝不及防地出現在你的世界裡，清淺如過目則忘的照面，深重如鐫刻回憶的凹痕。

何遇不知道這些人究竟能在記憶裡撒野多久，未來是否有瓜葛，只知道在那一刻，好像機械枯燥的高中生活，突然鮮活起來了。

整理照片的時候，何遇翻到手機裡那張大合影。「Girls and More」在畢業後如約解散，幾十年更迭，各自早已過成了不同世界的人。因為當年的手機像素太低，Pizza的胖臉照虛了，何遇後來找了各種修復技術，也沒辦法優化。但就像Pizza說的，就讓她，成為大家回憶裡的一個謎吧。

這個謎打來了視訊電話。

何遇擺正襯衫領口，按下通話鍵。視頻裡的胖老太太雖然臉上堆滿了褶子，但看得出平日裡愛整理，紅衣裳襯得嘟嘟臉仍然飽滿明亮。Pizza在電話裡舉著比自己臉還大的披薩，說她的孫子給她開了新的餐廳，研發的披薩都特別好吃。

何遇戴上VR眼鏡，來到Pizza身邊。來不及欣賞餐廳裝潢，光是看到披薩上堆滿的起司就覺得膩了，他撇撇嘴，揶揄道：「都六十歲的人了，還拿身體開玩笑。」

「你忘了我們團的宗旨了，」Pizza不依不饒地還嘴，「看看我這胃，為我操勞那麼多年不也一樣堅挺?!」

「及時行樂也要守住資本啊，你看郝青春那癌，再多撐兩年，藥就出來了。」

「那是人家明白，與其受罪，不如當下舒服，早點走，讓後來的人念著她。她那墓地啊，已經快被那些卡通玩意兒堆滿了。不說我都忘了，那個七十多歲的作者，最近才畫完《海賊王》大結局，回頭趕緊給她燒兩本去。」

何遇沉吟半晌，想要取下眼鏡：「我要去醫院了。」

Pizza叫住他，試探地問：「準備好了嗎？」

何遇背對著Pizza站著，話到嘴邊又收住了，他緩緩摘下眼鏡，回到自己的房車裡，佝僂的身影被窗外的光線射透，影子被拖得老長，助理機器人在他身邊辛勤地擦著地，空曠的車廂裡發出清晰的聲響。

二〇〇七年的冬是龍泉歷史紀錄裡最冷的一個冬天。

南方的濕冷讓整個龍中都籠著一層怠懶的氛圍，四十分鐘的課，感覺無限漫長。合校之後，雅典娜老師的心理課變成「一期一會」，龍中的校長在五層走廊盡頭不起眼的角落裡，給她弄了一間心理諮詢辦公室。或許是大家都活得沒啥煩惱，來諮詢的同學甚少，她平日裡就在這個不足二十平方米的空間裡看報紙做研究。

他們新的語文老師就比較忙了，還出了一套正確選項全是C的卷子，來考驗大家的定心。要背誦的課文，他都會讓學生們默寫，一來二去大家就精了，都會事先抄在紙上，結果道高一丈，他故意從第二三段開始，或是讓大家把本子橫過來，總之變著花樣來默寫。這讓從二中過來的學生更是煩心到無以復加，幾個男生帶頭扎了語文老師的自行車車胎，在他的課上睡大覺吃麵條。

何遇和莫羨倒是沒什麼反應，二中的人覺得他們這是叛變，不顧及母校情分。一腔熱血的方楚楚看不過去，約上那幾個男生在操場小聚，等她的小團體悉數到齊，兩方陣營正式對立。方楚楚是想跟他們講理的，馬上都是成年人了，請帶上腦子，不要看了幾部港片，就在這瞎貫徹義氣，要真覺得委屈，等自己揚名立萬了，把學校名兒貼額頭上都行，但有氣別往老師身上撒，這讓我懷疑你們究竟是不是男的。帶頭的男生聽罷走到方楚楚面前，朝她豎了個中指。本以為人高馬大的高興會直接動手，結果他只在旁邊弱弱地說了個「Oops」。

何遇突然伸手，氣勢洶洶地抓住男生的指頭，又認命地柔聲問：「這樣好像很沒禮貌吧？」

在男生怒火中燒的當下，校長來看熱鬧了，問他倆這是幹什麼，莫羨鎮定自若地解釋：「馬上運動會，他們準備練習五千公尺。」

「這麼用功，那現在給我跑跑看。」

現場的小夥伴都安靜了。

何遇攔下想替他跑的方楚楚，硬著頭皮跑在第一個，男生輕聲罵了句娘，跟了上去。後面的課方楚楚直接蹺了，備好兩瓶水在操場邊等他，莫羨也萬分抱歉，在窗邊行了四十分鐘的注目禮。演戲演全套，以往運動會都只會寫通訊稿的何遇，真的參加了五千公尺，不負眾望地跑了個倒數第二，身體終於超負荷，肌腱炎外加感冒發燒，在家廢了一星期。

某天何媽聞聲開門，方楚楚搓著通紅的手站著，乖巧地一鞠躬。

這個女孩子的大多行徑都無法用常理解釋，所以何遇也懶得問她怎麼知道他家地址的。方楚楚以幫他補課的名義，強行同框，又是帶高湯，又是送便當的，沒有那些奇裝異服，就穿著淡青色的羽絨衣，頭髮簡單紮著，跟何媽說話聲都放低了兩個度，永遠眼帶笑意，何媽說什麼，都回一句好的。

何媽完全被方楚楚降伏，連說如果何遇的早戀對象是這樣的，她也認了。

「媽你說什麼呢！」何遇沒好氣地嘟囔，「她平時不是這樣的。」

一學期唯一一次的心理課，雅典娜期待許久，她作好萬全的準備，一上來就讓班上的同學做吸管傳遞小紙杯的遊戲，還能準確地喊出每個人的名字。本來其樂融融的氛圍，卻被郝青春尖厲的一嗓子給吼破了。

下雪了！

結霜的窗戶外，片片雪白舞動。這是他們長這麼大，在這個南方縣城第一次看見雪。所有人的視線都被窗外的景帶走。板書寫到一半，雅典娜放下粉筆，輕嘆了口氣，然後揚起一抹笑說：「接下來的內容，是要大家去校園裡找找，你們最喜歡的東西，花草樹木紙屑灰塵都不限。但是要注意紀律，下課的時候交作業。」

那天只有他們班在操場裡玩雪，雪積不起來，只是潤濕了路面，他們就從樹枝草叢上裹起雪，手被凍得通紅也不覺得疼。頂著一頭白色的方楚楚突然拉住何遇的手，他想掙脫，連問幾個幹什麼。方楚楚笑著答，蹺課。

何遇半推半就著被方楚楚拽出了學校。這是他第一次翻圍牆，第一次在學校外面聽到上課鈴響，第一次在上課時間散步。他沒見過這個時候的小城，深邃安靜，楚楚動人。大路上只有他們兩個人，何遇摩挲著肩膀，只能靠偶爾路過的幾輛人力三輪車緩解尷尬。

方楚楚在超市裡買了兩根冰淇淋，隨手遞給何遇，自己熟練地咬掉圍著蛋捲的包裝紙。

「你瘋了吧，大冬天吃這個！」

「誰說冰淇淋只能夏天吃了，」方楚楚大咬一口，豁起嘴，邊笑邊哈著白氣，「冬天的冰淇淋更好吃。」

何遇半信半疑地跟著咬了一口，透心涼，凍得太陽穴都疼，他鄙夷地看了眼雪糕，大驚：「這個牌子很貴吧。」

「還成。」

「少花點你爸媽的錢。」

「哎，你跟我來，讓你看看我打工的地方。」說著方楚楚拽著何遇的羽絨衣一角，拉著他跑起來。

「幹嘛要跑啊？」

方楚楚不帶喘地大吼，雪花灌進嘴裡：「我每天放學和上學都用跑的啊，日升日落，我要奔跑過太陽。」

她真的是個神經病。

何遇在濕滑的路面迎著雪足足跑了一公里，最後在一家奶茶店門口停下。有一瞬間，他看見方楚楚在櫃檯上做著熱奶茶，五彩馬尾隨著忙碌的身子來回擺動，這樣的畫面好像也很養眼。

是這裡，方楚楚指著旁邊的唱片行。

現實總是辣眼睛。

方楚楚拉開兩個抽屜的盜版光碟和錄音帶，饒有興致地給何遇介紹賣一張碟能賺三塊，以及哪些碟裡面裝的其實是十八禁，還有用步步高可以洗掉錄音帶錄自己的歌，調虎離山賣給別人……何遇聽著聽著走了神，他突然有種莫名的期待，這個跟他不是一個世界的女生，還能做出什麼他認知範圍外的事。

唱片行裡只有一面牆的CD和錄音帶是正版，方楚楚問何遇喜歡哪盤，他看了一圈也只認識周杰倫，他指了指《依然范特西》的錄音帶，方楚楚大方地一拍胸脯，說等畢業了送給他，當作禮物。

其實方楚楚會來這個店打工，更重要的原因是看中了頂樓的天台，無論心情好壞，只要有時間，她就會獨自上來坐坐。唱片行的天台有最好的視角，能看見成片低矮的房屋，縣城中心的燈塔，天氣好的時候，雲是一幀幀的動態，抬頭有星星，全世界都是大片燒紅的晚霞。

兩個人坐在鞦韆上，何遇忍不住感嘆，真美啊！

「何遇，你見過外面的世界嗎？」方楚楚指著遠處若隱若現的山說，「這座山後面，我們待的盆地外面，如果我們去到那些地方，會不會跟現在不一樣？」

「不知道，」何遇的思緒游離片刻，「我喜歡自己的家。」

「那還是要出去啊。」

「出去？」

方楚楚滿臉憧憬道：「對啊，我是屬於世界的。」

「你就是太把自己當回事兒了。」

「我不把自己當回事，指望別人來嗎？」方楚楚陡然大聲。

何遇尷尬症來襲，如鯁在喉，陷入沉默。

方楚楚止不住寒顫，打了個噴嚏，哈啾！

「你打噴嚏的樣子挺可愛。」何遇脫口而出。

那個時候，說什麼都挺容易的，我喜歡你，可以是開場白，我發誓，成了謊話的前奏，說了再見，以為真的會再見。就像那個時候的何遇不知道，因為這一句話，女生就對著風吹了一個晚上。

窗外仍是片片雪。

護士在紙上寫下紀錄，二〇五三年十二月二十二日，呼吸機能恢復。

昨天方楚楚嘴饞，威逼利誘何遇給她餵了個柳丁，結果吃到昏迷，身上連著的機器發出巨大的鳴叫，把何遇嚇得覺都睡不著。

倒是方楚楚，醒來後一直偷笑，一來是嘗到了甜頭，二來覺得何遇緊張的樣子著實可笑。

他最近的一封信裡說，保證接下來幾天，再也不會被方楚楚洗腦了。那封信還有個主角，是大塊頭高興，何遇有天在雜誌上看到他了，他跟一個小了他三十多歲的英國女友生了孩子，旁邊人物介紹寫著，他是登頂珠峰年齡最大的華人。

方楚楚讓何遇念念這封信最後的情話。

何遇接過信紙：「你負責任性，負責隨心所欲，負責做你想做的，負責不負責任，我就只對你負責。」

方楚楚邊聽邊笑。

何遇急了，皺眉解釋：「我是要對你負責啊，你最好的青春都給了我。」

方楚楚用力側了側身，盯著天花板，嘴角止不住抽動，柔聲道：「老頭子，我又沒吃虧，心甘情願。你最好的青春也給了我啊。」

因為跟二中合併，龍中背負著更大的升學壓力，臨近高二學年結束，學校立下了很多新規和禁令，比如週六補課，晚自習多上一節，以及禁愛令，還為此成立了各種學生小組，查遲到早退的，查上課紀律的。作為「Girls and More」裡的「girl」和「more」，郝青春和Pizza自告奮勇成立了拆散情侶小組，終日戴著黃色袖標在校園裡遊蕩，追追新番，兼顧吃垮小賣部。結果不小心真被郝青春拆中了一對，不過那個在樹林裡拉小手的當事人，是他們同學，就是上次那個在操場跟何遇跑五千公尺的男生。

小城風氣，說是單純，也不過是套著實心兒的傻，早戀發乎情止乎禮，牽手就已經越界，最嚴肅莫過於親吻，所以對於處男處女這事，會被上升到很嚴重的高度。那個時候，男女生間會傳一個笑話，說女孩子走路雙腿併不攏就不是處女。

郝青春走路腿併不攏，是那個男生傳出去的。同學見到她視線一致向下，為此她連路也不敢走了。郝青春賴在莫羨懷裡哭著說，腿細怪我囉！這事後來是修遠兮平息的，他把男生叫到車庫，自己隨手撇了一節樹枝進去，再出來的時候，那個男生就開始叉著大腿在教學樓裡「遊街」了。

都以為修遠兮是表演型人格，上課晃神下課打坐什麼的，別說劍道了，即便說自己是青龍幫幫主，他們也會配合演出跪地叫聲大哥的。但沒想到，他是真材實料。郝青春從此入了修遠兮的坑，只要有修遠兮出現的地方，她的腦子裡就塞滿彈幕，不停點讚。

也就是在這個人人談愛色變的時候，方楚楚拎著行李箱敲開了何遇家的大門。她說是跟家裡人吵了架，離家出走又沒地方去，就來何遇家避避風頭。沒等何遇發表意見，何媽已經好客地給她張羅起起居用品，還勒令何遇把床讓給方楚楚，甚至連她喜歡吃什麼忌口什麼都記錄在案。

何遇說她不是避風頭，也不是離家出走，而是來認乾媽的。

前半夜的方楚楚輾轉反側，滿腦子是睡在地上的何遇，她幻想了無數個能順理成章睡了，哦不，睡在何遇旁邊的辦法，她甚至都想破罐子破摔默默鑽到他被子裡，第二天再把責任硬推給夢遊。

何遇的床其實就是個榻榻米，四個角用木頭撐子固定著，最後她研究出了一個法子，把墊子往外拉了拉，連拽帶踹地弄走前面的撐子，伴隨著期待已久的失重，方楚楚成功滾了下去。

此時何遇用力翻了個身，於是方楚楚直接砸在了他的身上。

強睡計畫失敗，有方楚楚這個永動機在，下半夜的主題理所當然變成了「睡什麼睡起來high」。

聊到何遇的爸爸，他首次鬆了口。在他很小的時候爸爸出軌，離開了這個小縣城，何媽至今都未再嫁，也許她不想辜負席慕蓉的詩意。

方楚楚翻到何遇桌上的作業本，被何遇機警地一把搶走，兩人爭搶推搡間，知道這是何遇寫小說的本子，方楚楚強調寫小說沒什麼可害羞的，還說她一向第六感靈驗，何遇今後一定是個作家，說什麼也要把本子往自己書包裡塞，瞻仰瞻仰作家苗子的作品。

何遇沒轍躺回被窩，背對著方楚楚沒好氣地說：「你啊，到底是個怪人。」

「我啊，就是喜歡跟你在一塊兒。」

何遇用被子擋住臉，覺得臉有些燙。

「跟你在一塊啊，有種一手插進超市米堆裡的感覺。」說罷，方楚楚身子一頓，目光灼然地朝何遇射來。

何遇下意識地縮了縮脖子問：「什麼感覺？」

「反正就是很舒服。」

那次離家出走，方楚楚就戰鬥了兩天，不過後面她也不常出現在學校，行蹤不定，偶爾來上課，也是蓬頭垢面精神恍惚。等何遇再次見著她，是在醫院住院部裡。

頭天晚上龍泉下了場暴雨，學校對面的列印舖子因為印表機漏電燒了起來。好在雨夠大，消防官兵也及時趕到，沒造成大事故，不過從裡面抬了個人出來。

方楚楚這些天蹲在列印舖子的電腦前，一個字一個字地把何遇手寫的小說敲在word文檔裡。本想列印出來裝訂成書給他一個驚喜，沒想到送來了驚嚇。舖子失火的時候，她第一反應是搶救何遇的作業本，過程中被煙燎到鼻腔，沒一會兒就失去了意識，好在人沒有大礙，但是她的馬尾辮被燒壞了。

「Girls and More」一行人圍著方楚楚，像是正在進行一場儀式。方楚楚深呼吸，鼓起勇氣接過何遇遞來的鏡子，搖頭晃腦地來回看了看，然後招呼所有人都先出去。

她痛定思痛地摸了摸自己枯焦的頭髮，咬住嘴唇流了幾滴淚。

何遇站在病房外，心情複雜，說不上來的一種自責與愧疚。

第二天何遇一早來學校值日，教室門突然被一把推開，黑色短T恤，綁在腰間的校服，單手拎著的書包，一頭俐落的超短髮，伴著廣播站晨間新聞的BGM，無敵方楚楚回來了。

畫面越來越模糊。

腦子不聽使喚，閉著眼想要調取記憶裡的某個畫面，但總是被蒙上一層霧。再想辨得清楚些，索性連那個畫面都沒有了。

方楚楚醒來後記不起過去一些細碎的事，她問何遇，那年她剪過一次短髮，是因為什麼來著？

何遇給她的信裡寫，那年夏天，我們縣裡有了第一輛公車，當時車廂裡人擠人，把我們擠開了，彼此去不到對方面前。但我們互相看一眼就心花怒放，我一笑你就跟著笑，停不下來。路人肯定覺得我們倆是智障。最後，那輛公車著了火，我很機靈地用求生錘把玻璃砸了，把你救了出去，不過你的辮子被燒了。

「當時我們倆有到那地步嗎，還心花怒放？」

「不要質疑我的用詞。」

「而且，你什麼時候有這麼勇敢。我頭髮燒了，那你怎麼好好的？」

「我的小說被燒了啊，不然我今天早當作家了。」

何遇還寫道，因為你剪短髮的事，沒少跟學校長官鬧過，你是不良少女，而我跟你關係最近，所有人都知道。其實當時莫羨來找過我，讓我還是注意點分寸。那天她用手框到了第一百架飛機，傳說可以許願，她許願的樣子好認真，我從沒見過這樣的她，會跟一個沒有根據的傳說較真，但她卻說，願望都會落空的，不然每次許願的時候就不會這麼虔誠了。

不知道那時的她許了什麼願。莫羨，在她高三被退學之後，就再沒有見過了。

高三那年，雅典娜的心理諮詢室變成了「Girls and More」的庇護所。從這學期的第一天開始，整個年級就變了一種畫風，走廊和班上貼滿了直截了當的標語，老師們開始比賽發卷子，班上沒了打鬧和聊八卦的聲音，只有永無止境翻試卷的聲音，噼哩啪啦噼哩啪啦。

因為整個高中都在課上寫小說的何遇，到了高三徹底力不從心。在這樣的低氣壓裡，雅典娜安慰他們：「考到什麼學校不重要，重要的是遇上什麼人。你看，我們這個學校，比不了大城市的重點，它可能不夠好，但你們不都是最厲害的人嗎？」

雅典娜說完這話的第二天，校園裡挖出來了一塊巨大的火山石，據說含有好幾十種礦物質，價值過千萬。龍中突然占據了報紙頭條，一下子就身價暴漲，平日裡閉塞的小縣城也接連迎來了好幾波觀光客。

在備考最緊張的階段，一個大肚子長官來龍中視察，地方請了當時特紅的歌手來學校表演，說是配合大家的成人禮。

大肚子長官和女明星來的那天，室外溫度衝破三十七攝氏度。龍中初高中部所有學生停課，在中心大路上列隊迎接。男女生交替站成兩排，手舉著假花，保持八顆露齒笑高喊著，歡迎歡迎。從沒見過活的明星，高興他們全程星星眼，喊得很用力，方楚楚在一旁吐槽這是十里長街，莫羨則全程冷面，機械地晃著手裡的花。

曝曬一天後，是無縫銜接的成人禮，校長專門去旁邊的技術學院借了禮堂，主持人套著皮卡丘布偶，在舞台上又唱又跳地努力活躍氛圍，成人禮宣誓結束，皮卡丘開始跟學生們互動，提問如果能跟六十歲的自己對話，會說什麼。剛準備問第一個舉手的學生，皮卡丘就被工作人員請下了舞台，說是候場的女明星等得不耐煩了。皮卡丘幾乎是被推到台側的，又迅速被圍觀的人群擠到後門一角。何遇遠遠看見皮卡丘取下頭套，果真跟他心裡猜想的聲音吻合。雅典娜的頭髮濕漉漉地黏在臉上，她揉著眼睛，看不清臉上的表情。

女明星登台沒唱兩句，就被高興揭穿是假唱，他說聽過那麼多國外表演，她這個假得就差銜著麥克風尾巴唱了。唱到一半時，禮堂的音響突然壞了，麥克風又沒有聲，那個女明星在台上手足無措，隔老遠都能感受到滿場的尷尬。等麥克風調好，正巧收進女明星問候老媽的一句髒話。

全場譁然。

那晚「Girls and More」攔了大肚子長官和女明星的車，女明星戴著墨鏡在車裡頤指氣使，她的助理和工作人員下來實戰。長官掛不住面子，朝他們吼，你們這些人不想上學了是嗎？方楚楚激動地正準備上前，背後的莫羨一聲令下，你們都退下。然後她把披著的頭髮用頭繩紮好，上前扯開女明星的車門，把她拎了出來，用膝蓋問候了她的小腹，神情肅然地說：「我教教你怎麼接地氣兒。」

何遇也是從那天才知道，安靜文藝的莫羨是「Girls and More」的老大，也就是當初方楚楚來二中偷的那個帶鎖筆記本的主人。這是他們團隊的交換日記，實乃最高機密。

莫羨被退學那天，他們在雅典娜的辦公室進行了小範圍的道別儀式。莫老大提了「三不准」要求，一不准畢業前再鬧事，二不准哭，三是現在閉上眼睛不准偷看，等她走後一分鐘，再睜開。

一分鐘後，所有人睜開眼，白色的小黑板上寫著四個字：「我愛你們。」

青春總是有遺憾。

就像為人類取來火種的普羅米修斯，自己卻遭受了宙斯永無止境的懲罰。就像追過的偶像劇裡，那個又傻又癡情的男二號永遠只能擁有女主角的背影。就像莫羨離開後就再也沒有她的消息。就像修遠兮默默站在他們身後，偷偷紅了眼睛。

他那些怪力亂神的氣功是為莫羨表演的，每次聊天拿捏的潛台詞是為莫羨說的，他以為製造了那麼多存在感，就能收穫一點點的好意。當他把那個測試緣分指數的QQ連結發給莫羨的時候，就一直期待著能收到自己的名字。

結果信箱裡顯示的，卻是何遇。

湯顯祖的《牡丹亭》裡說，情不知所起，一往而深。

大概這就是青春吧。

還記得雅典娜在我們成人禮上問過一個問題，如果能跟六十歲的自己對話，會說些什麼。

親愛的楚楚，沒想到我們就真的來到了六十歲。那個時候覺得六十歲好遙遠，人生差不多就快看到頭了，結果你看最近的報導，現在六十歲才只算是中年人呢，我們的日子是不是才正要開始？

「如果」真的是個很有欲望的詞，年輕時候的我們，以為世界是不會改變的，但後來卻需要很多個「如果」。

真的有如果，我倒是有些話想對十八歲的自己說。

十八歲的何遇，抱歉我要劇透你的人生了。你不用糾結能上三本還是專科，因為那都跟你沒什麼關係。你反正沒有上大學，所以也就別白費力氣了。

十八歲的何遇，你信命，卻不太信自己。理性雖好，但不可貪，人活著，偶爾還是需要那一次的衝動，一次的熱忱，一次的勇敢啊。

你會跟方楚楚一起，開啟成年後嶄新的人生，你們一生顛沛流離，卻彼此攙扶，過上讓人羨慕卻不敢模仿的生活。你若喜歡她，請及時表達，對一個人好，就是要讓她知道，因為方楚楚會在三十歲時因腦瘤病倒，好心提醒一句，如果可以，就別剪她的頭髮，因為手術最後不用開顱，為此，她沒少責怪我。

她是闖進你世界裡多餘的太陽，但別趕她走，因為她讓你看見了不一樣的光。她經常放飛自我，腦回路跟常人不同，但即使全世界都誤會她，你也要懂她。你別怕她的好意，因為那是她愛一個人所有的表現，她果敢，善良，硬邦邦的心好像百毒不侵，但你要知道，女生都是需要疼的。我唯一的勸告，就是在你們寫下結局之前，要用盡最大的力氣愛她，守護她。沿途風景再美，也抵不過有她的荒野，四季更迭，唯有好女孩不可辜負。

方楚楚讀完這封信後，就甜甜地睡去了，夢裡自己在一個類似時光隧道的地方不停下落，四周是變形的黑色紋路，心臟的跳動已經跟不上失重的速度，她覺得呼吸困難。

終於睜開眼，視線被一層凝結的穢物遮擋，辨不清何遇的模樣。她感受到何遇正在抓著自己的手，試圖想跟他說什麼，卻發現口裡很難吐出字。

「我在。」何遇俯身到她耳邊。

方楚楚努力收緊小腹，用氣音頂出一句話：「這個結局已經很善良了。」

護士的隨診紀錄上寫著，二〇五三年十二月二十六日，呼吸機能衰竭。

「二十五年之後，我們再來這裡見面吧。那個時候我坐在台下，視茫茫，髮蒼蒼，齒牙動搖；意氣風發的你們坐在台上。我希望看見你們如何氣魄開闊、眼光遠大地把我們這個社會帶出歷史的迷宮——雖然我們永遠處在一個更大的迷宮裡——並且認出下一個世紀星空的位置。」

這是龍應台的文字，被雅典娜密密麻麻地寫在諮詢室白板上當作告別贈言。高考最後一門考試鈴響之前，雅典娜給學校遞交了辭職報告，辭職原因那一欄，她只寫下了一行字：「世界那麼大，我想去看看。」

高興在散夥飯那晚喝得斷了片，他輪流抱著大家哭，說他也想去世界看看。這些年吹得最大的一個牛，就是說自己會出國讀書。富二代這三個字，只有第二個字是真的。

郝青春塞給修遠兮一個大罐子，這些是她收集的修遠兮出生年的硬幣，那一年不怎麼產硬幣，但也收集了滿滿一罐子。她什麼話也沒說，也沒有留一封情書。她只是覺得青春圓滿了。

那晚方楚楚和何遇在唱片行天台喝剩下的酒，方楚楚坐在鞦韆上，何遇在背後推著她。方楚楚突然轉身，趴在鞦韆背上，抬眼望著何遇。

兩人四目交接，心裡似乎千言萬語，臉上卻雲淡風輕。

何遇知道再撐幾秒老毛病就要犯了，連忙對方楚楚說了聲：「謝謝。」

「何遇，你知道世界上名字最長的魚叫什麼嗎？」方楚楚突然問。

「啊？」

「胡姆胡姆努庫努庫阿普阿阿魚。」方楚楚把自己逗樂了。

何遇早就習慣方楚楚這清奇的腦回路了，配合笑起來。

「我認識你這麼久，不是想得到一句謝謝，又不是抽了張獎券。」方楚楚轉回身，開始自己盪起鞦韆，「何遇，這個世界上還有好多你不知道的東西，你難道就不好奇嗎？」

「我覺得自己還沒長大。」

「我要離開這個縣城了，沒有志願，沒有大學，沒有束縛，接受所有失去，因為我等不及要去外面看看了。」方楚楚微微側臉，柔聲問，「但我可以有你嗎？」

「你喝醉了。」何遇心怦怦跳，不知如何回應。

「你不用太快回答我，暑假結束那天，我在公車站等你。」

那晚他們喝到凌晨，走之前，方楚楚扔給他一盤錄音帶。何遇穩穩接住，攤開手，是周杰倫的《依然范特西》。

札幌的雪停了，遊客在蓬鬆的雪地裡踩出幾公分的小坑，路邊的拉麵店掛上「營業中」的牌子，飛機在空中轟鳴，這座城市又回到了往日的鮮活。

一個高個子老頭站在房車邊駐足看了許久，車頂的雪落在他背著的劍道竹刀上，他輕輕拍了拍，轉身跟上同伴。

房車內，何遇把方楚楚最愛的幾件衣服掛在衣櫃裡，又把她常用的杯子和牙刷毛巾洗了一遍。她最愛看的書，愛吃的零食，去二手市場買的擺飾，都規整在熟悉的位子上，他一刻也閒不下來，好像方楚楚隨時會推門進來。

助理機器人從床腳抽出一個封面燒壞的作業本，何遇驚訝之餘會心一笑，他翻開看了兩頁，隨後從大衣裡掏出一封信，小心翼翼地夾在作業本裡。

那封信是方楚楚去世前寫的。

護士轉交給何遇的時候，說她走得很平靜，在睡夢裡就去了。枕頭邊上擺滿了好幾摞何遇給她的信，她說這是她一輩子最珍貴的情書。

少年時，方楚楚連首藏頭詩都寫不好，身體舊了，又念及自己的一份偏執，享受何遇寵著她，給她寫信，所以從沒給何遇回過一封信。

這是她的第一封。

她只寫了一句話：「今晚的月亮好圓。」

何遇最後還是沒有考上本科。

何媽說無論是重考還是去技術院校上個專科，她都沒有意見，只要是自己的選擇就好。

何遇頹喪了一個暑假，那天終於還是到來了。

他提早一個小時就到了公車站，用硬幣在沙地裡寫寫畫畫。遠遠聽到有人跑步的聲音，就猜到下一秒方楚楚會拍上他的肩。

好像回到第一次碰面，她除了頭髮短了些，驕傲仍寫在臉上，加上跑著來的緣故，額頭上掛滿了細密的汗珠。

公車即將進站，何遇握緊手心那枚硬幣。

來之前，他跟自己打了個賭。

正面，跟方楚楚一起走；反面，留在這個小縣城。

方楚楚收斂了興奮的表情，看著何遇把硬幣拋向空中，接住，鬆開手。

反面的菊花圖案有些晃眼。

「很高興，我還可以成為你的選擇。」方楚楚主動伸出手。

「對不起。」何遇埋下了頭。

「千萬別說對不起，道歉之後就在等著對方的沒關係了。我不想說沒關係。」方楚楚努力克制情緒，拍了拍何遇的肩膀，「只能說，我等不了你長大了。」

何遇站在炎炎的烈日下，看著方楚楚上車。

司機可能在等乘客，公車遲遲未開，鄰座的大姐對方楚楚說：「不捨得男朋友是不是？」

方楚楚用力背過身，捂住嘴，眼睛立刻就紅了。

車緩緩開動，何遇也跟著慢慢跑起來，直到跟不上車的速度。他終於忍不住朝前方大喊：「我會永遠記得你。」

那一刻，像是撈起瓶子裡翻肚皮的漂亮金魚，像是親自放走了心愛的風箏，他選擇做平凡的人，卻不是一個會愛的人。

後來呢？

後來是十年以後。

何遇拿到了公司先進榮譽員工的稱號，當初要不是何媽以斷他一個月口糧相逼，他也不會去何媽待的汽車廠工作。何媽倒是清閒，提前申請退休，把周杰倫的歌全做成「動次打次」的版本，成了龍泉縣的廣場舞舞后。

到底是小城青年，當初說著要解散的人，至今都還賴在彼此生命裡。高興去市裡的雅思培訓班當老師了，送走了一批又一批去鍍金的學生。郝青春成了縣裡幼稚園的幼師，只是園長比較操心孩子們不愛喜羊羊愛海賊王的問題。修遠兮繼承了他們家的劍道館生意，最近跟樓下的肚皮舞老師好上了。莫羨仍然停在了他們的十八歲，至今去向不明。Pizza比較可憐，二十多歲的時候從樓梯上摔下來，摔成了永久味覺失調，徹底跟她的披薩絕緣，不過倒是減了肥，了卻一樁心願。

何遇剛在鎮裡買了新房，餐廳的牆上掛滿了相框，「Girls and More」的大合照驕傲地掛在正中，其他都是寶寶和一個短髮女人的。

何遇的妻子是他汽車廠的同事，兩人在聯誼會上看對了眼，妻子欣賞何遇的才氣，何遇流連妻子的溫柔。他們貸款買了這套房，下決心接下來三十年要為了借貸再努力一點。

加完班回到家的何遇吻了一下睡熟的寶寶，來到妻子身邊。

妻子抱著一個紙箱蹲在客廳整理雜物，何遇讓她先休息，自己來扔。過程中他看到了許多回憶，收拾到那本燒掉封面的作業本時，他笑著搖搖頭，隨手放在了紙箱裡。最後翻到一盤錄音帶，封面已經有些褪色，但也認得出是《依然范特西》。

他找到快變成古董的隨身聽，一個人默默癱在沙發上，戴上耳機，仰著頭閉著眼，按下了播放鍵。

這麼多年過去，他的歌還是一下子就讓你重返青春，不需要歌詞，一直都存在腦海裡。

驚醒後，歌已經放到最後一首，伴著一陣雜音，錄音帶突然沒了聲。何遇以為是隨身聽年代太久壞了，正想取下耳機，一個熟悉的聲音傳來。

「喂喂，咳咳，奇怪，是這麼弄的呀，哦，已經在錄了。何遇你好，我文筆不好，乾脆就用說的吧，你不要太激動。想了很多話怎麼現在說不出來了，看來活著，就是沒辦法等你全部想好了再說啊。我知道我渾身的毛病，還好你從沒嫌過我，也沒想過改變我，陪我一起胡鬧三年。我承認，我很喜歡你，在很多時候。在你傻乎乎聊月亮的時候，我最喜歡你；在你四仰八叉睡在我旁邊的時候，我最喜歡你；在你努力勇敢又馬不停蹄軟弱的時候，我最喜歡你；在你的小說裡寫『此去經年，最好是你』的時候，我最喜歡你；當我幻想的未來裡有你的時候，我最喜歡你；我害怕我們不能在一起的時候，我最喜歡你。不管最後的結局如何，如果我們不能同行，那希望你能幸福，過自己想要的人生，不要再膽小了，要學會反抗，如果有人欺負你，記著打啊，實在打不過，就用跑的，要跑過太陽。你放心，我也會照顧好自己，我是野草，在哪裡都能活下來。但我還是希望牽我手的人是你，能夠借給我肩膀的人是你，我想我們一起死皮賴臉地活給明天看，我想為你繫上襯衫的紐釦，幫你灌上鋼筆墨水，坐在世界最高的地方狠狠親你，哎呀，怎麼有點想哭呢，你就當這是不良少女的胡話吧。何遇，你不用跟我有愛情，也成了我青春歲月裡最溫暖的回憶，因為你，我想成為一個更好的人。」

青春總讓人不知如何是好，以為遇見就是命中注定，以為說不破的曖昧在對話的字裡行間中都有跡可循，以為眼前的就是最好的人，但有些感情卻無處安放，終究沒有下文，過程中我們甚至都來不及問一句為什麼。人生沒有如果，只有結果，在那些A和B的選擇之中，因為一絲猶豫沒有抓牢的東西，最後都會被時間消耗殆盡，只是某個睡夢中醒來的遺憾太傷人，那一生僅此一次的一去不返，每個愛過的人都知道。

我們說好再見的，最後還是忘了，以為永遠有多遠，不過是一場頃刻結束的後知後覺。

平行世界裡，瑪婷達牽住殺手里昂的手說，我不報仇了。鐵達尼克號沉沒，木板卻承受住了兩個人。剪刀手愛德華修剪最後一片雪花時，金再次敲開了古堡的大門。藤井樹不再是兩個相同的名字，而是擁抱在一起的戀人。

就此告別，在某個未來重逢，我會想念你，在你想我的時候，也在你不會回來的時候。

09:30 ——— AM

03

HELLO
STRANGER

戀愛請多指教

不是不想愛，是寧缺毋濫。不是不害怕孤單，是已經習慣。
不是不羨慕街上的情侶，而是一直在等。
等了那麼多年，嘴硬說自己過得挺好，但心裡遺憾的是，
時光清淺，始終一個人。

暗戀是一場漫長的失戀。

這個身體力行的覺悟從我們喜歡上第一個人開始，就密密麻麻烙在所有癡男怨女身上，儘管都懂「不強求」的婆媽道理，但「愛而不得」仍然是完美人生最遺憾的一根刺。關夕霏的人生裡，那根刺是老賈給的，不偏不倚正中靶心。從她第一天進公司見到老賈，到此時此刻老賈的婚禮，這根刺都不曾動搖過。

沒有意外，新娘不是她。

不過憋屈的是，她成了伴娘。

同樣都是娘，一個是睡在愛慕的男人枕邊的，一個是幫情敵拎公主裙的裙襬的。

關夕霏全程努著嘴保持一個怪異的微笑，看著新人伴著教堂唱詩班的歌聲哭哭啼啼地完成儀式，再高高興興地陪他們到草坪上張羅婚宴。終於在新人父母發表賣兒賣女感言的間隙，得空灌了兩杯酒，味道清冽，不算辣口。

輪到老賈上台，他牽著妻子，臉頰上漾起一抹紅暈，開始背那幾句準備好的蠢萌告白。關夕霏神情倦怠地靠在椅背上，機械地仰頭吞酒，腦袋裡聽到自己含混的聲音。

「你的拉鍊忘記拉了。」關夕霏盯著門口新同事的襠部，送上最接地氣的開場白，「淺藍色，挺小清新啊。」

於是新同事躲了她一週，直到週總結會上，關夕霏才看到他的名字，賈成安，很不客氣地是個九〇後，年齡拉開兩代溝。後來兩人在茶水間碰上，闞夕霏狡黠地一笑，說他名字看起來太老成，非要占便宜叫他老賈。

老賈在外人面前是個脫線小孩，在闞夕霏面前就乖了，端茶倒水言聽計從，即便她隨口說了一句穿西裝的男人好看，老賈就會好認真地每天穿不合身的西裝上班。緣分使然，闞夕霏沒道理地喜歡上他了。生活裡的她話多且品質高，掉進愛情裡就變得沉默寡言，眼睜睜看著對方在自己的世界裡走來走去，開了心開了妄想，就是不敢開口。

他們的公司在三環內的一處獨棟別墅，一到三層都是公共活動區，一圈獨立的諮詢室包裹著茶水間按摩間和遊戲房，只有四層是辦公區，他們的老闆說，公司要有生活氣息，就跟他們做的事一樣，生活永遠是戀愛的一部分，對，生活一派紫氣東來，才可以專心為談戀愛服務。闞夕霏的職業是戀愛調教師，專治各種直男直女癌，教你如何成為一段感情裡十拿九穩的常勝將軍。簡單來說就是把你退回出廠設置，連同外在氣質和內在性格打亂重組，配置成對方想要的樣子。在她這裡的客戶，有那種純情少女為了老外的綠卡轉型成歐美「御姐」的，也有「殺馬特」網癮少年為了中文系女友開始吟詩作對的，甚至還有年過半百的中年男，成功撩到小他三十歲的女生，順帶造了個娃。

不過這個職業主觀又現實，因人而異，能暖一人是一人，掀了皮毛還是素雞一個。兩個人沒有吸引力，不在一個磁場哪怕翻山越嶺也只能遠觀。闞夕霏一直都懂這個道理，否則怎麼暗撩了那麼久的小鮮肉始終都對她沒有非分之想，反而拜倒在一個普通N次方的行政小妹裙下。

「夕霏姐，能給我女朋友……哦不，老婆做伴娘嗎？她很喜歡你。」老賈瞪著眼認真地問。關夕霏狠狠剜了他一眼，回道：「一、把姐字去掉，多餘。二、老婆兩個字不用給我畫重點，我不瞎。三、她很喜歡我，呵呵，那關我什麼事。」

當然，以上都是她的腹稿，在對方真誠地說完邀請，她就痛快答應了。

在喜歡的人面前，練就再強的武功心法，哪怕對方只是眨了下眼，也會被一招斃命。這個男生早已把關夕霏憋出內傷，她看著老賈，暗下決心，就再喜歡你幾天，看著你Happy Ending，我就置之死地而後生了。

老賈的臉逐漸放大，他的五官罷工式地聚攏，形成一個大大的囧字。而後關夕霏聽見身下的尖叫，發現自己正騎在新娘脖子上，雙手把她的頭髮扯成一團。酒精再度占據上風，她最後只記得抱住老賈，狠狠咬了他的耳朵，含混地告訴他：「我只通知你這一次，你要記著，可能我今後都沒有勇氣對別人說了，我才是你的新娘……」話沒說完，一杯紅酒直接潑在她臉上，伴著一絲寒顫，徹底斷了片。

第二天醒來，她發現自己抱著垃圾桶，在自家公寓樓下睡了一夜。關夕霏撥弄著髮絲站起身，腦袋生疼，眼皮一直灼灼地跳。整理好狼狽的禮服，脫掉只剩一隻的高跟鞋，光腳進了公寓大門，佯裝鎮定地跟警衛道了聲早安。

電梯裡她覺得胳膊痠，抬起來看到小臂上有一道咬痕，最後視線落在手指上，上面圈著一枚戒指，「我去……」她哀嘆著。

關夕霏大鬧老賈婚禮成了同事間八卦話題的榜首，關夕霏為此藉口生病休了一週的假。其間老賈打來電話，她為了掩飾那顆搖搖欲墜的自尊心，不要命地沖冷水澡，光著身子坐在窗台，就為了能適時地來一個噴嚏，趕緊掛掉。她幼稚地以為闖禍之後，變成弱勢的那方就能得到同情，但其實犯了錯的人，根本談不上被同情，只能等待被原諒。再次上班那天，她做過最壞的打算，如果周遭再有異色眼光，就立刻辭職。

結果老賈的妻子比她早一步，行政的位子上已經換了個新人。實習生都懂事，權當沒事發生，倒是一直見不得關夕霏業績比她好的圓點女，穿著她標誌的圓點系裙裝，煞有介事地關心：「霏，還好吧？」

「能有什麼不好，」關夕霏抿著紅唇，說：「女人化個妝就又是一條好漢。」

一整天沒見到老賈，關夕霏趁著晚上無人的空檔把那枚戒指放回了老賈的抽屜。笑話該結束了，不屬於自己的，連帶一聲對不起，早日歸還。還完戒指，關夕霏頓時覺得無比輕鬆，像剛從一場失戀裡走出來，打算吃頓好的買幾套衣服犒賞自己。

剛坐上駕駛座，就被突如其來的射燈給晃瞎了眼，她一手遮住光，努力瞇起眼，看見不遠處站著一個男人。只見男人嚷了一聲「下車」，就朝她飄了過來，沒錯，是飄的。關夕霏傻眼，旋即發動車，一腳油門踩到底逃離現場。

從後視鏡才看清楚，男人踩的是一架平衡車。好死不死趕上大路堵車。「哪放出來的瘋子！」關夕霏面色沉鬱道，狠狠向左轉了方向盤。穿過狹窄的小巷子，關夕霏來到一家便利商店前，以為安全了，沒想到男人突然出現在車頭，她慌不擇路，直接撞上了便利商店的自動門，玻璃碎了一地。

關夕霏驚魂未定地從車裡鑽出來，舉起自己的鉚釘包試圖防衛。只見男人掏出一把活動扳手，三兩下就拔了兩顆釘子。再扯下高跟鞋，男人手握鞋跟，喀嚓一聲就給折斷了。最後只能靠手，一個巴掌下去，胳膊還沒用上力，就攔截在空中。兩人一轉頭，對上便利商店老闆陰沉的臉。

於是關夕霏的前半夜等著警察收拾殘局，後半夜被便利商店老闆「拘留」強行消費。她落魄地卸下防備，看著眼前這個穿著一身邋遢米色工服，身上掛著手持射燈，包裡一堆螺絲起子儀器的神經病，鼻子一酸竟然有點想掉淚。結果男人先發制人，號啕大哭，還拚命往嘴裡塞關東煮。

男人說他叫張偉，已經在關夕霏公司等了她一週。他有一個在一起七年的初戀女友，就在跟她求婚的當天，她撂下一條訊息，跟一個瑞士人跑了，而這一切都要拜關夕霏所賜。因為是她這個戀愛調教師教她如何面對內心，勇敢說愛，讓圓滑的性格長出刺，把一隻純情小白兔變成滿臉玻尿酸，一口一句honey的妖豔賤貨。

「不是我讓她變了，而是那女生本就是這麼一個人，你們倆就不合適，你就算什麼都不做擱那裡杵著，她也嫌你礙著空氣。」吃關東煮也吃成倉鼠的關夕霏含混地說。

「那她喜歡我的時候還總說需要我。」張偉還在掙扎。

「是她需要你的時候，才喜歡你。」

「我不管，我來找你，就是要讓她永遠需要我，你既然這麼能耐，也調教一下我，讓我追回她！」

關夕霏冷淡道：「我求你了，我沒讓警察來抓你已經夠仁慈了，我們兩個，千萬別發生交集。」

張偉操起扳手往桌上一摔，狡黠地笑了笑，說：「女人無情，扳手無眼。」

關夕霏往後縮起脖子，努努嘴：「我很貴的。」

「我有錢！包月！」

「你先把我賠人玻璃的錢還我，還有我車子的保養費，精神損失費……」

「砰」的一聲，張偉掏出了另一個扳手，更大的。

人的一生會遇到很多人，運氣好的幾個，名字會成為最短的咒語，深深種在我們記憶裡。關夕霏的小學同桌，三姑媽家隔壁的兒子，奧數競賽班最臭屁的男生，遠在河北保定的老舅，還有公司的快遞小哥，都排著隊拿著愛的號碼牌，驚豔了關夕霏的歲月，因為他們，都叫張偉。

從又碰到張偉的那天起，關夕霏開始懷疑上天在她的命運裡放了一台「張偉製造機」，就是動畫《腦筋急轉彎》裡，不斷生產男芭比的機器。從前的一批張偉倒下，新的張偉又會來。

此張偉是劇場的燈光師，從小看劇院演出就對演員頭頂的追光好奇，人走到哪兒，一束光就追到哪兒。畢業後混過大舞台，也去過劇組，但受不住裡面的風氣，最後還是回到了小劇場。燈光照不到演員，照的是人心，他如是說。

他和關夕霏的第一次調教課就安排在了劇場，控制台的桌子上擺滿了一堆零食，這些都是張偉的徒弟準備的，張偉叫他沙袋，人如其名，一個操著一口東北話的人形沙袋。張偉大的本事沒教過他，常用一句「想學燈光，先把電學好」應付，呼之即來揮之即去，以至於沙袋傻乎乎觸電好幾次，都弄不懂這玩意兒有什麼學問。沙袋有個喜歡很多年的女明星，立過誓一定要娶她，但常被張偉埋汰，嗆他們沒可能。

關夕霏把張偉情敵的資料攤在桌上，揶揄道：「雖說知己知彼百戰百勝，但你這直接輸在起跑線，先不論種族品質，人在瑞士開滑雪場的，業餘愛好收藏古董，多金又有情懷，你拿什麼跟人比？」

張偉急忙辯解：「我能把一切都給我女朋友，他能嗎？」

關夕霏反問：「那你知道你女朋友到底要什麼嗎？」

「要……要物質滿足啊，要愛她，要安全感。」

「那是你以為的。是這個世界有多危險，還是你想當然覺得我們女人活該脆弱，找個男人就為了有個固定銀行、每問一句『你愛我嗎』就會收到一句標準回答的Siri，和二十四小時的保鏢？」

「難道不是嗎？」見闕夕霏皺起眉，張偉吸了吸鼻子道，「現在說這些也沒用了。」

「沒用？你想要挽回一個人，首先就要知道分手的原因。」

「原因就是她出軌了。」

「這是結果。」

「我能給的都給了，她還想怎麼樣?!」

「對方不要的你一味地給，跟什麼都沒給是一樣的。她根本記不住，」闕夕霏隨手拿起桌上的瓜子和花生，正色道，「女生想要瓜子的時候，你給了她瓜子而不是花生，那麼你只是看清了第一重的她；你能一眼看出她什麼時候想吃瓜子了，那你就進步了；最深的那重，是你要知道她為什麼想吃瓜子，而不是一直傻乎乎地給她。你能給一切，但是她只要皮毛。離開需求談供給都是耍流氓。」

「那你們要什麼可以直接說啊。」

「喏，這個跟考試一樣，你明知道這張卷子就是你老師出的，可是你不會找老師問答案，只會猜，他這次會出什麼題。」闕夕霏訕訕地說。

「無趣。」

「那就不要愛啊。換一個直截了當的去愛。」

張偉一時語塞，皺了皺眉，拉住關夕霏的衣角朗朗地說：「教我，老師。」

第二天關夕霏就給張偉報了瑜伽班，教他的第一招，首先是心態，人在追求某樣東西時，往往都伴著心急焦慮，更何況是追回原本屬於自己的東西，更要保持從容。於是張偉每天練習深呼吸和打坐，直到想起女友和老外接吻擁抱，也能沉住氣，告訴自己他不是想跟女友和好，而是重新在一起。第二，關夕霏讓張偉刷遍女友所有的自媒體，從微博狀態到豆瓣看過的電影清單，事無巨細，目的是為了讓女友的形象重組，因為往往兩個在愛情裡的人，以為只要有愛就好了，很難看清真實的彼此。

「第三，恢復聯絡，先從朋友圈點讚開始，刻意投其所好，但不用每條都怒刷存在感。你自己也要發朋友圈，但一定不要矯情，多發點積極生活，展示你自身魅力的東西。大部分女生都喜歡找存在感，她看到你沒有她竟然過得那麼好，越不爽越會假裝大度給你點讚。破冰之後，你再主動聊天。最關鍵的來了，千萬不要動不動煩她，每天一定要形成固定的聊天時間，讓她習慣那個時間段有你，你突然有天不找她了，她一定會不習慣的。」關夕霏咬著飲料吸管說。

「你慢點……」張偉的手機適時關機，備忘錄記到一半，「沒電了，把你的手機借我！」

手機直接被搶了過去，關夕霏說：「你幹嘛？」

「用你的微信發給我。」

張偉火速敲完字，關夕霏收回手機，正準備繼續給他講課，提示收到一條新的微信。點開來是老賈發給她的，他說：「我也想跟你聊聊。」

「張偉！」關夕霏咬牙切齒的一聲叫喚嚇得張偉的檸檬茶都空了半杯。

張偉剛剛發的微信是「要每天固定時間聊天，讓你習慣有我」，但是他發給了老賈。

「誰知道他會跟我用一樣的頭像啊！」張偉委屈地盯著暴走的關夕霏，「而且你改的備註是『壞蛋』，難道除了我，你還有別的蛋嗎？」

關夕霏無言以對，在妄圖關掉手機逃避之前，老賈發來新的消息：「我要跟她離婚了。」

一整天的會議關夕霏都心不在焉，趁著中午遊戲房沒人，一個人躲在屋裡玩ＰＳ４。老賈端著她最愛的奶茶進來，清了清嗓子，輕聲掩上了門。

關夕霏忘了那天他們聊了多久，想起來好像是他們認識後聊得最深的一次。當一個小男生的話題不限於興趣愛好詩詞歌賦，而是撕開了真心給你看，那麼恭喜你，你要嘛走到了他的心裡，要嘛只是把你當可以把玩的陌生人。他們之前的鬧劇注定無法假裝陌生。唯有就像老賈說的：「不如我們試試吧。」

闞夕霏反問自己，你相信嗎，老賈說他其實一早就喜歡你了，應該是從第一次見面，露出淺藍色底褲開始。有些話沒有說出口，是以為你只把他當弟弟，以為你的那些明撩暗撩不過是職業病罷了。跟那個行政小妹只是荷爾蒙作祟的意外純情，互相順眼，腦袋一熱在適婚年紀就領了證。在老賈看來，行政小妹更像是現實，恬靜平凡，你闞夕霏年紀比別人大，最多也算是耐看，但就靠著這一身孤勇，成了老賈心裡美好的幻想。

那場婚禮讓老賈看到了闞夕霏的真心，也讓真正的自己自由了。

闞夕霏斂去了所有表情，冷笑一聲，說：「我們應該是一個星座的，工作的時候很狂，愛人的時候很傻。」

老賈仍然用那雙閃著光的眼睛看著她說：「所以我不想再傻下去了。或許是緣分，讓我作了選擇，但這是我做過最勇敢的事。」

闞夕霏如鯁在喉，手裡的手柄掉落。電視畫面裡，盜車逃逸的主人公一直停在路中心，警笛聲越來越近，直到被警察抓住，畫面漸灰，系統提示，任務失敗。

這究竟是失敗，還是觸底反彈。

闞夕霏也不知道。

這天一大早，闞夕霏按約定來到張偉家，門鈴剛響了一聲，門就開了，張偉如沐春風地站在門口，迫不及待地給闞夕霏秀他剛發的朋友圈，重點是一個叫Cookie的人給他點了讚。他重複八百遍此人就是他女朋友，還煞有介事地強調：「你知道嗎，她點讚的那顆心，不是給我發的文字或者圖片，而是給我的。」

關夕霏徑直繞過他進屋，丟下一句：「是啊，給你的是同情心，五毛一打，隨機生成，遍地氾濫。」

張偉家裡的裝修現代明快，簡單的兩居室還算乾淨，至少肉眼所及之處沒有襪子內褲橫飛，倒是張偉這一身黑白橫條紋T恤和黑白豎條紋家居褲十分傷眼睛，關夕霏按著腦袋說：「你別亂動，我看你頭暈。」

張偉就地而坐，乖乖掏出手機，打開備忘錄準備上課。

關夕霏曾經有個觀點，挽回愛情，其實一定程度上也是挽回自己，因為大多數人在愛情裡容易走向兩個極端，一種是以為摳鼻屎撕腳皮打嗝放屁用力做自己，對方也會愛；另一種就是完全沒有自己可言，為了愛丟夢想丟時間丟自尊。前者的結果是自己沉浸在愛情美好的烏托邦裡，對方老早就去外面的世界餵馬劈柴了，而後者，大概永遠都找不到那個愛情的烏托邦了。

所以「讓自己更好」其實是愛裡的重點。

「想讓一個女人愛你多一點很容易，身體和嘴巴誠實就好了，但愛你久一點，靠的是吸引力，吸引力沒了，別談相處，連對話都像是溫水，不冷不熱。你們剛談戀愛那會兒，靠激情和多巴胺維持感覺，現在她會愛上另一個男人，那就是你沒了吸引力，從今天起，學會製造吸引力。」關夕霏邊說邊把張偉櫃子裡所有不入法眼的衣服都打包封箱，尤其是他那一堆同款不同色的衣服，「首先不能允許自己醜。」

接下來闕夕霏帶他刷遍了潮流買手店，幫張偉選了幾套專配平衡車耍帥的穿搭，給他那些隨時傍身的燈光工具換了個大牌雙肩包，重燃了青春荷爾蒙。闕夕霏為了激發他潛在的才藝基因，還帶他上了油畫體驗課、魔術體驗課，甚至去了烘焙體驗課。在張偉第五次打翻調色盤弄髒同班小孩頭髮，揭秘魔術表演被老師趕出來，以及差點炸了別人烤箱之後，闕夕霏無比確定，他選擇做燈光師真的非常正確，照亮他人，黑了自己。

「能不能讓我做點正常男人會做的事？」張偉急了。

「那些你都已經做得很好了，不然你來找我幹嘛？」闕夕霏反問。

「我就不明白，我這長相怎麼就沒吸引力了。」張偉猛塞了一口烤扇貝，結果咬到舌頭，痛得齜牙咧嘴的。

這家大排檔叫單身食堂，張偉和前女友Cookie的常年據點，老闆朱哥也算是他們愛情之路的見證人。

「皮囊不保值，人跟人的競爭就得看點裡面的東西。」闕夕霏晃著吃剩一半的羊肉串，說：「這麼多天相處下來，你真的是個很無趣的人，脾氣暴躁、固執、沒性格，關鍵是沒自信。」

「我有性格有自信起來，你就不坐在這兒了。」張偉搶過她的羊肉串，把籤子折斷，一臉猥瑣地咬住。

「你看，還幼稚。」

後來這頓飯本可以在他倆有一句沒一句的鬥嘴中結束，奈何張偉這小子非要替天行道。他們身後坐著兩男一女，女的全程舉著手機直播，兩男的就樂呵呵地盯著她，女人操著蹩腳台灣腔「寶寶、寶寶」地叫個沒完，吐槽朱哥的手藝不好，還說到處都是蒼蠅。

我們暴脾氣的張偉當然沒忍住，把手上吃的一摔，朝那女人晃悠過去，沒好氣地哼笑一聲，說：「小妹妹，吃青菜說辣，吃大蝦說油，喝個礦泉水都嫌嗆，蒼蠅不叮你叮誰啊。」

按劇本慣用情節，接下來要嘛張偉被打個半死，要嘛兩個男的跪地求饒，關夕霏已經氣沉丹田做好了喊「你們不要打了，住手！」的準備，甚至就差先在手機上敲好110了。

結果剛等那兩個男的踹開凳子，張偉就順勢躲在了關夕霏身後。

關夕霏生無可戀，起了個準備戰鬥的範兒，卻被那女生上前一把抓住頭髮，扯到手機面前，嚷嚷著給大家看「多管閒事的阿姨」。阿姨二字狠戳關夕霏痛點，反手就是一拽，於是兩人扭成一團，直到聽見身後幾聲叫喚才停下手。只見張偉抱著兩個男生，見著肉就咬，最後一人捂著手臂，一人捂著脖子痛得跪在地上，轉而張偉又一個飛撲抓住女生手腕，正準備下口，女生哇的一聲就哭了。

此時她的直播頁面上，鮮花飛機遊艇禮物不斷。

有人飄屏：咬功66666。

三個年輕人落荒而逃，事後朱哥給關夕霏和張偉免了帳單，還送了他們幾瓶酒，關夕霏見酒後怕，只敢喝一小杯，張偉倒是痛快，直接喝了兩瓶。關夕霏嘲笑他，這咬人的功夫再多練練，說不定也是種吸引力，沒人在家的時候把你放在門口，特別有安全感。

他們互相碰杯的時候，忍不住都笑出了聲，兩人此刻醜到一塊兒去了。

跟關夕霏分別後，張偉回到家，看見沙袋抱著行李箱坐在門口。一進家門，沙袋就開始脫衣服，滔滔不絕地講他給女神買了件很貴的裙子，準備下個月生日送給她，所以半年的房租都花進去了，只能來投靠師傅。累到變形的張偉此刻當然聽不進他這些窩囊事，倒是沙袋最後自己把話題帶偏了，因為注意到張偉腫著嘴巴，衣衫還不整。

「師傅，你跟誰親嘴兒了？！」沙袋好驚詫的口氣。

張偉閉著眼快睡過去：「兩個男的。」

「哦。」沙袋默默地穿上衣服。

張偉躺到床上，舉著手機在微信輸入框裡來來回回刪改了好多遍，最後索性什麼也不說，鼓起勇氣分享了一首歌給Cookie。半分鐘之後，微信提示聲響了。

關夕霏被老賈的微信吵醒，亮起的手機屏讓她不由自主地瞇起眼，上面說，明天給我十分鐘就好。

一整天關夕霏都在忐忑中度過，她害怕如今「自由」的老賈不按套路出牌，哪怕她手裡明明握好了炸彈。只要說，我不願意，或許這場鬧劇就收場了，但她心底卻又病態地期待著什麼，那些少女心思急於找到歸屬。

下班後，關夕霏經過茶水間，老賈突然從裡面打開門，把她拉了進去。關夕霏靠在門背上，老賈保持著紳士的距離癡癡愣愣地看著她，一時氣氛尷尬。

關夕霏先開口：「只有八分鐘了。」

「你是……討厭我了嗎？」老賈問。

「沒有！」關夕霏很果斷。

「那你要不要考慮，上次那個問題。」

「老賈，我沒想過會變成這樣，我不想傷害你們。」關夕霏越想越自責。

「可是已經這樣了，是你突然闖到我身邊，我也想過不能對不起任何人，或者當作一切沒有發生過，完成那場婚禮。但這真的太難了，我沒法騙自己，我不過是個普通人啊，你可以說我自私吧。」

關夕霏看著眼前這個英俊挺拔的年輕男人，有片刻恍惚了，心底有個聲音響起，她說：「道理我都懂，請別拆穿我，我就強一會兒，真的就一會兒。」

老賈的臉漸漸湊近，近到似乎能聽到對方的心跳，然後是鼻息，關夕霏沒來由地笑了一下，嘲笑自己，你真賤，但她真的就準備好，這個屬於她的親吻了。

茶水間的門突然打開，兩人迅速彈開，今日女主角登場——一臉詫異的行政小妹。三個人就此沉默，氣氛跌至冰點。關夕霏實在受不了，囁嚅一聲，鞠了個躬，落荒而逃。

除了那次斷片兒的婚宴，她這輩子都沒經歷過這麼尷尬的場面。

她車也沒開，逃離別墅就一直在漆黑的林蔭路上跑，像有花粉作祟，她覺得有點鼻酸，莫名地想哭，羞愧伴著不甘心，別有一番滋味。

跑了不知道有多久，覺得累了才停下來，她雙手撐著膝蓋，彎著腰大口喘氣。心裡的烏雲越積越重，適時被一束強光給驅散了，不遠處的張偉正保持著招牌笑容晃著他的射燈。

他買來兩瓶酒，一瓶牛奶，坐到關夕霏身邊，把牛奶遞給她，「記得你上次說不喝酒。」

關夕霏接過來，抱膝坐著，「你怎麼在這兒？」

「劇場收工路過啊。」

關夕霏支著下巴呆呆地點頭。

「不開心？我ＥＱ高，絕對不會問你為什麼。」

「你ＥＱ高這個時候就別說話！」

張偉用指尖在唇間輕輕一滑，做了個關上嘴巴的手勢。

隔了好一會兒，關夕霏柔聲問：「你追回Cookie，是不甘心，還是真的愛？」

張偉緊閉著唇連連搖頭，關夕霏翻著白眼把他嘴上的「拉鍊」拉開。

他認真地說：「愛啊！是愛。」

見關夕霏又沉默，張偉舉起右手，「換我問一個問題，你這個職業這麼厲害，是不是無論喜歡誰都能搞到手啊，哪怕……完全不可能，比如對方無論如何都不會喜歡你的那種。」

「你要不要試試？」關夕霏問。

張偉機靈地護住胸，猛地搖頭。

關夕霏冷笑，「教別人容易，教自己難，這職業看得多了，會變得很現實，但凡苗頭不對，就收回了所有熱情。」

「太務實也不好，你這心啊，硬得跟石頭一樣。」

「張偉，我再教你一課，這個世界上大部分女人，都是外表看起來很硬，內心很脆弱的，堅強也只是一個人的時候，她們都很願意，在喜歡的人面前軟弱下來。所以不要覺得女生為什麼愛讓你猜，愛問你相同的問題，因為就是想依賴你，讓你從心底在乎她。她問你，你得去感受，想要什麼樣的幸福，就付出什麼樣的努力。」

所有道理，都可以不帶感情脫口而出，背過的之乎者也再多，也敵不過用兵一時。這注定是一個有點沉重的晚上，兩人吹著風，坐在路邊一直聊到深夜。有好幾次，關夕霏都不知道自己在說什麼，那些陳腔濫調幾乎成了慣性使然。看透了很多事，一切就失去了意義，理解了所有人，自己就變得普通了。

接下來的一個月，張偉都沒怎麼和關夕霏碰面，一來是著急實踐他所學的理論，二來是為年底劇場的大戲準備。其間的某個夜裡，張偉因為太累睡著了，以至於忘記分享歌給Cookie，她發來訊息問，為什麼昨天沒有歌？兩人你來我往地聊了一會兒，女生主動提出，見面聊吧。

張偉穿上關夕霏陪他買的破洞牛仔衣，搭配黑色運動褲，還讓沙袋幫他抓了個頭，噴了香水，像要把自己進貢一樣，端正地坐在素食餐吧裡，以至於Cookie差點從他身邊繞過，還是他輕喚了一聲，Cookie才一臉驚訝地落了座。

「這兩天夠折騰吧，我給你點了薑茶，加了紅糖。」張偉很得體。

Cookie顯然有點驚訝。

「這麼多年，掐指一算就知道了。」

Cookie低頭一笑，開篇仍然免不了「最近好嗎」這樣的寒暄，張偉很聰明，把關夕霏教他的理論實踐得恰到好處，隻字不提過去，直到Cookie說最近去了瑞士，張偉的神經才繃緊。他掩飾情緒，不問重點，就問那邊風景好不好，當地人熱不熱情。倒是Cookie一直話中有話，總是提到「他帶我……」「他說……」，似乎刻意想讓張偉問那個「他」。

「他說也可以請你來玩啊。」Cookie繼續發起攻勢。

「我不愛旅遊啊，你又不是不知道。」張偉強忍。

「他說要讓我去瑞士。」漂亮的全壘打。

「你不是去過了……」張偉停頓，「『讓』你去？什麼意思？」

Cookie忽閃著她貼滿睫毛的眼睛，說：「就是……讓我住過去。」

「你們……？」

「他對我真的很好。」

「比我好？」張偉瑟縮地問。

「你只說你想說的，做你想做的，也不管我要什麼。」

張偉急了，辛苦佯裝的形象開始出現裂縫：「你要什麼你說啊，哦不，你現在可以不用說，我可以感應你想要的，我已經變了，不是你以前認識的張偉了。」

「我們已經結束了，唯一還留著一點好感，你不要抹殺掉。」Cookie很決絕。

「好好好，你別說這種話，」張偉把素食沙拉挪到Cookie面前，「我已經吃了一週的這個了，我能體會到你當初為什麼愛吃素食，真的對身體好。然後我也買好了下午的電影票，是你喜歡的愛情新片，我以前看這種片子一定會睡著的，但是我這段時間補了好多，只睡著了一次，還哭了一次，哭的那部叫什麼來著，《真愛每一天》。」

Cookie見到這樣的張偉有些害怕，「你變得好陌生。」

「那我們就重新認識啊！」張偉握住Cookie的手說，「對你好不算什麼，只對你好，才是真的。」

Cookie用力抽出手，「愛情不是電影，退回個幾年，就能重新認識，現實怎麼重新認識？你知道你張偉最可怕的是什麼嗎，太天真了，所有的一切都理想化，好像所有事情都被你玩弄在股掌之間似的，但生活不是靠你在舞台後面照照光那兩下子就能解決的。我要非常肯定，能看得到未來的日子，不要總是聽你一張嘴，看你一隻手拍拍胸脯就好了。我跟你提分手在前，喜歡上Dannie在後，我不欠你的。」

「你怎麼不欠我，你欠我一句我願意，欠我一場婚禮，欠我一整個未來呢！」

「呵呵，你明知道我們沒可能了，還當著我朋友們的面向我求婚，你看看清楚自己，這就是你一直以來的自以為是！」

「關夕霏你認識吧，」張偉已經失控，「你是去她那裡做的戀愛調教吧，就為了嫁給那個瑞士人，好拿那裡的綠卡，過你看得見摸得著的生活？你也沒那麼高尚吧，看看你現在的樣子，你比我想像的還髒。」

Cookie端起桌上的紅糖薑茶，朝張偉臉上潑過去，走之前，撂下一句：「戀愛調教的前提，就是你要追的人，不能討厭你。」

張偉怒不可遏地大鬧關夕霏公司的時候，她正在諮詢室跟客戶聊天。把客戶轟走後，張偉把門反鎖，對著關夕霏就是一頓劈頭蓋臉的痛罵。關夕霏當然錯愕，完全接不下話，只能怔怔地看著他。

張偉說她騙了他，說這些戀愛經驗全都是放屁，說她們這些女人全是佯裝善良，說完放聲痛哭，最後哭累了癱倒在闕夕霏懷裡，像個孩子一樣抽泣著說：「我三歲的時候……還不會說話，我爸一直以為我有自閉症，所以可能現在大了，就變成了話癆，雖然我……嘴巴管不住，平時吊兒郎當的，但是……酷都是裝的……愛，也沒那麼容易說出口，說了，就是要認真的。」

張偉像是個獨幕劇演員，把台詞一股腦說完之後，就起身離開了。第二天闕夕霏收到張偉轉來的一筆學費，再給他發消息時，已經不是好友了。張偉這個人真的就像是一個常見的百家姓，粗魯地來她的世界占據一小撮時光，然後不給任何通知，倏地一下消失了。

再見到他，是在兩個月後。闕夕霏路過張偉的劇場時，看到最新出爐的舞台劇海報，她依稀記得張偉提過為這場年度大戲準備許久，猶豫再三，還是買了票，前排靠右的位子。

她一落座就試圖找張偉的身影，劇場不大，但黑漆漆全是人頭，沒看見張偉，倒是見著了沙袋，沙袋也一眼見到她，大老遠地晃著自己圓滾滾的身子朝她揮手。

觀眾座無虛席，演員自然賣力，闕夕霏注視著舞台上變換的光，以前她體會不到，但現在想想忽明忽滅，是因為身後有人，燈光也一下子變得有溫度起來。

舞台劇進入到第二幕時，整個劇場突然陷入一片黑暗，觀眾席議論聲四起，起初關夕霏以為是劇情安排，直到聽到有個熟悉的聲音吼了聲備用電源在哪兒，才知道是真的停電了。

台下觀眾素質還算高，沒有恐慌離席，只是嘈雜聲一片。看不清路，關夕霏打開手機電筒，貓腰鑽出了觀眾席。

來到控制台，張偉正火急火燎地跟工作人員嗆聲。接到的通知是，整個片區停電半小時，沒有備用電源，甚至連舞台監督都不知道跑去哪了。關夕霏眼看著觀眾席越來越躁動，這麼下去後果不堪設想，此刻職業病上身的她讓沙袋召集所有演員，只要能唱能跳，能搞定樂器的，候場準備聽她指令。說著抓過張偉的手持射燈，牽著他來到台前，然後獨自一人跑到台上，費力打開射燈，朝天花板用力晃了晃。觀眾的喧鬧聲漸弱，她清了清嗓子，朝觀眾席大聲說：「確實停電了，不好意思啊，接到最新消息，電工師傅還在吃最後一口涮羊肉，趕過來還要一會兒。」

觀眾席發出朗朗笑聲。

關夕霏三兩步跳下舞台，把射燈交給張偉，對他說：「接下來，看你的囉。」

張偉懸著的心此刻才放下，他招呼工作人員拿出手機，配合他的節奏在舞台上用手機電筒打光，演員們輪番上來表演吉他彈唱、人聲伴奏、民族舞，瞬間變成了劉老根大舞台。

半個小時後，劇場重回光明，演員狀態上線繼續演出。演出結束，全場掌聲不斷，導演帶著主創們登台致謝，還特意拱張偉上台，說他拯救了這場演出。從沒站上舞台接受掌聲的張偉畏畏縮縮地站在台中央，一隻手止不住地搓著工作服衣角，話都說不清楚，只是不停地道歉。伴隨著觀眾的歡呼聲，他不好意思地看了眼坐在觀眾席上的關夕霏。

關夕霏會心一笑。

忽晴忽雨的江湖，我負責兒女情長，英雄讓給你當。

夜已深，劇場外只有一盞路燈亮著，關夕霏和張偉並肩坐著，兩人臉上籠著柔光，溫柔美好。關夕霏說：「你剛剛幹嘛一直道歉啊，人應該為自己做錯了的事道歉，不是自己做錯的，不能隨便認錯，也不能隨便替別人認錯。」

「那如果是跟你認錯呢？」

關夕霏微笑道：「這個我接受。」

「謝謝啊。」張偉突然正色道。

「幹嘛？」

「所有事，你懂的。」

關夕霏似懂非懂道：「所有事……都還好嗎？」

「她出國那天給我發了個訊息，那個老外跟她求婚了，她說，謝謝我成全了她。」

張偉撇嘴道：「諷刺嗎，你覺得？」

闞夕霏努努嘴道：「你沒罵回去？」

「人都給你說謝謝了，難道還罵回去啊，小時候思想品德老師白教了嗎？」張偉冷淡地笑笑，「我就心平氣和地給她發了條訊息，他方天氣漸涼，前途或有風雪，望珍重。」

「什麼時候變得這麼有文化了。」

「抄的，」張偉吐了口氣道，「發完我就輕鬆了，感覺一下子明白了許多。」

「怎麼說？」

「說服一個人是最傻的事，我做了這麼多事，不都是試圖在說服她，說服自己嗎？愛啊，反正生不帶來死不帶去，就別給自己添堵了。」

闞夕霏大笑起來，「這種大道理跟你的臉嚴重不搭。」

「那我該怎樣，我這臉就只配傻追前女友嗎？」張偉自嘲道。

「那還是可以照照光的，油多。」

「去……話說你也有喜歡的人了吧？」

「你話題轉得太硬。」闞夕霏撇過頭。

「得了，上次我就看出來了，女人不就為了那幾個破事兒不開心。」

闞夕霏無言以對。

「沉默就是答案。」張偉微微挑了下眉。

「我也不知道，他比我小很多。而且你相信嗎，當初我還大鬧他的婚禮，很狗血的是，我是伴娘。」

「夠狠，那他這敢情是斯德哥爾摩綜合症啊。那你現在對他是什麼心情？」

「以前是喜歡的，現在……不知道我們還合不合適，我看到的或許只是他的一部分。其實我們並沒有多麼熟，萬一他又發現另一個女人是真愛呢，萬一他根本不是表面上那麼單純呢，萬一……」

「會說那麼多『萬一』，你跟我也還是一類人啊，我看你們這職業，其實就是個幌子，因為自己愛不上恨不得，就假裝好像很了解我們似的。」

「也許吧……都是自以為懂。」

「你知道嗎，做我們這一行，頂上打下來的光不一定是追人，很多時候是電腦燈控制的，所以演員要事先照著排練的節奏追著光圈走，所以是人在追光。愛情這東西，都是身不由己，沒有專家，沒有經驗，只能追著它走。」

兩人一人一句地互相開導，後來是張偉覺得這樣的對話太娘，要做點野蠻人類該做的事，於是教關夕霏玩起平衡車。

關夕霏踩在平衡車上，完全找不到支點，也不管張偉教她重心向哪邊，全憑蠻力。離開張偉的保護區，剛找到了點感覺，關夕霏就得意忘形，左腳稍微用力，玩起了轉彎，結果轉過頭，腳下失去平衡，身子就徑直朝路邊栽了過去。

好在被張偉用手臂撐住，攔腰直接給她來了個公主抱，平衡車委屈地撞到路邊。張偉看著懷裡這個女人，骨骼纖細，眉眼精緻，有著這個年紀最迷人的魅力，不自覺手心浸出汗，氣氛略微怪異，張偉回過神趕緊放她下來。

關夕霏粉白的臉也透出紅暈，她避開張偉的目光道：「好冷，早點回家吧。」

那夜特別漫長，關夕霏輾轉反側睡得不踏實，在第三次驚醒後，滿身大汗，可能是地暖太強，徹底睡不著了。天光將亮未亮，她覺得胃裡空，便早早起床給自己做早餐。今天要去見老賈，在一家剛開業的VR體驗館，老賈知道她喜歡打遊戲，早早就訂好了票。關夕霏還記得兩個月前在公司的尷尬場面，不過後來老賈找過她幾次，信誓旦旦說會處理好他們之間的事，倒沖淡了忐忑。關夕霏總還留存一點僥倖，獎券只露出「謝謝」，沒有刮出「惠顧」兩個字，她就真的不相信，自己的人生全無幸運二字可言。

老賈早早就到了體驗館，拎著一袋子東西像是小學生春遊似的，怕她渴，準備好了水，一瓶純淨水，一瓶帶氣兒的。怕她餓，他專程從日本直郵回來了她最愛的香蕉蛋糕。兩人玩兒同一個喪屍遊戲，分為A、B角，關夕霏戴著厚重的VR頭盔，老是轉不開身子，只見老賈在那個虛擬世界裡跟開了掛一樣奮勇殺敵，關夕霏來不及反應，老賈疾步轉身一箭射死了張著血盆大口的喪屍，man到爆表。有那麼一瞬間，關夕霏內心的紅燈熄滅了，她終於體會到被保護是種什麼感覺，她似乎立刻就想解甲歸田，不要什麼女強人設定，也不需要那些敝帚自珍的自尊心，只想依靠他，有他在一切都好了。美夢還沒作完，思緒先被腳下的紅色高跟鞋打斷了，沒想到今天會有這麼大的運動量，鞋跟與鞋身撲哧分了家，小腿失去支點，踉蹌地跌了下去，不負責任的少女幻想到此結束。

第二天剛到公司，闞夕霏就發現桌上有一個巨大的禮盒，她迎著同事的眼光打開，是一雙白色亮皮面的高跟鞋，翻到鞋底，紅底兒的，同事無不發出驚嘆。她愣了愣神，餘光朝老賈的辦公桌看了眼，老賈送她一個飽含深意的笑。

「你們小年輕有幾個錢就臭屁。紅色的鞋換一雙紅底鞋，我賺了。」闞夕霏挑著眉發了條訊息給老賈。

「要這麼算，你栽我手裡，是你賠了。」

挺彆扭，挺不像淺藍小內褲會說的話，但是挺幽默，挺會撩，挺喜歡的。闞夕霏暗自想。

好像一切，朝一個意料之外但又符合情理的情節發展了。

張偉打死也不會料到，闞夕霏竟然出現在自己清晨的夢裡。夢境像是加了一層美顏濾鏡，闞夕霏穿著一件男款白襯衣，露著兩條纖細的長腿，站在窗前吹頭髮，張偉的視界就像個攝像鏡頭，對著她定焦拍攝，撩人之處再自動變焦，畫面越來越近。

此時沙袋的敲門聲把他吵醒，醒來後，他略微有點遺憾，但轉念想想又有點驚悚。

沙袋更驚悚，臉上淌著汗，急匆匆地把自己的電話堵在張偉耳邊。

看過那麼多劇場，照亮過那麼多演員，張偉一直有個半大不小的夢想，能去國外的劇場鍍金，攬回一身經歷，或許是對這個職業最完美的交代。劇場停電那次，倫敦New Diorama劇院的藝術總監David剛好坐在台下，他曾經在中國住過八年，中文非常流利，也深深摯愛中國文化，這次來是準備邀請當晚那場話劇的主創團隊去倫敦演出，還特地點名了張偉。看到作為燈光師的張偉完美救場，David撂下結論：「沒有你就沒有那次精采的演出。」

給張偉餞行那天，闞夕霏被灌醉了，起初張偉還在酒裡給她加一點冰紅茶，後來喝高了，就直接給她純的。沙袋和張偉的幾個同事堅挺了上半場，最後只剩他和闞夕霏兩人還在來回說著胡話，邊說邊喊渴，把酒當水喝。

「你明兒幾點飛機？」闞夕霏理智餘額不足。

張偉看看自己光禿禿的手腕道：「早呢，八點。」

「……晚上？」

「當然是早上！國際航班沒坐過嗎……」

「哦……」

「等一週後我再回來，哥、哥們兒我就是鍍過金的了，今後射燈得換個貴的。」

「你最好別回來了。」

「那你別哭啊。」

闕夕霏剛想頂回去，手機響了，一看是最近難纏的客戶，不敢不接，用力眨了下眼，保持清醒跟對方問好。電話裡一個沙啞的中年男說他終於鼓起勇氣向女神告白，現在女神就在外面，希望教他幾招。闕夕霏臊眉耷眼地閉上眼努力拼湊著句子，讓大叔聽好，她說一句學一句。

「我沒有那麼喜歡你的時候，我不會開口……既然喜歡了，我就準備好，徹底闖進你的人生。嗯……」緩緩睜開眼，正好對上張偉的眼神，闕夕霏結巴了一下，旋即又細聲說道：「我不會說什麼甜言蜜語，世上那麼多漂亮的話……說給自己聽就好了……我只說一句，我要的很簡單，正好你也不複雜，如果一個人等得久了，要不要試著兩個人生活？」

說完這番話，闕夕霏緊閉著嘴看著張偉。嘈雜的包廂瞬間安靜了，安靜到似乎能聽見自己的呼吸聲。

電話那頭大叔正焦急地喊著慢點，記不住。張偉的視界裡，闕夕霏的臉蒙上一層霧，他泛著紅暈的臉上漾起一陣傻笑，陡然大聲：「別抿嘴，看著怪心動的。」

闕夕霏立刻把嘴張開，又覺得羞澀，再閉上，索性用手捂住了嘴。

「你喝醉了。」兩人異口同聲，好像有什麼東西借著酒勁慢慢發生變化，像是一種說不清道不明的惺惺相惜。

此刻電話那頭的大叔心在滴血。

喜歡一個人真的是一瞬間的事，可能某天他穿著一件你喜歡的襯衫，或者她卸了妝，圍著圍裙在廚房裡做飯，或者只是在第三次偶遇之後，彼此心照不宣地一點頭。

張偉第二天是被沙袋扛上飛機的，到了倫敦就開始不停拍照片給關夕霏。嘚瑟地抱著他的招牌射燈在各個地標跳躍，在劇院各個角度自拍，跟劇院投資人合影，以及拍下一大袋買給她的禮物。

其間老賈來找關夕霏，她連忙鎖屏，老賈問她看什麼呢，她笑答，沒什麼。老賈趁同事們不注意，在上衣口袋裡假模假式地掏東西，伸出手，做了個「比心」的手勢。關夕霏偷笑道：「別拿你們小朋友的東西套路我。」

「快接收回去。」

「無聊。」

「快點，你抓一把就好了。」

關夕霏無奈地剛想伸手抓，老賈突然收回手，然後朝旁邊努努嘴，示意有同事過來了。關夕霏笑著朝他擺擺手作罷，等老賈三兩下蹦躂走後，她斂去笑容，重新滑開手機，心口突然悶悶的，莫名有些低氣壓。

張偉演出當天，關夕霏算著時差第一時間就給他發了「加油」的表情包，但一整天張偉都沒有回覆。第二天深夜發來消息，他說行程有變，要多待幾天。

這之後關夕霏每天的日常就是不自覺地看看手機，但張偉沒再聯繫過她，她也由著脾氣不肯主動。

直到天涯一條熱帖打破平靜，一個以第一人稱寫的真實故事，女主有一個很愛她的老公，卻被同公司的大齡未婚女三番五次地撩撥，潛心計畫破壞他們的婚禮，搶走自己的男人，甚至連他們公司的名字都隻字未改地寫了上去，明眼人都知道這是那行政小妹發的。老闆知道這事之初還幫著關夕霏說話，這種小人作為不會成氣候，結果到了晚上，帖子就被做成長圖傳到了微博，狗血程度驚豔了一大波吃瓜群眾，隨手轉發正能量，熱度瞬間爆炸。

第二天再來公司的時候，關夕霏的座位被潑滿了紅漆，電腦上貼滿了不堪入目的大字。同事們議論紛紛，她不動聲色道：「我這可以報警的吧？」

圓點女終於有機可乘，端著咖啡晃悠進來：「夕霏，你能不能把這個事解決了，這麼鬧下去不是辦法啊，我們還敢來上班嗎？」

「我什麼都沒做你讓我解決什麼？」

「當初可是你去鬧人家婚禮的。」圓點女的下屬站出來幫腔，「現在整個公司被你害慘了。」

「現在這個局面不是我一個人造成的，我承擔不了這麼大的責任。」關夕霏憤憤道。

「不是因為你造成的，那還因為誰？人家新娘都說了是你去勾搭賈成安的。」

老賈的名字被解鎖，闞夕霏欲言又止，她微微側身，努力去尋找老賈的身影，她指望老賈這個時候能站出來說些什麼。當她終於跟老賈四目相對時，本以為這個可以依靠的男人會是她的救命稻草，結果老賈卻慌張地避開了她的視線。

到底還是個孩子。

「做錯事要認啊，」圓點女擺起架子，「自己做這行的，喜歡不敢說，跑到人婚禮上去鬧，這不是笑話嘛。還選個比自己年紀小那麼多的……」

「所以拿紅底鞋炫耀唄。」下屬幫腔。

圓點女拍了拍下屬，轉而繼續對她揶揄道：「霏啊，我們也沒惡意，也管不著你喜歡誰，其實說到底，主要是為了公司考慮。咱這行本來就是創意產業，特別禁不住網上的詆毀。我是你啊，就別往前闖了，差不多煞住車，換個地兒走走了。」

其他同事們也不說話，連一向寵她的老闆也無可奈何地回了自己的辦公室。沉默也是溫柔一刀。

「人都挺齊啊。」張偉的聲音出現在人群後面。

見到張偉的那一刻，闞夕霏眼睛一下子就紅了。如同紅海遇到摩西手杖般，同事向兩邊退開，張偉徑直走到闞夕霏身邊道：「來晚了。」

他背上闞夕霏的包，牽住她的手，正色道：「辦公室我會請阿姨來打掃好，肯定比你們家都乾淨，至於剩下的那檔子事兒，也請各位別往心裡去，你們喜歡一個人腦袋犯渾的時候也幹過不少荒唐事吧，看過了笑笑就好。不過我還真不太喜歡你們這些搞公司的人，看著人多勢眾的，出了岔子就散成滿天星了，沒點人情味兒。哦抱歉，還沒跟各位介紹，鄙人姓張，單名一個偉，名字隨便人也挺隨便的，不怕的話可以給你隨便看看。如果沒什麼事，我女朋友我就先帶走了啊。」

圓點女和她的下屬被堵得啞了嗓，沒再敢講話。

張偉牽著關夕霏一步步下了樓，沒人看見，她終於忍不住掉了淚，怕她這股氣兒洩掉，張偉輕輕使了使手勁，關夕霏配合地用力抽泣一下，一把抹掉眼淚，昂起頭，努力克制自己不許哭。

剛到門口，老賈叫住他們，一個人狼狽地跑了過來。

「就是這個人嗎？」張偉上下打量他，「是挺嫩的，成年了吧？」

「我能單獨跟你談談嗎？」老賈滿臉憂愁地望著關夕霏。

關夕霏讓張偉先去一邊，聽老賈還能說什麼。

「對不……」

「我不想聽對不起。」關夕霏打斷他。

「我高估了自己，我以為我能處理好的。」老賈投降。

「我曾經一直在想，世界上如果有一種手術讓我變成你喜歡的樣子就好了。到最後發現，你卻不是我喜歡的樣子。」

「你可以改造我啊。」

「不重要了。其實我很討厭我的工作，每天都在試圖讓人們去說服另一個人。我們給別人說了那麼多道理，自己卻沒一條適用。有人跟我說過，說服一個人是最傻的事情。我以前一直不懂，愛情裡，我們其實是最笨的。」

老賈突然哭了，這個年紀的男孩，終於承認自己還沒長大。

「我真的很喜歡你……」老賈哭著說，「我怎麼感覺我什麼都沒有了。」

「你不是喜歡我，你只是喜歡這種衝動。你還年輕，試錯機會多，沒擁有什麼呢，談什麼失去。姐姐你還惹不起，長個幾年再說吧。」

「你要走了嗎？」老賈抹掉淚。

闞夕霏點點頭，周身輕鬆，轉過身，對過去的玩笑一鞠躬，然後勇敢說再見。推開門，有雪花灌進來，這個冬天的第一場雪。

她把下巴縮進圍巾裡，頭髮上已經沾滿了雪花，張偉把自己的毛線帽給她戴上。兩個人面對面挨著，彼此呼吸的熱氣漾在臉上，氣氛曖昧。闞夕霏抽了抽嘴唇道：「謝謝啊。」

「上次你在劇場幫我一次，還上了。」張偉搓搓手，放進口袋。

闞夕霏踩著積雪，恍然道：「這幾天你死哪兒去了？」

「哎呀，我這不是套路你嗎，讓對方習慣一個時間段有你，等有天你不在了，對方肯定會不習慣的，感覺少了些什麼。」
「不說算了。」關夕霏大步向前。
「劇場停電那次，那個藝術總監的票是Cookie給的，她背後幫我引薦很多次了。我也沒想過謝她，只是不想欠她的，就答應倫敦那邊多演幾場，我要證明燈光師的能力。」張偉摩挲著肩膀繞到她前面，訕笑道：「看來我沒那麼差，還是值得關心的喲。」
「什麼話，很多人在乎你好不好。」關夕霏急了。
「我家人常年放養我，除了沙袋那小子，又沒幾個朋友，還有誰啊？」
他故意的，關夕霏不搭理他這茬。
「剛剛也不知道是誰在我面前掉眼淚。」張偉嘻皮笑臉道。
關夕霏睥睨著他狠狠呼了團白氣。
「我這大雪天的，剛回來就幫你解圍，還莫名其妙多個女朋友，就這態度啊。」
「切，話說不了兩句，還學人偶像劇亂認家屬，可委屈死我了。」
「你這人就是前後矛盾，又在乎，又嫌棄，你到底在想什麼？」
「我在想……」關夕霏狠狠掐了一下張偉的臉，「你最好別再給我玩消失。」
張偉抓住關夕霏的手，兩人互看著彼此，眼神融在細密的雪花裡。有些話不用再繼續說明了，心領神會，點到即止。

一語成讖，雪停那天，張偉再次消失。關夕霏衝到張偉他們家的時候，沙袋正在一台不知從哪弄來的跑步機上跑步，可能是運動太猛，整個臉都紅撲撲的。關夕霏沒空管他的毛病，質問張偉在哪，結果得到了一個她完全想不到的答案。沙袋說，其實師傅第一次演出之後，哈，那個劇場總監就直接聘用他去那邊工作，哈，說師傅終於實現夢想了，哈，可能夢想還是比你更有吸引力，哈。

沙袋氣喘吁吁地「哈」了好幾次後，被關夕霏從跑步機上拽下來，痛扁了一頓。

張偉真的就再次消失在關夕霏的世界裡，不過是出國工作，又不是去了ＮＡＳＡ，也只有張偉這種神經病才能做出這種斷掉聯繫的事。朋友圈不再更新，消息發過去，對方也再無回應。那個夜晚彷彿是一場迷幻的夢，兩個人並肩在雪地裡走著，溫度降至零下，心跳卻在加速。關夕霏甚至都不知道，除了沒刪的聊天紀錄，以及來回通話的次數，還有什麼可以證明曾經與這個人產生過關聯。那些在過往生命裡占據過一小段時光卻又不再有瓜葛的「張偉」們，真的只是變成了一個名字。

帖子的鬧劇三兩天就被網路遺忘了，老賈的行政小妹也沒有再囂張過，關夕霏再次出現在公司準備辭職，儘管圓點女還是掛著那一副乾癟的假惺惺，但仍不影響她的告別，去他媽的，誰叫這世界總是賤人笑到最後。走之前，她還是決定跟老賈說聲再見。

老賈見到她有點手足無措，擺弄起桌上的東西。

「你不用緊張。」闕夕霏神情自若道。

老賈欲言又止，隨後柔聲道：「祝你幸福。」

「你也是。」闕夕霏朝他笑了笑。

「他應該是個很適合你的人。」

「噢……」闕夕霏停頓，「……是的。」

「你總說我還小，我承認，但感情不分年紀的。不過我該懸崖勒馬了，有人還在等我，有些事，完成比完美更重要。」

「其實要謝謝你，謝謝那些酒，把我心裡的小怪獸放出來了，」闕夕霏說，「我還挺喜歡這個小怪獸的。」

老賈微笑不語。

闕夕霏正琢磨著，視線被他桌角的一棵小樹裝飾吸引，樹枝上掛著一條銀鏈，底下串著的戒指正閃著光。

回憶被拉回了幾個月前，大鬧老賈婚禮宿醉後的她，指尖圈的就是這枚戒指。

「哦，這東西放我這好幾個月了，也不知道是誰的。」老賈見她看著戒指出神，解釋道。

闕夕霏一道青天霹靂：「這不是你的?!我……我第二天醒來發現在自己手上，我以為是我從你們那兒搶的，想說還給你……」

老賈搖頭道：「你那天鬧完就一個人跑出去了。單顆美鑽，這是求婚戒指吧。」

關夕霏一隻手按住額頭，眼角餘光落在小臂上，當初那個莫名的牙印好像漸漸浮現出來。腦裡像蒙太奇一樣，迅速被幾個零散的畫面交疊，那晚在朱哥的大排檔，張偉靠功教訓了幾個年輕人。第一次見到張偉，他包著滿嘴的關東煮，哭著說連求婚都失敗了。最清晰的畫面，是自己穿著淡粉色伴娘裙在霧霾籠罩的街頭奔跑，頭髮淩亂，臉上的妝容已經被眼淚浸花。借著酒精壯膽，她來到人群中心，有個穿著工服的男人正單腳跪地向女方求婚。天色已晚，從她這個角度來看，只覺得女生眼熟，眼熟到能無比篤定，那個女生肯定不愛他。於是她直接跑上前去搶過那個男人的戒指，大吼道：「別白費力氣了，咱們都別白費力氣了！」

過程中小臂被那個男人狠咬了一口，但關夕霏感覺不到痛，她只想把這枚戒指搶走，心底的另一個自己，憎恨所有情侶，好期待擁有一枚戒指，期待喜歡的男人能單膝下跪，期待那些帶著感情的告白詞。她真的，太寂寞了。

關夕霏衝出人群，鑽進停在路邊的空車，大聲命令師傅油門踩到底。

那個男人就在車後拚命追，直到消失在霧氣裡，她正過身子，腦袋突突跳得疼。她像個打完勝仗凱旋的女戰士，帶著滿身酒氣，把戒指套在中指上，然後沉沉地彎下腰，把頭埋進裙子裡，看不出是在哭，還是真的累了。

思緒回到現實，關夕霏來到公司樓下，她深吸一口氣，再次撥通張偉的電話，仍然是熟悉的忙碌音。

坐上車，她把那枚戒指戴上，電台調到舒緩的輕音樂，剛想走，發現自己現在的車位，就是當初第一次遇見張偉的位置。接下來，應該有一束刺眼的強光才對。

別幼稚了。

她開到主要道路上，突然用力掉頭，車子又開回了當初那條逼仄的巷弄，最後停在那家便利商店前。

老闆換上了自動門，走進去的時候，會有清脆的「叮咚」一聲響，她克制住胸腔強烈的起伏，在貨架間失神地走了幾個來回。最後到前台，問老闆買了份關東煮。

老闆全程冷面沒有說話，好像不記得她了。

關夕霏坐在桌前，木訥地一口口咬著魚丸，不知不覺包了滿滿一嘴。故事開始的時候，明明是兩個人坐在一起，快結束了，只剩一個人想著一個人。

「你那個男朋友呢？」老闆突然出現，遞了張紙巾給她。

「他……不是……」關夕霏鼓著嘴很難說下去。

「喏，還不承認，你們所有小年輕的故事，都是這樣發生的，兩個人有緣，觀眾一眼就能看出來，不然哪有你們說的那個什麼詞——『相遇』，多美好啊，某一時刻的某一地點，兩個人相互同時看見對方。這是老天爺花了很大的力氣，才能成全的奇蹟啊。」

「那他還是走了，」關夕霏聲音有些發澀，撇起嘴對著面前的關東煮一通數落，

「看看你多不是男人，搞這些幼稚的玩意兒，以為我有多想找你嗎，真討厭啊，愛跟誰玩跟誰玩兒去！」

老闆就靜靜看著她，像是知道她會說什麼做什麼似的。

關夕霏終於繃不住，覺得胃裡噁心，咧著嘴，眼眶落下幾滴淚。

哭得太醜了，是因為真的好難過啊。

戀愛到底是什麼？李宗盛給過的答案，是世紀末的無聊消遣，是情人們的精神鴉片。咬文嚼字地想，戀愛中的人不會在乎「我」和「你」，而是眼耳口鼻心裡只有「我們」。或者再美好一點，是你很愛他，恰巧他也愛你，至此一如既往，矢志不渝，老來有個人可以一起回憶半生。

擁有之前，彷彿有一萬種解答。擁有之後，各種美好與苦澀，只有自己最清楚。

那晚的關夕霏非常明白，她應該是失去張偉了。她必須為所有還在單身的女性表個態，不是不想愛，是寧缺毋濫。不是不害怕孤單，是已經習慣。不是不羨慕街上的情侶，而是一直在等。等了那麼多年，嘴硬說自己過得挺好，但心裡遺憾的是，時光清淺，始終一個人。

辭職後的一週，關夕霏早睡早起，她決定先不急著找工作，而是叫人送來鮮花，去健身房請了私人教練，戒掉咖啡學著喝茶。

電視裡正在播最新的綜藝節目，當紅女藝人做「一日情侶」活動，給宅男粉絲們送福利，關夕霏看見沙袋出現，舉著買好的禮服裙說要送給她。畫面又好笑又想哭，而且沙袋好像真的瘦了，特別帥。

想起沙袋前兩天給了張他們劇場新的戲票，時間就是今晚。等到關夕霏趕到時，觀眾已經滿座，她繞過人群，坐在第二排的中央。

話劇臨近結束，場燈明滅間，工作人員推上來一扇粉色的門。一束追光滑下，門打開了，裡面竟然是LED螢幕，一條歐洲的街道，還有行人朝著門外打招呼。

關夕霏覺得很可愛，偷偷舉起手機拍了段小視頻，發了條朋友圈：任意門，帶我走。還在查找著信號的空檔，自己的照片突然出現在任意門裡，嚇得關夕霏差點把手機甩出去。

接著張偉出現了，他正站在倫敦的地鐵站標示前，朝著門裡說：「有沒有很想我？」

場下的觀眾都很訝異，只有關夕霏捂住嘴，眼眶被熏紅。

張偉煞有介事地清清嗓子：「有段話我憋了很久，但我覺得有必要正式地說一次。」

「我沒有那麼喜歡你的時候，我不會開口，既然喜歡了，我就準備好，徹底闖進你的人生。我不會說什麼甜言蜜語，世上那麼多漂亮的話，說給自己聽就好了。我只說一句，我要的很簡單，正好你也不複雜，如果一個人等得久了，要不要試著兩個人生活？」張偉停頓片刻，微微揚起頭道：「一字不差吧，闞夕霏。」

眼淚不爭氣地往下掉，闞夕霏似乎感覺到觀眾的目光在身邊來回掃射，她往後縮了縮身子，用手機擋住哭花的臉。

這時台上任意門突然關上，所有人都在等待下一秒會出現什麼，闞夕霏也死死盯著，直到那扇門重新打開，露出門後的一片空曠。

此刻她很想罵髒話，暴躁地滑開手機，她看見朋友圈提示有一條回覆，點開來，張偉按了讚。

闞夕霏的手開始抖，她快速點開張偉的對話方塊，發了一堆表情過去。

「老師你之前教的方法有問題啊，」張偉的聲音突然從耳邊傳來，嚇得闞夕霏一哆嗦，撇過頭，迎上了那張夢裡的臉，張偉和顏悅色道：「我給喜歡的人按了讚，怎麼她會先給我發來訊息呢？」

闞夕霏吸吸鼻子，咬著腮幫子盯著他，眼淚滑落的瞬間，不顧周遭的眼光，緊緊抱住了他，喃喃道：「那就說明，她也喜歡你很久了。」

時間撥回一天前，張偉終於按約定完成了New Diorama劇院的演出。

藝術總監David問張偉：「你說上次回中國是想確定一件事，怎麼樣，考慮好了嗎？」

張偉說：「無比確定。」

David點頭道：「那我們可以簽錄用合約了。」

張偉退後一步：「謝謝David先生，抱歉我無法勝任您給予的職位，我無比確定，我得回國。」

David很驚訝：「你要考慮清楚，這是我們第一次跟中國的燈光師合作，也是你的第一次，這個機會不是誰都可以得到的，這跟談戀愛一樣，初戀很重要。」

張偉篤定地說道：「很多事不是第一次最重要，而是最好的那一次。」

06:18 ______ PM

04

MORE THAN
FRIENDS

不想我們只是朋友

很多人的青春故事裡，一定有這樣一個黃金備胎，
他喜歡你，你喜歡別人，但反正你愛不上得不到，就會冒出湊合的念頭。
說我們眼瞎也好，賤也罷，即便知道會傷害無辜，
但仍無法阻止自己在綿長的愛裡堅韌和熾烈，我們都太寂寞了。

肥羊何許人也？

苗苗班搶飯搶被子搶玩具小能手。

小學絕不姑息忘戴紅領巾校徽遲到行為「紀檢處」三道槓大隊長。

初中省級短跑長跑接力賽長腿冠軍。

高中發育過快波濤洶湧刀子嘴匕首心大姐大。

進大學第一天，就靠她一刻不停的嘴巴，以及夜跑後在寢室裡裸奔的胸懷，輕度聊騷，重度撩妹，把寢室裡三個妹子招進「後宮」。眼睛最大的叫COCO，膽子卻小到可以忽略這個器官，人生永遠在犯傻。三妹游林，南國小趙薇，高濃度文藝軟妹，沒有林黛玉的命，得了林黛玉的病。年紀最小的叫小玉，自帶鬼上身屬性，整天抱著手機孤僻地坐在床頭。

女人湊在一起，要嘛聊男人，要嘛就聊另一個女人。隔壁的女A，開學沒幾天就跟大二表演系的學長在一起了，每天腳下有風，走路蹦蹦跳跳的。剛進大學的單身男女，被「高考萬歲」和「不許早戀」的舊時代教條壓抑得窒息，迫不及待把大學當戀愛溫床，愛到個撼天動地。

肥羊她們受不了女A「我戀愛我了不起」的猛烈炫耀模式，也開始物色起「男朋友」這個跨時代必需品。以男生宿舍樓為原點，X軸定點教學樓、食堂、操場，Y軸鎖定同學、學長甚至老師，畫出多少拋物線均不得解。直到肥羊的青梅竹馬出現，徹底改變了內需。

青梅竹馬鄭同學，精瘦大高個兒，行走的衣架子。單眼皮，睫毛濃密自帶眼線效果，父母搞實業家境優越，從小就是眾人焦點體質。幼稚園就能當著肥羊的面親女孩的小臉兒，這些年在肥羊這裡哭訴的前女友就沒斷過，不斷刷新著所有青春小說男主角的設定。

但鄭同學有一個很可笑的弱點。他患有雙數強迫症，電視的音量、空調的溫度都喜歡調成雙數，卷紙要按照虛線撕成二的倍數塊，買衣服要買兩件類似的換著穿，因為他覺得雙數除得盡比較爽。當初在幼稚園就是因為肥羊碰到他的左肩，他非抱著肥羊再碰一下他右肩，兩邊平衡。最後不小心把肥羊的公主裙給扒拉下來了，於是肥羊用小肉手給了他一巴掌，從此沒讓他過一天好日子。

COCO見過鄭同學的第二天就跟他表白了，大家都疑惑誰給她借了膽，敢一個人跑到他們學校，在食堂人流最多的正午十二點，買了一大桌子菜等鄭同學，說要餵飽他。鄭同學嚇死了，說這台詞怎麼跟他媽一樣。COCO回寢室不爭氣地哭了一宿，說好不容易對愛情開了竅，結果代價太慘痛。肥羊安慰她，這才是長征路上的第一難，沒有哪個男人是真心願意被女人餵飽的。

好在時間猖狂，一口吞一個記憶，沒幾天COCO就跟沒事人一樣，傷癒完全。還把三妹游林推出來，說跟鄭同學是金童玉女配一臉，帶著她的遺憾出發。肥羊嗆聲道，你們當談戀愛是在繼承家族產業啊。游林起初還保持著她林黛玉的嬌羞說，人家不喜歡單眼皮啦，咳咳咳。結果轉頭加上鄭同學的QQ後，每天像望夫石一樣守著電腦，時不時傳來一陣傻笑。

他們確定關係的前一晚，鄭同學還特地來肥羊學校找她，問她的意見。肥羊神經質地大笑，雙木林，滿足你的強迫症挺好的。鄭同學推託道，說正經的。肥羊嗆他，你從小到大哪次談戀愛沒問過我，反正好與不好，最長不過兩個月。鄭同學反問，那你還敢把你姐妹往火坑裡推。肥羊說，誰叫她喜歡你，如果你也喜歡她，就在一起唄，情侶裡需要你倆這種光是站在一起就能氣死人的。但這次我多說一句，你幼稚歸幼稚，在她變心之前，不許傷害她。

鄭同學抱了抱肥羊，狡黠地輕嗔，還是你最可靠，然後在她面前喜孜孜地給游林發了訊息。

又促成一樁喜事，肥羊跟他分別後，回頭沒走幾步路，就開始揉眼睛，又是一輪新來的酸楚。

為什麼人類需要氧氣卻一直不停砍樹，為什麼公共場所那麼多警示牌卻沒人遵守，為什麼心裡有很多話臉上卻總是雲淡風輕，為什麼說了不再見的人卻老想見面，為什麼明明喜歡一個人卻不能擁有。

從幼稚園開始，肥羊就在鄭同學面前怒刷著存在感，卻只能成為他人生履歷中的兩小無猜，特別可靠的朋友。尺碼不合的鞋，連試一試的機會都沒有，以至於這麼多年過去，肥羊都快忘了，已經有多少次因為鄭同學哭過。

在鄭同學戀愛時，肥羊就會在朋友圈分享歌，笨拙地把委屈心酸以及喜歡都藏進歌詞裡，什麼都想說，但什麼都不能說。鄭同學永遠會錯意，分手後見肥羊不發歌了，還會天真地問她，你的每日點歌台呢。

她很想點點他的智商。

回到寢室的肥羊見姐妹們正搶著游林的手機看八卦，調整情緒，重新掛上一張老大的豪邁臉，昭告天下，終於為我們寢室開葷了。

此後鄭同學只要一沒課就來找游林，兩人成了5A級風景線，讓隔壁的女A氣得跳腳，恨不得每天把男友綁在自己身上秀恩愛。寢室裡變了個畫風，游林行蹤不定，對愛情長征失去信心的COCO轉而投入社團活動，小玉繼續抱著手機待在二次元，只有肥羊突然對一切都興趣缺缺，儘管她知道這是愛入膏肓的症狀，這麼多年間歇來襲，也慢慢習慣了。

這天深夜兩點，肥羊失眠，打開手機QQ見鄭同學線上，便給他發了個表情。對方遲遲沒回應，肥羊輕聲罵了句娘就蒙頭強迫自己睡覺了。到了後半夜，鄭同學電話打來，問她犯什麼病大半夜聊QQ。肥羊窩在被子裡，佯裝迷糊地推託是手機抽筋，支支吾吾了幾句便掛了電話。她抬頭看了一眼熟睡的游林，猶豫片刻，把手機通訊錄上鄭同學的名字改成了「妹夫」。

完了闔上眼，她就再也沒睡著過。

接下來的幾天，肥羊發現鄭同學原來是個夜貓子，偶爾發個消息過去，沒幾秒就回覆了，說他睡不著在打遊戲。兩人有一搭沒一搭地瞎聊著，儘管大多話題在很多年前就聊盡了，但鄭同學或許不知道，肥羊這些年刪刪改改的未發出消息，字數都可以累積成書了。

有時寢室信號不好，為了離窗戶近一點，肥羊就以超高難度的姿勢跪在床頭，胳膊伸得老遠，終於收到對方的回覆，彷彿完成一次儀式。

某天鄭同學說他跟室友打賭，比四級分數，為了男人面子竟然短暫冒充好學生，開始蹂躪圖書館。他跟游林兩人的學校不過幾站公車的距離，但一不見面，幾公里就像隔著一片汪洋，跟異地戀無異。

游林對著電腦整天無精打采的，吃飯都提不起興趣，原本纖瘦的身子看著更脆弱了。肥羊打抱不平，大半夜教訓鄭同學，鄭同學用英文回覆她，還義正詞嚴說今後聊天必須用英語。結果沒出幾個回合，鄭同學的詞彙量就捉襟見肘，於是拼音chinglish並用，還偶爾夾雜看不懂的火星文。

四級考試前，鄭同學QQ也不常聊了，肥羊為了不失眠，晚上加大夜跑的運動量。不巧在操場上撞倒一個中文系的白牙男，她伸手一拽就把他拎起來，幫他拍拍後腿的灰，問他，沒事吧？

有事，白牙男閃著一口非正常人類的大白牙對肥羊一見鍾情，從此不依不饒地追求她，每天投遞情書。肥羊怒了，問他：「你到底要做什麼！」白牙男認真地說：「我就覺得你挺可愛的。」肥羊不爽，大罵：「你以為我是即溶咖啡那麼好泡啊！」

結果還真泡上了。

鄭同學四級考完那天第一時間來肥羊他們學校請大家吃飯，不巧肥羊發高燒，一個人留在寢室裡養病。到了傍晚暴雨傾盆，意識模糊的肥羊聽見有人敲門，拚了老命爬下床，一開門看見濕透的白牙男，正捧著好幾盒感冒藥微笑著，唇間蹭蹭發光。

白牙男被宿管阿姨掃地出門。肥羊的病好了，他卻病了很久。

這件事之後，肥羊就跟白牙男在一起了。在這之前她告訴自己，如果那晚送藥的人是鄭同學，她一定放下所有的糾結毫不猶豫地告訴他，我們認識十多年了，從小鬧到大，吵到大，過著信馬由韁的生活，可我偏要那麼認真地喜歡一個人，喜歡太久真的會上癮的。我從沒有任何時刻都比現在確定，鄭同學，我真的真的好喜歡你。

肥羊戀愛後，寢室的三姐妹都對白牙男送上崇高的敬意，鄭同學也第一時間發去慰問，跟他說男人就是要勇於在刀鋒上行走，解救其他女同胞於水火。氣得肥羊一改往日大大剌剌的性子，儼然一副賢妻良母的架式，對白牙男說話聲都降低幾個調。白牙男倒也很乖，標準忠犬型男友，會在肥羊到食堂之前，就排隊搶好她最喜歡的菜，會在肥羊失眠的時候在電話裡彈吉他唱歌，會錄電台給她讀情詩，溫暖地連同姐妹們的情緒都一起照顧。

肥羊需要的時候他第一時間出現，不需要的時候也絕不煩人。如若把他搬回家，父母應該會拍著大腿提前預定這位準女婿。

四級成績公布，鄭同學當然沒戲，問他為什麼要跟室友打賭，他說因為想跟那個書呆子換床位。他的床風水不好，這麼大的人了還隔三岔五地夢遺。為了慶祝自己可能精盡人亡英年早逝，鄭同學辦了個「趁早」party，把身邊的情侶朋友召來，其中就有肥羊和白牙男。

鄭同學的雙數強迫症一犯，上來就把紅酒威士卡啤酒兩兩排兵布陣，招呼大家喝。沒想到讓白牙男露出了酒鬼本色，前半段還維持著旭日陽光般的暖男微笑，後半段直接原形畢露，操著東北口音一口一句「滾犢子，整不死你」猛摔酒瓶。最後大家都醉了，游林倒在鄭同學懷裡，肥羊看不過去，揶揄地把兩個人擠開，卻被鄭同學一把抓住，躺在她的C罩杯上找存在感，結果贏來了白牙男非常東北爺們兒的一記拳。

那晚的腥風血雨在肥羊學校成了一段佳話，慈悲的校長特此下令，週一到週五除非輔導員批假否則嚴禁出校門。一夜回到中學，肥羊她們成了眾矢之的，整個寢室都罩著一層抑鬱的氣氛。

肥羊跟白牙男提了分手，白牙男咧著嘴溫柔地問她why，肥羊瑟縮地答，你喝醉酒後嚇死寶寶了。心裡的OS是，小樣兒，敢打我的男人。

很多人的青春故事裡，一定有這樣一個黃金備胎，他喜歡你，你喜歡別人，但反正你愛不上得不到，就會冒出湊合的念頭。說我們眼瞎也好，賤也罷，即便知道會傷害無辜，但仍無法阻止自己在綿長的愛裡堅韌和熾烈，我們都太寂寞了。

學校一整個學期都封閉管理，游林大多數時間見不到鄭同學，只能在寢室裡寫部落格寄託情感，回歸單身的肥羊除了跑步追劇，看看脫口秀，也沒別的可做。

大學生活常走向兩個極端，驚天動地的精采，和分分鐘置人於死地的頹廢。

事情出現轉折是在林俊傑的巡迴演唱會，作為24K黃金腦殘粉的肥羊使用了所有招數就是騙不來一張假條，就差跪在門口的警衛面前磕兩個響頭了。眼看演唱會就要開始，黃牛票還沒來得及買，這時鄭同學突然出現，拉著她繞過田坎和雜草逃出了學校。

鄭同學說是找當地老鄉把校外的小樹啊草啊的給砍了，直接現劈出一條路。肥羊感激得五體投地，別有用心地說，沒別的請讓我以身相許吧。鄭同學睥睨著，回嗆她，那你還是回去比較好。

肥羊一腳飛踼。

後來那晚在鄭同學的記憶裡，身邊除了肥羊放浪形骸的尖叫，和走音的「修煉愛情的心酸」，並沒有聽清楚JJ到底唱了什麼，甚至演唱會結束了，耳邊還不斷回繞著肥羊的魔音。他跟肥羊說，林俊傑應該買票聽你的演唱會。

散場時人滿為患，叫不到車，他們索性走了一段路。空曠的街道上，肥羊和鄭同學並排走著。鄭同學不知怎麼挑起話題，說她如果把喜歡林俊傑的勁頭放到白牙男身上，就不會潦草分手了。肥羊回他，誰都可以這麼教育我，但你沒這個資格。鄭同學說，我們不一樣，我的人設已經是這樣了，你還可以實實在在搞對象。肥羊狡黠地笑了笑，努努嘴說，沒有可比性，有些人是捨不得，而有些人就該提早結束。聽過沉沒成本效應嗎，喜歡一個人三年，第四年就想乾脆也繼續喜歡吧，不然虧了，於是雪球越滾越大，後來成了習慣，習慣特別可怕。

說這段話的時候肥羊特別傷感。

鄭同學沒回應，氣氛落入尷尬，兩人踩著影子默默地走，有情侶騎自行車經過，肥羊向鄭同學身邊躲了躲，恰巧碰到肩，察覺到鄭同學的強迫症來了，她秒懂，繞到鄭同學右側，正想碰他肩膀時，游林適時來了電話，鄭同學接通後沒說幾句就沒電了。肥羊把自己的手機給他，鄭同學推託說回去再打，肥羊替他按下游林的號碼，固執地把手機貼到鄭同學的耳朵上。

接下來的一路就是鄭同學的秀恩愛單口相聲。肥羊兩隻手插在上衣兜裡，看著地上兩個人的影子出神。明明彼此靠那麼近，卻好像錯落在不同時空，對方的影子捂著左耳，笑起來動作流暢，自己卻刻板又僵硬，好像卓別林可笑的黑白默劇。

回到寢室的肥羊覺得有點難受，洗漱完就早早上床了，她把自己裹在被子裡，出了一身汗。臨睡前滑開手機，發現鄭同學把他通訊錄的名字改了回去。

這天肥羊接到鄭同學的電話，說找不到游林。肥羊嘀咕著剛進門，發現寢室裡狼藉一片，第一反應是進了賊。正準備跟宿管通報，小玉從廁所裡悄無聲息地洗完澡出來，頭髮濕漉漉地擋住了臉，看不見表情。肥羊問她怎麼回事，她慢條斯理地說，游林換寢室了。

游林搬到了隔壁女A的寢室，似乎變成了另一個人。曠一整天的課，手機不接短信不回，聽說常跟女A去酒吧，回來醉醺醺地在樓道吐一地。好幾次被肥羊她們攔住問緣由，游林都視若無睹直接繞過。

肥羊終於忍不住，闖到游林的寢室，她一個人正在化妝，嘴巴猩紅得刺眼。肥羊把寢室門反鎖，上前把她那些化妝品往地上一砸，拽起游林就問她玩的這是哪一齣。游林冷笑一聲，反唇相譏，這句話該我問你。肥羊怒了，是不是鄭同學他欺負你？游林疑惑地看著肥羊，過了許久，眼神變軟，身子漸漸抖起來，接著淚如泉湧，哭著說了很多斷斷續續的句子。

肥羊重新把它們組合起來，大意是說：我找到了鄭同學的匿名部落格，上面都是他寫的日記，然後在裡面看到了你，全都是你，他的心裡，只有你。

肥羊失魂落魄地回到寢室，手機螢幕停在鄭同學的通訊錄上，遲遲不敢按下去，她覺得好像哪裡出錯了。

然後是鄭同學先來了電話。

提到部落格之後，鄭同學沉默了，肥羊鼻子一酸，在電話裡責問他，你在開玩笑吧，我們不是朋友嗎？鄭同學突然來了氣，大聲嚷著，我當時問你，我跟她在一起好不好，你回答那麼乾脆，你聽不出我聲音很抖嗎？從小到大我一談戀愛就第一時間在你面前炫耀，用了十多年激將法激你都無濟於事，你是瞎子嗎，朋友？我他媽的最不想跟你做的就是朋友。

肥羊捂住嘴，還想說什麼時，花著眼妝的游林出現在寢室門口，神色黯然地看著她。肥羊狠心掛掉電話，上前抱住游林，陪她哭。

後來COCO單獨找肥羊聊過，兩人坐在宿舍樓下的木椅上，COCO拉著肥羊的手問，你喜歡鄭同學嗎？肥羊抱膝坐著，支著下巴傻愣愣地點頭。COCO看了她一眼，肥羊反應過來又猛搖頭。COCO說：「好幾次半夜醒來，看見你在床上玩手機……那個人應該不是他吧。你說愛情是條長征，我們這些俗人，注定就輸在起跑線了。《慾望城市》裡有句話說得很對，很多人覺得漂亮的女人沒有頭腦，這是不對的。事實上，她們有頭腦，只不過不需要用它罷了。游林很聰明，她喜歡鄭同學，但也在乎你，所以才逃避。」

玩過《憤怒鳥》吧。很多時候自己就像那頭綠豬，看著對岸的小鳥撞過來，儘管根本不知道牠們撞你的原因，但又特別在乎牠們，在乎牠們能不能成功，因為遊戲的強設定就是你不能站在這裡，你必須失敗。

這樣遊戲才能結束。

肥羊沒有告訴鄭同學她喜歡他，事情已經很複雜了，人生設定他們一開始就沒有在一起，好像後來也不能再在一起了。

夜深人靜的時候，肥羊常常躲在被子裡看鄭同學的部落格，咬著被角眼淚大顆往下滾，咬牙切齒道，鄭同學你這個混蛋玩意兒，什麼時候這麼會寫東西的。

鄭同學如是寫道：

我這個青梅竹馬就靠著胸大腿長來證明她是雌性了，脾氣衝，又是個未進化完全的單細胞生物，平時勁兒勁兒地妄想隻手遮天，以為能照顧所有人，但關鍵時刻連自己都保護不了。她長得這麼好看不當我對象可惜了，我的使命就是一直陪在她身邊。

每次談戀愛都會主動問她的意見，妄想她某天能因為一個女生吃醋，但事實證明，她不愛吃酸的。那些她在朋友圈裡分享的歌，我總以為歌詞的意思，就是她想對我說的話，但後來我也不再自欺欺人了，歌詞講究押韻，情歌僅僅是好聽，只是我自己幫她想了潛台詞，來證明自己的幻想。

熬夜這個壞習慣已經很多年了，只對她一個人設置了隱身可見。這段時間她總喜歡大半夜聊天，我努力找了很多我們還未聊過的話題，但總捉襟見肘，主要是太熟了，那些沒敢說的話，都已經來回刪得差不多，腹稿已經可以成書了。

我床頭訊號不好，跟睡在窗邊書呆子打了賭，只要四級分比他高，就可以跟他換床位。結果我天生跟英語無緣，後來只好大半夜裹著被子坐在窗邊聊天，我他媽快被自己感動哭了。

青梅竹馬跟一個中文系的娘炮好了。她生病那天，我也去了她寢室，見那小子溫柔兮兮地搞定宿管阿姨，我一個外校的，就自願跟著學，那是我這輩子第一次跟阿姨面前裝萌。結果這個世界的審美一定被狗吃了，我硬是被阿姨趕了出去。最後只好趁著四下無人翻欄杆進去，結果屁股被戳了條口子不說，還被那小子捷足先登送了藥。因為我在她們女生寢室迷路了。

大家聚餐那天，其實我沒醉，我想打那個娘炮很久了，早就覺得他表裡不一，東北老爺們兒裝什麼白淨小鮮肉。可惜連累青梅竹馬的學校變成封閉管理，為了見她，我在學校外勞動了一晚，又是割草又是挖土的，其間被狗追了三次，想湊個雙數，便去逗狗，結果狗被我嚇跑了，我渾身不爽了一個晚上。

最近他們把青梅竹馬的室友介紹給我。那晚我們開了房，相敬如賓地拼了一晚上的拼圖。我跟她說，我不相信愛情，給人不給心，所以不要太喜歡我。

這些年女朋友沒斷過，遇見一個又一個，以為是別針換別墅的過程，最後只換到了一堆別針，而她的心裡，我卻始終住不進去。

不想我們只是朋友。

後來的事啊，游林還是跟鄭同學分開了，大四當交換生去了新加坡，淡出了姐妹的朋友圈。COCO愛情運真不好，臨了畢業，被一個搞電話詐騙的騙了感情，沒膽的她立志要當警察。她們中最不可能戀愛的小玉竟然在畢業散夥飯上帶來了一個溫州男朋友，說明年就要結婚了。那時她們才明白，這些年沉默的小玉，每天抱著手機是在跟她的神秘男友傳情，跟她們三個根本不是一個等級的。

鄭同學被他爸送去北方實習，之後的這幾年，他跟肥羊像約定好似的，漸漸少了聯繫。除了幾百頁的聊天紀錄還能作證，不然這一切好像都不曾發生過。

時間一晃六年過去。

肥羊在離婚協議書上簽上自己的名字，結束一段匆忙的婚姻，前夫是在跑團裡認識的，一起夜跑過幾次，覺得三觀一致就閃婚了，等離婚那刻才清醒，萬事萬物都在改變，人的三觀首當其衝。

肥羊回到老家，在爸媽介紹的事業單位裡工作。工作機械，所以輕鬆，一張辦公桌估摸著能用到後半生。可能是離婚的後遺症，讓她再也找不回當初那個即便世界末日來臨也能不要臉賴到最後的自己了，甚至從視覺上看，她的罩杯和身高都隨著性格縮了水。那個飛揚跋扈的大姐大，終究成了同學錄照片上定格的記憶。

大學的第一次全體同學會定了在夏至那天。肥羊是最早到的，一身盛裝名媛風的游林隨後登場，褪了文藝，還是腦袋與美貌並用更合適她。COCO成了當晚焦點，因為反差太大接受全班同學的採訪——當一個女獄警的體驗。唯一的遺憾是溫州媳婦小玉，說是家裡生意走不開，缺了席。

大家饒有興致地邊喝邊聊，肥羊被灌得有些暈，上了個廁所，回來後經過隔壁的包廂時，透過門縫掃了一眼，好像也是同學聚會，她怔怔地抬起頭，一眼就認出了鄭同學。

他旁邊放著的兩個兒童座上，一對雙胞胎吃得滿嘴都是飯粒。

感覺到鄭同學向門外看來，肥羊騰地往前竄，慌亂間撞傷了膝蓋。隨後的聚餐都不在狀態，結束後，有人提議去唱歌，肥羊頭疼得實在厲害，膝蓋也不舒服，就掃了大家興致。她踉蹌地來到樓下，叫車軟體總是閃退，氣得直接關了機。心底有個聲音，趕快逃離這裡，她來到路邊，招手招計程車。

肥羊？突然聽到鄭同學在身後叫她，她微微側過身，瞥見雙胞胎邁著小步子跑上來牽住鄭同學的手，喊他爸爸。

最後繃緊的心弦一斷，她背著身對鄭同學說，認錯人了。而後便倉皇地坐上了剛好駛來的空車。

計程車上的肥羊眼皮灼灼地跳，窗外的霓虹映著臉，像是跑馬燈飛速劃過一些故事，眼淚不自覺就漾了出來。

肥羊在嫁給前夫前，給了自己一次告別單身的義大利遊，她在聖彼得教堂前，雙手合十，默默念叨，我要嫁人啦，朋友你照顧好自己，或許這是我們最好的狀態，等到老了想起對方，應該都留有點悸動，還可以懷念，那我們的錯過，也算是好事吧。

在微博時代到來前，年少輕狂的鄭同學在部落格更新最後一段話，他說：「我跟她一起走過很多人生的第一次，可伴不到人生的最後一次日落了，因為還是要把她交給那個幸運的人啊。嗯，怎麼說呢，我這輩子最後悔的事就是沒有娶到她，沒有之一。」

從未在一起和最後沒在一起，哪個更遺憾。我們本可以在一起，才最叫人遺憾。

記得上小學的時候，爸媽們帶肥羊和鄭同學去海邊，肥羊在沙灘上寫下「I love you」，鄭同學嗆她噁心，肥羊兀自繞到鄭同學身後用相機遠遠地拍下來，努努嘴說，你不懂，那些好看的圖片上都愛寫這句話。

肥羊心滿意足地跑開了，迫不及待翻到剛才拍的照片，照片上是鄭同學的側臉，和沙灘上大大的表白。

只是她不知道，留在沙灘上的鄭同學因為看見海浪把「I love you」吞去，偷偷哭了鼻子。

他覺得那是肥羊寫給他的。

這一生好漫長，有些人錯過了，讓我們明白愛和擁有是兩件事，適不適合比喜不喜歡更重要。或許一切最好的安排，就是後來我們沒有在一起，很久很久以前，還好遇見你。

或許有些人，再不相見也挺好的，至少那個人永遠是你，記憶裡的樣子。

11:59 ———— PM

05

TRAVELLER
FROM MEMORIES

重回記憶的旅人

生活已經拚命要贏了，誰都不願意在愛情裡也比個高下，
畢竟從南到北，一個人走過太多四季，就是想遇見一個彼此成全的人。

這年頭，世界如同秀場，男的秀忠貞，女的秀滿足，大部分人發微博朋友圈是為了能讓受眾直接好感增值。有人發了一張書桌照，花瓶筆紙擺放講究，看著是個注重生活品質的女生，放下手機，旁邊是已經堆了一個星期的外賣盒。有人發了一張下廚的照片，刻意拗出結實的手臂線條，暗示是為了給女友準備一頓豐盛的晚餐，放下鍋鏟，身後是已經叫好的外賣和空盪盪的家。

所有人都給你看他想讓你看到的，而你喜歡的他，也只是你幻想的他。

所以當符曉跟他的現任女友嚴美麗在一起超過半年，多巴胺分泌歸於正常之後，他漸漸認清了這個事實。當初那個對他言聽計從、不追奢侈品、興趣是油畫花藝的女友，不過只是個很好的「賣家秀」。現實的她，性格乖張，自理能力為負數，油畫花藝只是三分鐘熱度，買包才是第二大喜好，第一是花符曉的錢買包。

這次義大利之行，他心裡有個預期，送她一場旅行，當是愛情結業，回來就分手。米蘭、佛羅倫斯、羅馬有很多大大小小的教堂和博物館，但他們興趣缺缺，嚴美麗第一時間徜徉在名包的世界裡，而符曉在大衛雕像、藝術畫廊象徵性地打卡後就流連在一家古董玩具店裡，準備收走一個巨型機械木馬。

符曉是玩具買手，高級一點的稱謂是玩具收藏師，這些普通人眼裡的小孩子玩意兒，竟被他做成了一門職業，家裡堆滿潮玩、藝術玩具和絕版樂高。他曾經在香港買過一個奈良美智的Sleepless night sleeping擺飾，目前市場價值幾十萬，這也讓他通過玩具收藏買賣得以經濟獨立，從失敗者的行列裡全身而退。

後半段的旅行，符曉全程抱著木馬，以及幫美麗拖行李箱，一路不卑不亢，充分履行保姆職責，聽著美麗如機關槍般的「曉，我的襪子放哪裡去了？」「曉，看到我的口紅了嗎？」「曉，我餓了。」「曉，我覺得這包寫著我的名字。」「曉……」他在心裡倒數計時。回程那天，路過樓下的水果攤，他想最後再對她好一次，問她喜歡吃什麼水果，她答，切好的水果。

公主病當氣質，沒思想以為是可愛，符曉當下掏出手機，直接買了兩班不同的飛機，把美麗送去了靜心之地尼泊爾。

人跟人之間的關係就像織毛衣，建立的時候一針一線，拆掉的時候只要輕輕一拉。符曉從沒感受到這般輕鬆，耳根子終於清靜，整個世界都變得美好了。他在飛機上猛灌了幾杯葡萄酒，不顧鄰座老外的眼光，用力笑出了聲。

分手後的第一件事，就是用所有的積蓄換了間更大的房子，因為他家裡的玩具堆不下了。他做了整面牆的展示櫃，擺滿從世界各地搜羅的寶貝，義大利帶回的那匹木馬，放在櫃門前鎮宅。

由於玩具買手這個職業屬性過於低調，錢花了很多，卻不能炫耀，所謂厲害也只是悶在骨子裡，連一個惜英雄的對象都沒有。幾番掙扎後，符曉決定當房東，把房子掛上了短租網站，用次臥房迎接未來的知音。

結果前三位客人都不理想，一個逃避情傷的皮衣男，每天待在房間裡，正眼瞧都沒瞧過符曉的玩具。一個從比利時來的大叔，在符曉非常自豪地跟他介紹了自己的玩具之後，他回應一聲「wow」，就出門玩去了。最後一個阿姨竟然不顧約定，強行帶著一隻紅貴賓入住，那小狗逮啥騎啥，為了保護玩具的尊嚴，符曉成了人肉柱子開始人狗大戰。

在符曉考慮要不要撤掉房源的時候，系統提示有客人下了一個月的訂單，租客介紹自己是個混血女孩，喜歡環球旅行，新奇事物，性格開朗。

符曉二話不說就點了通過，幾個關鍵字都深得他心，主要是「混血」，以及「女孩」。

門鈴響過兩次後，睡過頭的符曉匆忙套上一件白T恤開了門。門外的長髮女孩抬起頭，說不上哪裡混哪裡，總之挺漂亮。她手裡抓著一本厚厚的橙色筆記本，見到符曉就大方上前給了個擁抱。

這倒讓符曉莫名羞怯起來，有點手足無措，條件反射把她推開。女孩把手插回兜裡，介紹自己叫Ada，然後像女主人一樣徑自走進屋，把行李箱隨意一丟，就開始欣賞符曉的家。看到滿牆玩具的時候，符曉終於盼來了期待已久的一聲驚呼。Ada晃著一個破了裙子的芭比娃娃，問符曉壞了的玩具為什麼不丟，他說，你手裡拿著的這個是一九五九年的第一代芭比，她是個古董。

Ada趕緊謹慎地放回原位，她說環球旅行這麼多年，見過的人不少，符曉的愛好可以入選她心中怪人排行榜的前五名。她不吝嗇地表達對這些玩具的驚嘆，讓符曉有那麼一剎那感覺終於找到了知音。不過除此之外，她帶著烤串味兒的口音，堪比嚴美麗那不可一世的做派，加上過分的自來熟，以上種種，讓符曉有種來者不善的念頭。

更奇怪的是，Ada第一次來這座城市，除了第一天下樓買了些生活用品，之後都跟符曉待在家裡，符曉沒多問，想著國外待過的人都不按常理出牌。不過Ada有個舉動倒是不停撩撥著他的好奇心，就是她會間歇性地突然愣在原地，然後撩起袖子，偷偷看一下左手臂，再轉身回到自己屋裡，而且一定會鎖上門。

她在門上掛了個木牌，寫著：Ada's Room。

符曉假裝若無其事地問道：「你為什麼來中國啊？」

Ada笑笑，說：「秘密。」

「你不會是什麼國際間諜吧？」

Ada配合地做了個「噓」的手勢，口紅印在手指上，讓他冷不防打了個寒顫。

第三天入夜，符曉在客廳跟他媽視訊通話，曉媽一直有重度意外妄想症（他亂起的），身上但凡有點小病痛就去網上搜癌症的臨床表現，而且每天一定濃妝豔抹，因為不知道會不會半路遇見符曉的未來繼父。小時候符曉會夢遊，她擔心他翻窗子跳出去，就在他的床和窗戶之間設置了各種路障，於是三更半夜的能聽見屋裡一陣排山倒海的乒乒乓乓……

曉媽擔心兒子玩物喪志娶不到老婆，就在他跟嚴美麗交往當天，她就算好了二人八字和結婚日期，連孫子小名都起好了，叫「好好」，寓意兩女兩子，就生四個，不能再多了。她抬著眼角的魚尾紋語重心長地對符曉說：「媽老了，你們倆定下來，我也就踏實了，否則只能在天上保佑你了。」

催婚不成功，算她輸。

曉媽在視頻裡頂著一臉油膩的笑意，問美麗在不在，要知道她只在照片上見過美麗。符曉推託說她跟朋友吃飯去了，正想關視訊，外賣小哥突然敲門，Ada拿著錢包從屋裡飄出來。

曉媽在電話那頭驚呼：「背後是誰啊！」

符曉趕緊把手機轉向一邊：「媽，你別嚇我，那是衣服架子。」

「你家衣服架子帶腿兒的啊……」

符曉眼疾手快地關掉視訊，撫額嘆息。

Ada剛走到鞋櫃旁，再次定住，片刻後看向手臂，轉身衝回房間，錢包裡銀行卡硬幣鈔票稀稀拉拉地跟著掉了一地。

蒙圈的符曉趕緊給小哥開了門，拎著外賣在Ada門口試探性地問了問，見屋裡沒動靜，便把外賣放在地上，轉身把一地零碎撿起來。

直到看到Ada的身分證和名片，他才發現事情沒那麼簡單。

身分證上的照片是她本人，中文名叫李大萌，但戶口所在地寫的分明是中國某地區。兩張名片上的名字和職業都不一樣，一張是Lily，翻譯，精通八國語言，一張是李可愛，中文導遊，划算僅此一家。

符曉嚇得不輕，本想報警，又認輸地怕陷害好人，只得抱著一個棒球棍當防衛工具在客廳睡了一夜。隔天一早醒來，Ada已經在旁邊吃早餐了，她把一塊雞胸三明治遞給他，還給他泡了杯檸檬水，叮囑道：「早晨起來先喝水，再吃東西。」

他抱著球棍不撒手，接過三明治遠遠睨了眼，遲遲不敢下肚，下一秒，Ada開始用水果刀削蘋果，鋥亮的刀尖有些刺眼，符曉腦裡閃過無數警匪片的情節，他終於克制不住，把三明治一扔，舉著棒球棍跳到幾公尺開外，大聲質問道：「你就是一自家同胞，混哪門子血啊，還有，又是導遊又是翻譯，你環球招搖撞騙吧，你到底是誰，想幹什麼?!」

Ada的身分敗露，壓根沒想過反抗，氣定神閒道：「這年頭誰不需要點包裝啊。導遊和翻譯也是為了賺錢，經濟基礎決定旅行目的地，以及是窮遊還是別遊了。」

「當、當真？」

「你看著我的眼睛，就知道我有沒有說謊。」

符曉握著棒球棍朝她逼近，目不轉睛地盯著她。

Ada清透的眼神開始失焦，瞳孔明顯地放大而後縮小，等到眼神重新聚焦的時候，眸子上印出的是符曉那張驚恐萬分的臉。只見Ada叫了一聲，反手就是一耳光，迅速搶過符曉手裡的棒球棍，朝他腿上狠狠一砸。

Ada叫的那一聲是——你誰啊?!

她得了一種短期記憶喪失的病。三年前因為一次腦部手術造成海馬體受損，無法獲得短期記憶。打開冰箱門會忘記自己要做什麼，剛吃過午飯又會再一次打開外賣軟體，她翻來覆去地看著同一本雜誌，說已經講過好幾次的笑話，交不到新的朋友，因為每一次見面，都像是初識。

如同七秒記憶的金魚，過目即忘，需要訓練很多遍，才能勉強轉化為長時記憶，她記得三年前的所有事，也強迫自己記住了自己是個手術失敗的病人。在這之後，她把所有行事曆記在了橙色的筆記本上，但凡轉瞬忘記，至少還能撿回半點像個正常人的尊嚴。

Ada把袖子撩起來，手臂上是一行刺青，非常誠實地刻著中文大字：看橙色本子。她一個人躲回屋子裡，把本子上的內容又複習一遍，等到再出來的時候，對符曉態度大變，又是揉臉，又是給他腿上的瘀青上藥。

符曉長嘆一口氣，奇葩媽不夠，又添一枚新丁，然而，這只是噩夢的開始。

符曉有一個化妝師朋友喬麥，此人就是個傳奇。那會兒喬麥給一個台灣模特兒化妝，符曉提供了當天的拍攝玩具。化妝過程中，台灣模特兒對喬麥的妝面各種挑剔，嘖嘖著嘴讓他把法令紋遮掉，喬麥解釋說鼻唇溝遮不掉，可以靠後製，於是模特兒嗆聲抱怨，我台灣的化妝師都可以的呢，你是做什麼的?!喬麥聽完當場把模特兒的妝給卸了，收拾完東西直接走人，按他的說法，錢我不要了，妝當然要還給我。

一旁的符曉佩服得五體投地。後來喬麥在廣場公寓開了家造型工作室，符曉去剪過幾次頭髮，一來二去就成了朋友。

符曉是標準宅男，自認喪失社會屬性，生活日常是吃飯睡覺找喬麥。難得出門就是去他店裡喝咖啡，順帶談談男人心事。這段時間，Ada成為他們話題的風暴中心，家裡住著個隨時會失憶的神經病，切著水果突然舉著刀大呼小叫，洗澡洗一半從浴室裡衝出來，霸占著電視花三天時間看完一部電影。為此，他每天都要跟她保持安全距離，否則不確定能否活著開瓶香檳慶賀她check out。

幾天後是當地最大的玩具展，符曉受展覽方邀請，展出自己的絕版樂高，為了吸引客流，他還熬了幾個晚上，自己動手用散裝零件拼出一個成人大小的動物城狐狸尼克，果不其然成為當天最熱，大小朋友們托著下巴圍觀拍照。正得意的時候，Ada背著一個牛仔包大駕光臨，她拍著手驚呼——這隻松鼠好可愛啊——對著尼克一頓狂拍。完了還非要跟符曉合影，符曉一頭黑線地配合，只見她一手抱住符曉的腰，再反手把他的手搭在自己肩上，給他們拍照的工作人員熱情地按下快門，閃光燈不合時宜地一閃，Ada揉了揉眼，再一回神，尖叫著推開符曉。

符曉抱著他的尼克樂高同步栽倒在地，一聲巨響，積木零件四散。

這一長串流暢鏡頭，不給一點剪輯空間，畫面驚悚，情節百爪撓心，給了符曉身體和心靈炙熱的一記重拳。

符曉成了第二天媒體上的晨間笑話，他頂著兩個黑眼圈把Ada的行李扔在門口，勒令她即刻退房走人，前幾天的房費也不收了。Ada楚楚可憐地抱著沙發把手，一口一句可憐可憐病人，假哭道：「失憶就像是櫃子的鑰匙丟了，檔還在櫃子裡但是拿不出來。我也想暴力拆櫃，可是找不到工具啊！」

「那跟我有什麼關係。」符曉決絕道，「拋開你這病不說，看看你滿嘴謊話，說來旅遊又從不出門，那到底為什麼要來啊?!」

Ada對來由三緘其口。

「是讓我叫警察帶你出去，還是你自己瀟瀟灑灑離開，選吧。」

Ada尋思片刻，收斂了表演，起身帶好行李，頭也不回地離開了。

計程車上，她覺得胸口堵得慌，翻看自己的橙色本子，哭得梨花帶雨，結果下車一時恍惚，竟把本子落在了車上，用了兩年的手機也夾在裡面。

她剛到機場大廳，周遭忽然遁入黑暗，旋即斷線重連，等到看清眼前來往的旅客後，三大哲學經典問題從腦中飄過，我是誰，我從哪裡來，我要到哪裡去。她習慣性地撩起袖子，看見手臂上的刺青，開始翻箱找那個橙色本子，再三確認本子不在身邊後，巨大的不安全感朝自己襲來，彷彿機場隨時會把她吞掉。她一屁股跌坐在地上，此刻讓她更絕望的是，她忘記了自己來這座城市的目的。

符曉請家政公司做了個徹底的裝潢後清潔，打算休養身心一陣再出租自己的房子。他哼著歌洗完澡，給自己又在海外買了兩個限量款高達，開了瓶幾千塊的紅酒獨飲壓驚，大快朵頤之後準備找喬麥做個造型，開始沒有女人煩的新生活。

踏進喬麥店裡，遠遠就看到一個熟悉的背影，頂著熟悉的後腦勺，在鏡子裡用他熟悉的油膩笑容打招呼。

「媽，你怎麼來了？」符曉萬念俱灰。

曉媽此行是來見兒媳婦的，符曉過去的女朋友，她就見過一個。高中那會兒，符曉帶著個練田徑的女生回家，向曉媽跪地保證，談戀愛不影響高考，要跟她永遠在一起。結果還以為永遠有多遠，不過是高考後的一個暑假。在這以後，符曉跟曉媽承諾，今後帶回家的人，就是要娶的人。於是接下來曉媽把家裡來回整理了快八年，也不見兒子帶一個能給他幸福的人回來。符曉沉迷於玩具買賣之後，懂他的人更少了，所以嚴美麗的出現，成為曉媽心裡最後的一根救命稻草，她快被自己的焦慮逼瘋了。

符曉藉口家裡太亂給曉媽安排了酒店，過幾天再去家裡看，他煞有介事地強調，他跟美麗是分房間睡的，曉媽一陣不懷好意地笑，心想：「跟我面前裝清純，不知道你媽不愛吃素嗎。」

把曉媽伺候到位後，符曉開車回家，一路打著腹稿杜撰各種騙她的理由，他心不在焉地停好車，從電梯間出來，走廊頂燈亮起，Ada坐在家門口地上，嚇得符曉一聲慘叫。

走投無路的Ada看見抄在便簽紙上的地址，找到了符曉的家。她眨巴著大眼睛，有些不好意思地問，因為她失憶了，記錄的本子也丟了，所以想確認之前是不是住在這裡。

符曉急中生智，他腦袋一熱突然上前抱住Ada說：「找你半天，你跑去哪兒了？」

Ada被抱得有些不自在。

「我是你男朋友，符曉。」他撒了個不大不小又後患無窮的謊，「這就是你的家。」

符曉細數著Ada之前的生活經歷，在他的故事版本裡，他和Ada是在義大利相識的，在一起小半年，其間克服了因為Ada短期記憶喪失而造成的各種問題，因此兩人越發信任彼此。他們最近一次旅行又去了義大利，最後一次大的支出是這間房子。還有一點，Ada特別支持他的玩具事業，而且比他還要懂得保護這些寶貝，所以從來不敢靠近它們半步。

符曉一邊說，Ada在一個新的橙色本子上記錄。

見Ada下筆有些猶豫，符曉開始添油加醋：「你看我是不是有種特別的感覺？」

「嗯……有種愧疚感。」她用筆尖撓撓頭。

符曉為狐狸尼克默哀一秒鐘。

晚上睡覺前，洗完澡的符曉走進自己房間，只見Ada穿著睡衣呈大字形躺在床上，非禮勿視，他急忙假裝紳士說因為害怕她半夜失憶被一個陌生人嚇壞，這半年來其實兩人都是分開睡的。他讓Ada留在主臥，自己抱著枕頭去了隔壁房間。

入夜後，Ada敲響符曉的房門。符曉半掩著門睡眼惺忪地問她怎麼了，她囁嚅著說：「是不是我以前對你不好，感覺你對我有點失望。我知道我有很多問題，不只是記憶上的，可能我這個人不夠聰明，好心辦壞事，但我真的很努力了，想要跟正常人一樣，我有什麼問題你一定要告訴我，但是，不能不要我……」

這一段掏心掏肺的告白讓符曉一下子失去了立場，顯然他現在才是抱有愧疚感的人。他只能給自己找一個妥帖的台階，告訴自己只要曉媽一離開，就把本子偷走，消除她這段記憶。

符曉從屋裡出來，把她抱在懷裡，揉了揉她的頭髮，柔聲道：「你想多了，傻瓜。」想想好像也是這樣的場景，剛跟嚴美麗談戀愛的時候，她努力把自己裝扮成一個懂事得體、清秀高雅的人。她看到符曉皺眉，會問他是不是自己哪裡沒做好，這樣才可以放肆贏得他的絕對寵溺，換來疼惜的那句——你想多了，傻瓜。拿著這塊免死金牌，放心做個愛情裡的傻子，想多了，那就少想一點吧。

重回記憶的Ada，並沒有變成嚴美麗那樣的人。

那股熱絡勁兒是真的，傻裡傻氣也是真的，只是一時間忘記太多東西，少了他們第一次見面時那種硬撐的自信。但也讓曉媽見到她後，好感度激增，拉著她的手就一直沒鬆開過。

曉媽只有第一眼見到Ada的時候問過符曉，美麗怎麼跟照片上長得不太一樣，符曉搪塞道：「現在的女人一天變一個妝容，都是日抛臉。」

而Ada這邊，符曉也早已打了預防針。說他媽喜歡給人起名字，所以叫她「美麗」的時候一定要應著，以及他媽說話喜歡帶修辭手法，所以她說啥，不用考慮是否會發生，點頭就好。

於是接下來就出現這樣的對話。

「美麗呀。」

「在！」

「你看我這兒子永遠長不大，老婆也娶不到，我這身子也一天不如一天，不如你就拯救他於水火吧。」

Ada點頭。

曉媽開心極了，捧著她的臉愛不釋手，一番感嘆之後，Ada頓了頓，問她：「阿姨你誰啊？」

在誤傷來臨之前，符曉眼疾手快地把曉媽拉去一邊，鄭重跟她說了「嚴美麗」的真實情況。曉媽一時沉默不語，獨自去門外抽菸。半個鐘頭過去，符曉見外面沒動靜，打開門，曉媽已經不知去向。

Ada看完本子補回部分記憶後，曉媽拎著她的大箱子來勢洶洶地回到家，她拍著符曉的肩膀，說：「你都沒放棄，我有什麼好放棄的，接下來的日子，我陪你一起照顧美麗。」記憶沒了人還在，她覺得這是她跟兒子的共同考驗，哪怕每天少化兩個小時的妝，後半輩子勾搭不上一個可靠男人，她也認了。

任憑符曉如何勸，曉媽心意已定，她二話不說直接在次臥房宣告主權，Ada倒也勤快，興沖沖地幫忙整理行李。

「阿姨，我來幫你。」

「這稱呼我聽著彆扭，得抓緊時間變囉。」

符曉：「……」

當晚有兩件事讓符曉徹底崩潰：第一件事，吃飯的時候，看見曉媽的玉鐲子掛在了Ada手上。鐲子是當年曉媽離婚時，符曉用三個月的薪水給她買的，他抱著曉媽說：「那個男人讓戒指失去了意義，這個鐲子，就是我存在的意義。」第二件事，今晚他要跟Ada一起睡，事到如今已然罪孽深重，現在感覺要奔著萬劫不復去了。最難的是還要掌握一個度，不能太客氣，讓無辜的Ada多想，又不能太親密，不然就占了她便宜。於是在睡覺前偷偷灌了兩杯咖啡，想著保持清醒不間斷地聊天，在她睡著之後再睡，這樣比較君子。

結果Ada精力無窮，硬生生聊到了凌晨四點。聽著身旁Ada的呼吸聲變得勻速和緩，符曉向床邊挪了挪身子，正想睡的時候，被「新的」Ada一腳踢到地上，後面就全然沒了睏意。

在這之後，他打好地鋪，每晚跟他心愛的玩具一起睡。

後來第一個知道這事的是喬麥，符曉連作了好幾晚被Ada追殺的噩夢，醒來甚是內疚，只能找個最可靠的兄弟解憂。喬麥沒有過多埋怨他，反而見到Ada後，開始一本正經地瞎編，說因為符曉很優秀，她跟符曉在一起就變得特別賢慧，每天都要自己做飯以及收拾屋子，那大理石地板來回吸塵吸個三遍還不夠，不但支持符曉的愛好，而且還經常買限量款送他。最關鍵的是，特別愛折騰頭髮，三天兩頭都來找他，用那種最貴的護理，他攔都攔不住。

Ada在本子上記到一半，擱下筆衝喬麥喊：「我失憶歸失憶，但我不傻。」

「你看，就是這氣焰，不愛相信人，沒少讓符曉難堪。」喬麥晃著手裡的化妝刷，給符曉使眼色。

符曉輕咳了兩聲，解嘲道：「問題最大的是我，誰跟我在一起，都忍不住讓我難堪。」

從喬麥店裡出來，他們在商場閒逛，路過電影院時，Ada被展板上的新片吸引，符曉問她想不想看，她搖搖頭，害怕自己半路發作影響別人。符曉的愧疚感襲來，二話不說買上電影票和爆米花。電影放映的全程Ada都很緊張，她把本子抱在胸前，一隻手抓著符曉的胳膊。終於完整看完一場電影，一切安好，符曉沒敢挪動身子，片子放完時已經有些麻了，他揉著胳膊想，其實她不犯病的時候，也是個值得一輩子心甘情願的女生。

兩人有說有笑地回到家，剛一進門符曉就傻眼了，他的北歐風書架上，掛著一個無處安放的巨大中國結，花了重金從舊貨市場淘來的皮質沙發正被粗布碎花床單罩著，那個從義大利抬回來的木馬上，竟然放了幾盆大蒜，哦不，水仙花。廚房裡煙霧繚繞，曉媽像在裡面修煉一樣，符曉剛想進去，就被嗆到敗退，曉媽大義凜然地關上門，幾個卡通黏鉤防不勝防地出現在門背後。

再小清新的家，也容不下一個審美獨特的媽媽。

熱情的曉媽親自下廚做了幾道菜，色香味俱無，在被番茄炒蛋辣到之後，符曉終於忍不住放下筷子，真的太難吃了，這麼多年仍然甩不掉她黑暗料理之王的美譽。

曉媽被符曉的舉動弄得有點洩氣，回廚房洗了洗碗，出來看見自己布置的家被回歸原樣，大抵也是明白了兒子的心意，便早早回房睡了。符曉也跟自己鬧彆扭，躲在玩具牆前擺弄公仔，他責怪自己，什麼時候把自己的生活攪成這般模樣。

Ada吸溜著泡麵，坐到他身邊。

符曉回頭問她：「沒吃飽對不對？」

「東西不好吃是真的，人是對的就行，」她含混著說，「我真挺羨慕你跟你媽的相處模式的，能在最熟的人面前暴露缺點。」

「說的好像誰家孩子跟父母不熟似的，你爸媽呢？」

「他們都自己去玩啊，不管我。」Ada帶著玩笑的口吻說回符曉，「你們兩個都是小朋友，吵吵鬧鬧的，其實在乎得要命。」

符曉來到次臥房前，貼著門聽了聽裡面的動靜，屋裡的曉媽聽到符曉的腳步聲，也在偷聽，兩個人隔著一道門就看誰先妥協。最後還是符曉敲門，說：「我知道你肯定沒睡，廚房裡有泡麵，餓了可以吃。還有啊，水仙放在客廳，好歹能曬曬太陽。」

曉媽手舞足蹈地在屋裡轉圈，然後假正經地回了聲：「哦。」

第二天一早，Ada準備好了三人早餐，客廳已經用吸塵器吸過三遍，桌子下的死角還趴著清理過，這盛世如喬麥所願。符曉有點於心不忍，但Ada說她這樣比較安心，說著又吸了一遍地毯。後來的生活其實很簡單，符曉和曉媽開始習慣這位特殊的旅人，所有日常不過記了忘，忘了記，慢慢跟上了她的頻率。

因為家裡一時間出現兩個女人，符曉的經濟壓力上來，狠心賣了兩件收藏，其中的歐版火影忍者模型是跟一個買家同城交易的。讓符曉和Ada意外的是，買家是個十二歲的小孩子。他闊氣地用手機轉完帳，抱著模型就上了一輛黑色的高級轎車。

事後符曉趴在港口的圍欄邊，看著不遠處的貿易船隻和飛鳥，像是跟一個多年的好友告別，練習釋懷。符曉並不需要誰能理解他，只要每天看到玩具們覺得很有意義就好，生活的本質就是跟美好的東西在一起，所以承載的無論是金錢名利，一段至死不渝的愛情，還是一堆看似沒有生命的塑膠，又有什麼區別。

後來Ada瞞著符曉，偷偷去找過那個男孩，想把模型買回來。男孩當然拒絕了她很多次，還童言無忌說了很多難聽的話，但Ada每次不厭其煩找他的時候，都像什麼事也沒發生。Ada告訴他一個秘密，說她有超能力，可以自由控制大腦，只選擇自己想記住的東西。男孩的少年心被她降伏，終於願意跟她聊天，男孩的人設其實很簡單，從小家境殷實，但爸媽長年不回家，跟留守兒童無異，玩具很多，但心裡孤獨。

卸下防線的男孩跟Ada交換條件，想要回模型可以，前提是陪他玩。

Ada最不缺的就是時間，沒了記憶，時間只能在她皮膚表面留下來過的痕跡。如果不看那個本子，她可以瞬間回到三年前，回到那個剛動完手術，對明天充滿害怕的人。

忙碌了大半個月的Ada回到家，懷裡抱著用泡沫紙封好的模型，癡癡地對符曉笑。

幾個小時前，男孩把模型送給了她，他說：「姐姐，我知道你都是騙我的，你是個很好的演員，但你也是我第一個朋友，請不要忘了我。」

Ada在她的本子上寫道：最近認識一個新朋友，是個十二歲的男孩，那個男孩，跟他很像，孤獨的少年，都想要陪伴吧。

轉眼這本新的本子上，因為多了「愛情」的出現又平添很多瑣事，以至於她每次再記憶花的時間越來越長。而符曉好像被自己的設定說服了，當初還會像鐘擺一樣，逡巡於告訴Ada真相以及混一天是一天之間，而現在好像有了放棄的念頭，放棄回到原點，因為他發現自己對Ada有了好感。那種好感是建立在愧疚上的。

符曉生日那天，喬麥按老規矩給他訂了常去的餐廳。符曉不愛熱鬧是出了名的，又沒什麼朋友，今年加上曉媽、Ada，也就四個人。幾年前的生日，喬麥還會把包廂精心布置一番，提前給符曉做個造型，讓他拍照發個朋友圈，證明自己還活著，後來覺得朽木不可雕，偽裝給誰看，索性也就走走流程吹個蠟燭罷了。餐廳老闆已經按他習慣的口味上好菜，喬麥和曉媽投緣，聊得熱絡，符曉和Ada就全程聽他倆搭檔講相聲。吹蠟燭之前，老闆進來說有人找，然後嚴美麗就從門後面出現了。

嚴美麗真的在尼泊爾待了三個月，差點都皈依了，但終究沒躲得過情愛紛擾。她聽人說，分手了想對方一次，就記一個單詞。結果沒走出陰影，反而成了詞彙大師，一個人在加德滿都暢通無阻。

她想再嘗試還有沒有挽回的餘地。跟符曉分開後，她深夜機械地滑著手機，偌大的雙人床怎麼滾都是涼的。她或許以為符曉就愛這樣的她，所以才在他面前永遠蠻橫嬌嗔，以為這樣笨拙的方式就是在宣告自己永遠離不開他，以為喜歡一個人，就會心甘情願，有人笑有人哭，一個願打一個願挨。

嚴美麗的出現，直接造成新的故事戛然而止，提前結尾。Ada跑出餐廳，符曉緊跟著衝出來，她哭著伸出手掌，示意符曉別再靠近。入夜的海邊冷風陣陣，Ada當著符曉的面，把手裡記錄好的一半本子撕掉，連著對他的全部記憶扔進了海裡。

她抹掉眼淚，顫著手在本子上寫下一行字：不要相信一個叫符曉的男人說的任何話。

「我這些年到底是誰，我怎麼會來這個破地方，你知道這有多可怕嗎，你根本不喜歡我，卻強行改變我的記憶，為什麼要來害我，把我的記憶還給我！」Ada哭得撕心裂肺。

符曉心疼，猶豫著想伸手去碰觸她，卻被她抓住手臂狠狠咬了一口。

他摸著手上深深的牙印痛得跳腳。

「我要忘了你！」說罷Ada轉身坐上路邊的計程車逃之夭夭。

符曉也沒追，一個人落寞地回到店裡，收拾尷尬的殘局。嚴美麗已經哭花了妝，一向機靈的喬麥也束手無策，唯獨曉媽見符曉回來，默默坐到他身邊，帶著一點自責的語氣安慰他：「是不是媽媽給你的壓力太大了。」

「跟你沒關係，全怪我太自私。」

「你不喜歡那個女生，就不該去做傷害她的事啊。」

「媽，你知道我最難過的是什麼嗎？不是要我承認我有多麼普通有多麼可惡，而是在這個過程中，有時我以為是錯覺，可是這個錯覺持續了好長時間，我好像，真的喜歡上她了。」

嚴美麗聽完哭得更傷心了。

到家的符曉第一時間衝到臥室裡，見Ada的行李還在，便轉身跑出去找她，開車在整座城市繞行，一次次撥通她無人接聽的號碼。此時的Ada，可能已經忘記了他，在城市某個角落清醒，然後遇見善良的好人。

時間劃過十二點，符曉抱膝坐在地板上，看著玩具牆頂上的火影忍者模型，像經歷了一場夢境。這個生日感受非凡，終究還是敗給了自己的不成熟。

接下來的幾天，喬麥都陪著符曉散步，試圖在某個轉角能看見Ada，哪怕只是遠遠地確認她安全就好。此刻的Ada，正躲在城市西邊的一家便利店裡，她捂著腦袋，閉上眼全是符曉的樣子，疑慮為什麼那種斷電的感覺還不重現。

直到某天清晨，符曉接到警察局電話，說有朋友因為護照丟失滯留了。

Ada的最近通信錄上，只有符曉的名字。

警察叔叔問：「你們誰是符曉啊？」

「我是！」喬麥站出來，伸手攔住旁邊傻眼的符曉。

Ada想起本子上那句警告，警惕地質問喬麥：「我手機裡為什麼有你的聯繫方式？」

「你手機裡怎麼有我的電話，問你自己啊?!」喬麥氣焰更甚。

「行李給你，護照在裡面。」一旁的符曉看不過去，趕緊上前把行李箱和背包還給Ada。

「你又是誰？」

「我是你的民宿房東，你訂了我的房子。」符曉幫她還原了最初的故事線條，李大萌，中國人，冒充混血，不知什麼原因租到了他的房子，這幾年一直在世界各地當中文導遊，兼做翻譯。

符曉把房子的訂單給她看，Ada大驚：「三個月前？我租了這麼久？」

「他是看跟你有緣，所以才收留你。」喬麥補充道。

「沒讓你說話！」Ada對他很不客氣。

「總之護照你拿到了，你不用怕我，可以回家了。」符曉失落道。

Ada突然一把抱住他，回歸了初次見面的歡活，念叨著：「怕你幹什麼，你是好人啊，沒關係，既然我什麼都忘了，那就在這裡多玩兩天再走。」

Ada當即定了後天的班機，抓著符曉的胳膊說要請他吃飯。替罪羔羊喬麥被Ada來回幾次眼神殺後，邁著小碎步功成身退。

吃飯時，Ada問起這個城市哪裡值得去，符曉只能說得出幾家玩具店，比起Ada，他反而更像是這座城市的流浪者。兩人翻起手機查看旅行攻略，符曉提醒道：「你不能去人太多的地方。」

Ada托著腮幫子正色道：「敢不敢賭一把？」

「啊？」

他們買了個拍立得，從人群密集的星海廣場一路拍到海邊，又跟幾對情侶比賽抓娃娃，最後滿載而歸。經過一個地下酒吧前，Ada把一袋子娃娃送給門口賣烤串兒的大爺，轉身指著酒吧的霓虹招牌朝符曉莞爾一笑。

那晚是符曉人生中第一次跳迪斯可。

Ada也才發現自己那麼會跳，在舞池中央分分鐘成為焦點，膽戰心驚的符曉在一旁原地蹦跳，害怕她會不會突然發作，視線從沒離開過。

一通熱鬧過後，已經凌晨三點。

兩個人玩到虛脫，互相攙著在空曠的天橋上走，Ada忍不住笑，她說很久沒有這麼開心了。符曉小心翼翼地扶著她，又害怕碰到手，心裡填滿愧疚與遺憾。

走到一半，亢奮的Ada突然撐起身子，坐在橋樑邊上，還拉他一起坐上來。

兩人轉身朝外，腳下懸空，幾輛夜行的車飛速滑過，遠方是點點還未熄滅的燈火，符曉從未這樣大膽過，但此時心裡卻有種安穩的熱。

正想抬筆記錄的Ada卡殼了，問他：「我好像還不知道你的名字。」

「別知道了，我這人很無聊的，免得你今後回去在網站上給我打差評。」

「也是，反正要走了，但我總感覺認識你，從今天見你第一面的時候，就有這種熟悉感了。還有你不要跟那個符曉在一塊兒了，我本子上記過，他肯定不是什麼好人。」

「所以我才能成為符曉的朋友啊。」符曉一語雙關，心酸地笑笑。

Ada用拍立得給他拍了張照，在相紙上寫著「有緣先生」，然後夾在本子上，在旁邊批註：我的房東，一個很有意思的人。

兩人回到家，Ada說她好像對這裡有印象，像個女主人一樣在屋裡轉悠。她準確地找到次臥房的方位，看見符曉的玩具牆，再次發出驚嘆，仍拿著那個壞了的芭比娃娃問，為什麼不丟啊？符曉此刻突然很想哭，他說，玩具跟人一樣都有生命週期，壞了也別丟，更別忘了，因為多多少少都陪過一陣子。

在Ada回來前一天，曉媽登上了回老家的班機，她把屋裡自己存在過的痕跡都抹了去，唯獨留著那幾盆水仙，因為已經生出了花苞，她給符曉留下的便簽上寫道：媽這一輩子都在提心吊膽裡度過了，因為太貪，什麼都想要，所以到處給別人壓力。或許是時候讓你自由了，別擔心我，愛你想愛的人吧，只要你不惦記著從中得到什麼，也就不會害怕失去什麼。

Ada洗完澡出來，見符曉在客廳裡看電影，擦著未乾的頭髮在他身邊坐下。

其間嚴美麗打來幾次電話，都被符曉掛掉了，嚴美麗成為他人生目前為此的重災區，他沒有辦法安撫，因為過不了自己這關。

「跟女朋友吵架啦？」Ada問。

「前女友。」符曉不想提她，擺擺手道，「還在糾纏。」

「自私的人看到的是糾纏，以為人家是在阻止你幸福，但寬容的人看到的是捨不得。」Ada說，「其實很多女孩兒很笨的，不甘心的時候，招數只有這些，除此之外，就沒有其他更好的辦法了。」

「那我該怎麼做？」

Ada握住他手裡的電話，貼到他耳邊道：「接啊，說清楚，好聚好散，說不清楚，再徹底拉黑，別拿鈍刀子磨，痛快點，她總會慢慢走出來的。」

電話接通後，嚴美麗並沒有無理取鬧，她知道這年頭談戀愛都是你情我願，人人平等，不存在誰耽誤誰的時間，她只是想徹底死了心，認認真真地說句再見。

那晚他跟嚴美麗聊了很久，符曉對她說：「我們為什麼不適合，是因為我受不了你，而你也不會為我著想。美麗，其實你不用改，真的，這就是你，你什麼都不缺，缺的是那個人。」

是啊，拚命生活已經拚命要贏了，誰都不願意在愛情裡也比個高下，畢竟從南到北，一個人走過太多四季，就是想遇見一個彼此成全的人。

掛上電話，Ada已經在身邊睡著了，符曉給她蓋上毯子，正想起身，她突然扭了扭身子，兩條腿把他夾住，符曉頹喪地想不是應該倒在她懷裡，這樣的畫面才好看嗎。

他動彈不得，後半夜硬生生在沙發上坐著睡了過去，結果第二天還是被Ada打醒的。

早飯後，Ada翻了翻本子，說要帶他去見個朋友。

別墅的大門打開，符曉目瞪口呆，Ada所謂的朋友，就是當初買他模型的男孩。

Ada晃晃手裡的本子對符曉說：「不知道為什麼，本子只剩下一半，第一頁就寫的這個小孩兒，但這上面說，這個小孩，跟『他』很像，『他』是誰……」

男孩一口一句「姐姐」地巴在Ada身上不下來，符曉還愣在Ada上一句話裡，聽到他們叫他，才回神跟了上去。

男孩偷偷跟Ada耳語道：「你男朋友吃醋了。」

「他不是我男朋友。」Ada解釋。

「上次就是你們一起賣玩具給我的啊。」

Ada向符曉拋來求證的眼神，他冷不防一個寒顫，趕緊點點頭，擔心小朋友說錯話。

「哦，姐姐你忘記了。」男孩配合著偷笑，把他們帶去自己的房間。

碩大的房間裡，堆滿了各式各樣的玩具，讓符曉沒想到的是，那些只活在新聞圖片裡的限量潮玩竟然悉數出現在一個十二歲的男孩房間裡，他盯著玻璃櫃中央那個巨大的金色擎天柱，望洋興嘆，有錢真好啊。

除了擺飾，男孩還有很多科技玩具，符曉一秒切換成幼兒模式，抱著那些玩具不撒手。他們在這裡待了大半天，臨走時，男孩送給符曉一個禮物——一架可以充電的遙控紙飛機。

贈予英雄般的惺惺相惜。

回去的路上，經過星海灣浴場，符曉提議帶她坐遊艇，兩人上了船，占據甲板最好的位置看日落。

退潮時的海面洶湧，甲板上站不太穩，Ada一手緊緊抱著本子，一手扶著欄杆，臉上掛著笑，用她帶著烤串味兒的口音一刻不停地閒聊。

符曉有那麼幾次走神，他甚至想過走投無路的辦法，比如把她的本子直接搶過來丟到海裡，然後等她失憶的時候，再以她男朋友的身分出現，篡改她的人生。

「你在想什麼？」Ada打斷他。

「哦……你明天幾點的飛機？」

「好像是上午十點。」

「去哪兒？」

「東京，最近櫻花季，遊客多，可以賺點錢。」

「我一直挺好奇，你這毛病怎麼可能當得了導遊呢？」

「重複講同樣的話，重複坑人，這不是很適合我嗎？」說著又開始大笑。

符曉情緒起伏起來，半晌之後，他說：「其實你不用一直這麼亢奮的。」

Ada被一下擊中了軟肋，收斂了笑容，轉過身靠在欄杆上，與符曉四目相對：「自從我的記憶能力變成這樣之後，總想證明自己跟正常人一樣，想要被看見，又害怕被了解。我當初會做那個手術，是因為出了車禍，在紐約一號公路上。我那時剛拿到駕照，跟我爸吵著非要自己開，結果跟來向的車撞上了，玻璃直接插到我腦袋裡，但我比後座上的爸媽幸運，至少還有口氣可以做手術。生活總是跟你對著來，想忘記的偏偏留在長時記憶裡，想記得的卻不給我這個機會，所以我是被強迫著獨立的，這樣就可以不依賴於任何人……所以，挺好的……至少還能把什麼都寫在本子上。」Ada笑著晃了晃手裡的本子，眼淚也跟著掉了出來，她迅速抹掉眼淚，「哎呀，有些人剛認識，但好像認識很久似的，什麼都想跟他說。」

「我很樂意聽。」符曉不知道此時該說什麼。

Ada訕笑道：「別用這種同情的表情看我，雖然我知道，本子一丟，就又一無所有了。」

「你還有我啊。」符曉脫口而出。

海風吹過，Ada順了順擋在眼前的碎髮，一時有些慌亂。

符曉趕緊伸出手緩和尷尬：「很高興認識你。」

「很高興不認識你。」Ada保持著笑意，「有緣先生。」

第二天一早，符曉把Ada送上車，這一次，他們沒有多講什麼，甚至連個道別的擁抱或握手也沒有，兩人像約好似地逃離對方的視線。Ada搖下一半窗戶，跟他說了聲謝謝，符曉在車子開動之前，對她說了聲對不起。

Ada偷偷回頭看了眼符曉，心裡有種說不清道不明的遺憾，車子往前開了幾十公尺，一架紅色的遙控紙飛機飛在窗外。

她立刻會意，搖下窗戶，伸手把紙飛機抓了進來。

攤開紙飛機，上面密密麻麻寫滿了字。

「Dear Ada，我討厭離別，更討厭後悔，所以直到你離開才敢說真話，其實我才是符曉。我沒有立場為自己辯解，因為我真的不是好人，所以不必記得我。你總在尋找安全感，但其實安全感不是要獲得什麼，而是內心深處，有被需要的感覺。你這樣的女孩不是每個人都遇得到，如果有人需要你，是他的運氣。我媽說，人這一輩子，不惦記著得到，也就不會害怕失去，我希望你幸福，所以哪怕看著我喜歡的人離開，也沒有那麼害怕了。」

從這個記憶開始計時的起點，就沒那麼公平，符曉對於Ada來說，只是個認識兩天的陌生人，而Ada對他來說，是在三個月裡，參與她兩次人生的「最喜歡」。

手機APP上顯示紙飛機已經超出遙控範圍，符曉回到家，從抽屜裡把Ada畫的「Ada's Room」牌子掛回了臥室門上，曉媽的水仙花開得正好，他撥通曉媽的電話，剛叫了聲「媽」，就鼻子泛酸，哭得像個孩子。

時間撥回兩個多月前，Ada推倒符曉的樂高，被符曉勒令趕出家門，她心情跌至谷底，還把橙色本子落在了計程車上。

那個本子先是被一個送機的乘客撿到，拿走了夾在裡面的手機，把本子扔在了路邊的石階上。路過的大學生撿起來翻了兩頁，留在了學校食堂，食堂的清潔阿姨把它當作失物交給了辦公室老師，後來又被前來領失物的學生一起帶走了。

學生在咖啡店裡看完本子，留在店裡，老闆覺得本子好看，就豎著放進了牆上的書堆。

這是一家人來人往的機場咖啡店。

某天，有個長髮女生取出那本橙色的日記，翻開了Ada的回憶。

本子的主人在中間幾頁貼了幾張照片，寫了這麼一段故事。

在佛羅倫斯的博物館藝術畫廊當導遊的時候，遇見了他。

他好像根本不愛逛博物館，看完大衛雕像就在玩手機，但又不得不被導遊耗著，看他那焦急的樣子，好想過去幫幫他。

第二次遇見他，是在羅馬，遠遠就看見他一個人拖著個木馬在聖天使橋上走，明明騰不出手，還把兜裡的零錢塞給路邊的表演者，結果木馬沒抓住，砸在地上，他竟然在對那匹馬說sorry。

怎麼會有這麼可愛的人。

第三次遇見他，是在短租網站上，可能是緣分使然，我不知道怎麼點到他的房源的，當看到房東頭像的時候，我決定好下一站要去哪裡了。

我已經想好，開門之後要給他個擁抱，如果他也對我一見鍾情，我一定會告訴他，其實我很久以前就已經愛上你了，但只是剛剛才見面，你說我怎麼忍得住。

06:00 AM

06

FAREWELL
NEVERLAND

再見永無島

人啊，無論多親密到最後都會分開的，只是早晚的問題，
你有這個預期，等到那一天真的來臨，就不會那麼難過了。

有些故事不該是悲劇結尾。

我是飛機先生，是的，網上最近很紅的那個文化脫口秀《飛機哲學》的主持人。大部分時間的我，都晃著一把小木劍，一本正經地灑雞湯。我的雞湯口味豐富：清淡口的就講講君子之交，新人職場準則；甜口的，就說說愛情真諦，兩個人如何正確放閃給大家看；苦一點，就講人生理想，生老病死，回頭再硬拗過來，下個美好的結論。說實在的，節目已經錄了三季，能講的道理差不多都講遍了，為了道理編的故事也已經動用了知乎百度微博所有網站的素材，從「我有一個朋友」開始，以「明天會更好」收尾。

我要給你們透露個秘密，其實我壓根就不信什麼人生道理，一般會講道理的人，自己都過得不好，世界再美好，那也是世界的，跟自己無關。

但觀眾們喜歡，這件事就停不了。

線上點擊量破了幾十億，沒少賺錢。為了配合贊助商，現在還開始在百城百校舉辦線下的演講。相比冷冰冰地在錄影棚對著攝像機閒聊，我更喜歡有人氣的地方，運氣好，碰上幾個有思想的學生，真能問出一些好問題，動用快生鏽的腦細胞，擦些新的火花。否則，我只是把準備好的內容機械地複述一遍，然後在回答過無數次的相似問題下，微笑回應。

「您這麼正能量，平時就沒有煩惱的時候嗎？」「你實現你小時候的夢想了嗎？」

「您半隻腳踏進娛樂圈了，有沒有考慮轉行當演員啊？」

「我小時候的夢想，就是在台上表演如何罵街。」眼看提問的女孩臉色變差，我立刻補充，「哈哈，開玩笑。我在入行給大家講故事之後，好像真的就沒有什麼煩惱了，任何不愉快都能很快過去。然後我小時候的夢想啊，就是能成為一個特別大方且用嘴皮子影響世界的人。至於演戲，我的臉只允許我成為熬雞湯的好廚子，放到小鮮肉堆裡就露怯了，所以就不跟他們搶飯碗了，還是做我自己喜歡的。」

嗯，完美的標準答案，高EQ，還幽默。翻開你左手邊的雜誌，我最近的訪談也是這麼回答的，一字不差。

看樣子又是一次例行公事的演講，最後一個提問的男孩，戴著一副高度近視鏡，典型三好學生，他清了清嗓子問：「飛機先生，您每次講的故事裡都有一個『朋友』，我就很好奇，您是哪裡交到這麼多身上自帶故事屬性的朋友，還樂意讓你把他們用進你節目裡的？」

好啊，這個男孩子讓我渾身燃起一股勁，我開始認真了：「我講的所有故事都是為了服務我的觀點。」

「所以他們都是編的囉？」男孩的氣焰越發囂張，引得台下一群看熱鬧的開始起鬨。

「我只是把我聽過的案例都簡化成朋友了，難道我要一開場說，他是我姑媽家二姨的兒子的小學同學，因為在屋簷下一起避了場雨，他就給我講了個故事，你確定你要聽這一堆冗雜的資訊嗎？」

「那你對朋友的定義好像很淺薄哦。」男孩以為自己開了掛，追問道：「既然你這麼多『朋友』，那你有最好的朋友嗎？」

雖說「童言無忌」，這個問題卻讓我心裡突然湧上一陣疼。我頓了頓，回他：「我最好的朋友，已經死了。這個故事，要聽嗎？」

眼鏡男終於意識到自己失了態，朝我搖搖頭，羞赧地坐下。

場子氣氛轉冷，我選擇此時開始一個故事。

「龐加萊重現你們知道嗎，就是說宇宙的物質是有限的，其排列組合也是有限的，所以這個看似巨大無窮的鬼東西，其實所有可能發生的事物都已經出現過了。簡而言之呢，宇宙其實不過是一場迴圈，所有發生過的事，都將再次發生，還未發生過的事，都早已在歷史回音裡重演了無數遍。所以，我要說什麼呢……即便有人死去，那在某個未知的未來和過去裡，他依然存在。」

我看著台下的同學們眼神已然失焦，顯然這個開頭，撩撥了他們的好奇心。

我開始回憶那些年發生過的事。

二〇〇〇年，我上小學六年級。這是我們這代人唯一能經歷的一次千禧年，所有人都躍躍欲試地想成為新世界的寵兒。我不愛玩電腦，儘管他們都爭先恐後地申請七位數QQ，每天抱團玩什麼「大富翁4」「仙劍98柔情篇」。我就是土生土長的小鎮流氓，穿著黑膠涼鞋下河摸螃蟹，上樹捅馬蜂窩，玩火炮兒炸牛糞，以及在牆上寫老師壞話。

也是那年，偶然第一次搬到我家隔壁。你沒看錯，偶然是個人名。隔壁家前陣子有老爺子自殺，之後舉家就搬走了，本以為房子空置沒人接手，直到偶然跟他媽住了進來。

我其實第一眼挺瞧不上他的，身材瘦小，皮膚白皙，說話奶聲奶氣的，那個時候的帥哥審美是以我為標準的，他頂多算個帶了把的女生。每天我渾身狼狽地回來，單肩背書包，校服捆腰上，自認為帥到不行，在樓下碰到跟我不是一個頻道的偶然，會忍不住推搡他幾下，主要是因為他長了一張特別受虐的臉，這就算了，他還不愛講話，簡直不把我放在眼裡，我們為數不多的幾次對話，只是一大早開門，雙方父母見著，逼著我倆彼此打的招呼。

直到某天，我看到幾個高年級的人圍著他，對他毛手毛腳要錢。敢欺負我欺負的人，我當下就不樂意了。我反手一個書包砸到那個最高的男生頭上，操起路邊的牛糞就往那幾個人臉上嘴裡抹。

我肚子被踹了一腳，眼睛腫了一隻，但仍自鳴得意，就沒有我打不贏的架。偶然卻嚇得不輕，帶我到餐館邊的水池沖手，那是我倆第一次正兒八經地聊天。他說爸爸跟別的阿姨去城市裡了，他媽用所有積蓄買了這套最便宜的房子，所以才跟我成了鄰居。我還嚇他，我說那間房子鬧鬼，他卻說，沒什麼比他爸爸的離開更讓他害怕的了。

那一年，我們成了好朋友。他會帶我去鎮上的小超市前蹲著，聽蘇慧倫的〈鴨子〉，他還借我一本叫《第一次的親密接觸》的小說，儘管到現在我一頁都沒讀下去。

而我呢，就儘量讓他笑，在我那狹小的世界觀裡，沒什麼是我罩不住的，所有不開心都見閻王去吧。太陽從東邊冒出來，就告訴我，該我閃亮登場了。

初一那年我們升到同一所學校。我們的相處模式趨向於技能交換，說是交換，其實是我在找藉口能多跟他相處一會兒，可能當時出於造物者的私心，總想讓自己的小弟過得開心，不要只是圈地自娛自樂，花上一週飯錢加入那個什麼貝塔斯曼書友會，讀書看報，大好人生多無趣啊。比如做飯這事兒，我擅長尋找食材，他搞定鍋碗瓢盆，於是我就教他釣魚釣蝦，他教我把牠們做成吃的。再比如當時我家裡還算有點錢，老爸買了輛單車，我就教他騎單車，他教我論一個怎麼學也學不會騎車的人是怎樣煉成的，作罷，我只好載著他，在巷子裡來回竄，離學校就五分鐘的路，也要騎車走，把同學們羨慕得不行。當然了，以我大魔王的性格怎麼可能沒幾個防身技能，我教會了他如何臉不紅心不跳地偷書店裡的《機器貓》，以及如何玩好貓鼠遊戲——偷完水果不帶喘氣地躲開農民的一頓追。

還有我天賦異稟的舌頭，我能把整個舌頭頂住上顎，然後彈下來發出超響的聲音。曾經我們無聊做過一個實驗，他在距離我一百多公尺的地方，隔著民房小店，都聽得一清二楚。他把舌頭彈抽筋了也學不會，但他有個技能我也永遠都搞不定，他手作能力極強，會自己做小刀小劍，折紙畫畫。所以我們第一次互相送生日禮物，我用舌頭的「囉」「囉」一聲給他唱了〈鴨子〉，他送給我一把刻著我名字的木劍。

我們學校後面有個工地，聽說老闆捲錢跑路，裡面的樓修了一半就廢棄了。最後那棟大樓變成了我們的秘密基地，偶然給它起了個很夢幻的名字——「永無島」，《彼得·潘》裡的世外桃源。＊我常拉著他在水泥磚頭空間裡探險，刻意在木板橋上走，腳下就是幾米高的水泥地，我們爬著沒有遮擋的樓梯到最頂層，撥開綠色布網，就能在落日時眺望整個小鎮，一人抱著一桶泡麵，也不管家裡人是不是已經做好晚餐等著收拾我們。

我好嚴肅地跟他說，我長大以後要天天吃泡麵，太幸福了。那時的我應該不知道，長大以後啥都是空談，只有這個夢想最容易實現。

「非典」肆虐的時候我們正備戰中考。你能相信嗎，其實我成績比偶然好。我是那種平時不怎麼聽課、考試前過一遍書就能拿高分，簡稱天才的人；他是那種平時好認真、筆記記好幾大本、紅橙黃綠青藍紫記號筆劃滿全書，但一遇上考試就完蛋的人。而且偶然還有個毛病，特別怕被提問，尤其怕站上講台，他無法對著幾十雙眼睛完整吐露一個句子。所以老師也不怎麼喜歡他，每每換座位，就一直往後排挺進，入駐了壞學生專用地盤，惡性循環下，成績就沒好過。

為此我沒少看他媽媽在背後抹淚，就因為升學壓力，有段時間他媽媽還不讓我們來往，每天放學就把他關在屋裡複習。

誰知道「非典」來了之後，我們在學校見面的次數也少了。大人們都草木皆兵的，學校全面戒備，校長每天在校門口把守。有天我上學快遲到了，單車蹬得有點狠，被風嗆到，停下來的時候不停咳嗽。校長見我的樣子直接把我送到了隔離室，我硬生生在隔離室住了三天，連我爸媽都只能在樓下送飯。

有天夜裡，隔離室的窗戶被敲碎了，我從外面透過的月光辨認出趴在窗戶邊的偶然。這小子太令我刮目相看了，我心口不一地怪他怎麼這個時候才來，他大口喘著氣，說他從我被關進來第一天就開始作心理鬥爭了。

那晚我們沒敢回家，逃出學校就爬到「永無島」上，裹著布網湊合睡了一夜。整晚他止不住嘮叨，自問自答地說自己是不是做錯了，就連作夢還在一個勁兒地道歉。我實在忍不住把他叫醒，朝他吼了兩嗓子，幹嘛要躲在角落裡覺得天塌了，別那麼悲觀，你他媽還沒我高呢，至於要你頂嗎？

最後「非典」特殊期安穩度過，不過我和他的大名醒目地出現在了通報欄上。警衛大哥那晚看見了趴在三樓窗戶上的偶然，好一對難兄難弟。我安慰他，沒說讓你頂，但是咱們有過一起記嘛。他紅著眼睨了我一下，用充滿委屈的奶聲說：「你知道的，我中考萬一有什麼閃失，就只能去外面讀書了。」

就為這話，我放學後不去玩了，從此金盆洗手，在「永無島」頂樓給他補習，比他媽還緊張地督促他「只要學不死，就往死裡學」。在他書包、飯盒、課本裡塞滿溫馨

*台譯《夢幻島》。

相信分數上不去。

tips，考試沒有秘笈，借他膽子也不敢作弊，那只能背啊，整本書來來回回地背，我就不

在我的不懈努力下，我們終於順利升入高中，雖然不是一個班，但至少還能一起為非作歹，強行霸占彼此的人生。

當時流行看手相，什麼生命線事業線愛情線的，彷彿人人都變成了神算子，一眼看破漫漫未來。偶然說我生命線短，他炫耀自己的老長，我嗆他，你最好比我晚掛掉，我可不想去你墳頭那小照片兒上看你的音容笑貌。他把我的手扯過去，煞有介事地研究道，你的愛情線波動很大啊，感覺你的桃花要來了。

我覺得他在放屁。那時的我心高氣傲，能看上的女孩子都在畫報裡，總覺得身邊的女生不是過分幼稚——談戀愛以寫交換日記為日常，就是過分成熟——牽個小手都要擺起架式問，我們會在一起一輩子嗎，畢業之後我們如何打算啊。

麻煩！談戀愛不就是圖個開心，給日後回憶起初戀留個美好的念想嘛。

結果沒幾天，我就把偶然送我的那把小木劍上的名字劃掉，轉送給隔壁班的一個女生了。因為她太漂亮了，特別像ＳＨＥ裡的Hebe，唱片行玻璃上標準的畫報女神。

說到唱片行，我爸在那家買過碟。某天見他神神秘秘地放到櫃子頂上，出於好奇的我，在那個夏天第一次看見女人全裸的身體。

我不止一次幻想過Hebe，哦，不能這麼說……幻想過隔壁班女生，會自動把她的臉

套在光碟裡那些裸體女人上，總之非常羞恥，第二天長了針眼一定是對我的懲罰。

我小魔王的初戀，也要取之有道，好歹也是正人君子，不搞邪門歪道瞎幻想，一定要興師動眾——我騎車，偶然在後座。我倆每天放學都跟著她，偶像劇裡都是這麼演的，老大在背後默默保護心愛的女人，直到有天女人停下來，讓老大走進內心。有天「Hebe」果真停下來，她轉身對我說，你倆能不能不要每天在我面前秀恩愛。我當下五雷轟頂，我在罩你啊，秀什麼恩愛啊！正想著，只見她把滿書包的情書賀卡假水晶小公仔倒出來，然後撿起我那把木劍說：「見過怎麼追女生的嗎？這些都是別人送的，你看看你，送劍。你想說明什麼啊？」

我的初戀宣告失敗，那是我人生目前為止最大的滑鐵盧。

我在「永無島」裡猛灌啤酒。偶然把那把劍收了回去，叨念我竟然轉送給別人，不尊重他的禮物。我當時特別生氣，直接三兩下把他打倒在地，扣住他的手別在背後，嚷嚷道：「不就一把破劍嗎，你知道喜歡一個人是啥滋味嗎?!」

他被我壓得說不出話，臉頰上蹭滿了廢樓地面的灰塵，直到我聽到微弱的一聲「知道」。

我失去力氣，被他推倒在地。

偶然暗戀他們班的女生，還告訴我已經暗戀很久了，以他的性格，應該神不知鬼不覺到死都愛不上得不到。看著那天被我揍了一頓，臉上還磨破皮的他，我心裡掂量著要補償，於是收拾好自己的心情，主動跑到那個女生跟前，自以為是地告訴了她。

我覺得我特別畜生，因為我剛借酒澆完情傷，回頭就喜歡上了兄弟的女人。我對自己特別失望，平時生活裡缺少發現美的眼睛，吊兒郎當慣了，惦念著外面的飯菜，卻忽略了自己身邊那麼多可口尤物。

女生名字好聽，叫簡言之，對，就是簡言之的簡言之。畜生歸畜生，還好我只是隱藏畜生，那天見著水靈的簡言之，我仍然鎮定自若地告訴她，偶然喜歡你，但是我那兄弟害羞，所以你要假裝不知道。那句「但我對你一見鍾情」並沒有說出口，就讓它爛在心裡。

接下來，我們就變成了各懷心事的「鏘鏘三人行」。我努力克制看到她不由自主的笑容，吃飯時怕尷尬冷場還躲到廁所裡，讓他倆獨處。那時的我好傻，搞得好像她只能選我們其中一個似的。

我給偶然出謀劃策，在家裡看碟太僵硬，兩人散步又太枯燥，最自然的泡妞辦法就是打檯球。手輕輕攬過她的腰，溫柔地撩撥她耳後的頭髮，然後握住她的左手，幫她架桿，右手再與她疊握在桿上，你們彼此貼著，讓她感受你從胸口到手心的溫度。接下來，就不用我教了。

結果偶然鎩羽而歸，掛著張苦瓜臉說，我照你說的做了，結果她反手一桿，就是一當代女球神，全程都是她在教我。

本以為這段實力懸殊的感情應該會死在襁褓裡，直到有一天，我完成一個華麗的投籃，第一眼就朝簡言之看過去，發現她在看偶然。那天以後，他倆就在一起了。其實到今天，我都不太確定簡言之是怎麼看上他的，有些事，不用弄那麼清楚，就讓它淡淡地，略過起因經過，記著結果就好。

至此，「永無島」闖進第三者，我變成高瓦電燈泡。那會兒我們沒手機，簡言之有一台很厲害的ＭＰ４，聽歌拍照看電子書看視頻無所不能，二〇〇五年超女比賽如火如荼的時候，她直接把視頻放到ＭＰ４裡，我們三個就躲在頂樓看。簡言之是「玉米」，偶然是「筆親」，我算是半個「涼粉」半個「便當」，所以我比較置身事外，那兩位就劍拔弩張地爭著冠軍之位，每天到處拉票，好像下一秒他們的偶像就會杵在他們跟前，含著熱淚演唱〈酸酸甜甜就是我〉。

以至於他們分手的時候，我還認真地問了偶然，不會真的是因為她的春春拿了冠軍你氣不過吧。那混蛋竟然告訴我，占比百分之二十。

簡言之要轉學了，他們家本身條件就好，爸爸工作變遷，全家就跟著去市裡讀書了，臨走前，偶然給她送了個手作的小木頭房子，他沒告訴她在房子裡的天花板上，他小小地刻了一行字——謝謝你喜歡我。

分手事小，簡言之走了事大。偶然的悲觀情緒堆積，他淚如雨下，開始細數自己的罪過，說他們在一起的時候沒好好用心，等女生要走了，才知道難過。他斥鉅資買了一件酒，學我的樣子灌自己，結果剛仰頭喝了幾口，就跑到一邊吐了。他說，尿都沒那麼難喝。我好嚴肅地問他：「你喝過？」他的黑洞情緒又來了，抱著水泥柱子大哭道：「我怎麼永遠都那麼笨，不會說話，又孬種，怪不得總被欺負，我這個人就不配得到幸福。」

那一刻我特別想嘲笑他，但更多是心疼。因為這個世界上應該不會有第二個人那麼懂他了。他告訴別人，他只是有一點兒不開心，但是，他會告訴我，其實，他好難過，好難過。

我走到他身邊，拍拍他的背，問他：「不然我跟你說件事，或許你就沒那麼難過了。」他撲閃著水汪汪的大眼睛疑惑地看著我，我猛吸一口氣道：「其實我暗戀簡言之很久了。」

伴著一聲「畜生」，我的左臉挨了一拳。那一拳竟然打得我有點興奮，因為我的偶然小朋友，體內終於有點顯性的男性荷爾蒙了。這一拳和一句「畜生」下去，他就從小白臉變成真正的大男孩了。

那晚我跟他說，人啊，無論多親密到最後都會分開的，只是早晚的問題，你有這個預期，等到那一天真的來臨，就不會那麼難過了。

他蜷著身子，甩著被我的反作用力弄疼的手，揶揄道：「你怎麼那麼愛講道理啊。」

「因為我就是道理本人啊，我就是你的小太陽。」我賣了個我都受不了的萌，偶然已經拿起酒瓶子準備掄我了。我狠心制止了他：「兄弟，差不多就可以了，知道你man，收著點收著點。」

那天的我，像是受到神明的指示，莫名跟他說出了那段不符合年紀的話，後來想想，可能也是預兆吧。就像我曾經在網上看過一個理論，說宇宙源於一次大爆炸，但很可能之前已經爆炸重啟很多次了，宇宙其實不過是一場迴圈，所有發生過的事，都將再次發生，還未發生過的事，都早已發生了千千萬萬遍。你永遠也無法知道你處在第幾遍迴圈裡，這事兒好像有點絕望，絕望到我媽因為淋巴癌去世，我像是知道將要發生而預感到了一樣。

淋巴系統的分布特點，使得淋巴瘤屬於全身性疾病，幾乎可以侵犯到全身任何組織和器官，我媽沒能挺過去，在我十八歲成人禮那天過世了。醫院到火葬場這一路，想想我媽從體態優雅的婦人變成瓷盅裡的一把灰，全程一滴淚都沒流，總感覺哭了就代表她真的走了。

我沒有去學校，家裡人也管不住我，我就每天獨自在「永無島」裡待著，看著日升日落，除了過耳的風，只剩寧靜。我只有在這裡才感覺到安全。這個被我們設定的避風港桃花源，好像已經擁有了特殊的能量，時間在這裡會快一點，也許到一個節點，可能就不那麼容易想起媽媽了。時間不是總叫囂著自己是最好的治癒師嗎？

其間偶然會來給我送吃的，他一言不發，放下便當就離開，哪怕我已經好幾天沒動過筷子了。直到有一天夜裡，他拎著一麻袋上來，從裡面取出枕頭和墊子，默默地在我身邊躺下。

我側頭問他：「你幹什麼。」他雙手叉著放在胸前，囁嚅著：「沒什麼，換個環境。」之後我們就沒再說話，深夜的小鎮安靜下來，腳下只有一些微弱的燈光。在偶然刻意翻身一百次，咳嗽兩百次，以及咿咿呀呀三百次之後，我受不了了，說：「你睏了就睡吧，沒睏的話，陪我聊會兒。」

他騰地直起身子，抱著被子高高興興地坐到我身邊，用被角給我搭著肩。

「挺奇怪的，這種感受，我這麼開心陽光的一個人，怎麼能經歷這種事，我不知道該怎麼面對這個結果。這個世界上無條件包容我愛我的人走了，我還想讓她幸福的人沒給我這個機會，真的好遺憾，因為我不知道下輩子還有沒有資格再做她兒子。」我努力克制胸腔的起伏，也終於體會到，原來心真的是會痛的。

偶然見我聲音有些失控，他比了個「噓」的手勢，不停地安撫我的背。

「怎麼可以這樣呢，明明那麼大一個活人，哪怕最後身上插滿管子，臉瘦得變了形，那也是我媽媽啊，怎麼就能最後放在那個小破罐子裡，跟所有死去的人都一樣，我怎麼認得出來啊？」終於，鼻子一酸，我的眼淚滾了出來。

我倒在偶然肩上，放肆哭出了聲。

記憶裡只哭過兩次。

一次是小時候下河游泳，被我媽拿著晾衣竿在屁股上打了三道印子，我嘟著嘴，掛著小倔強不認錯，關到房間裡就咬著棉拖鞋哭了。

一次是跟他們去錄影廳看《媽媽再愛我一次》，在所有人不注意的情況下，偷偷抹了眼淚。

我不能哭，我是混世大魔王，早晨七、八點鐘的太陽，偶然的老大。眼淚是弱者的勳章，我只能笑，笑才是天大的福報。

偶然就這麼讓我靠著發洩，看我哭累了，柔聲道：「還記得你跟我說的龐加萊重現嗎，放到宇宙那麼大的標準裡，每一遍迴圈，其實媽媽依然存在。我相信，你媽媽即便知道故事的結局，預見所有悲傷，她仍願意重複去活，因為那個世界裡有你啊。」

我坐直身子，抹掉臉上偶然的淚，他果然哭得比我更厲害。我知道以他負能量加身的性子，能說出這段還算溫暖的話，是多麼不容易。我明白，如果換作是他，這件事應該挺不過去了。

那晚之後，我回到學校，收拾心情開始備戰高考，我長這麼大，從沒這麼認真地看過書，我把文綜三科的書一遍一遍地來回背，背到連每頁的配圖在左還是在右都一清二楚，因為我總想讓自己忙一點，不留一點空隙想起媽媽。

這樣一來我的成績直接飆到年級第二，班主任說我上重點學校肯定沒問題。偶然的媽媽很照顧我的情緒，每次在走廊裡碰到我，都笑臉盈盈地跟我說加油。儘管我當時內心的OS是，這兩字還是多跟偶然說說吧。

偶然終於放棄在文化課裡的垂死掙扎，決定走藝術生這條路——搞美術。我們鎮子本來就小，風氣使然，都覺得正經高考是唯一出路。所以連他們老師在內，都不看好他，還說什麼風涼話，搞藝術的心理上都有問題。我看不過去，直接跑到他們班上，當著老師的面，把他畫過的畫，做過的手工攤在講台上，告訴他們，沒見過的事別急著否定，大中國少一個畢卡索就是你們這些人害的。

後來聽說為了培訓費和大學的開銷，偶然媽去市裡找過他爸，討了筆學費，偶然知道後，直接把錢甩在他爸臉上，然後風塵僕僕地回來告訴我們，他要自學，考獎學金。你們知道嗎，這小子最後真的靠自己考上了美院，去了那個學校的王牌專業學設計。

我看著他每天吃喝拉撒都抱著書在啃，苦練素描油彩的賣力勁兒，就覺得這小子已經吸收了我六成的功力，跟我小時候見到的那個悲傷小娘炮已經判若兩人。

高考倒計時十天的時候，我倆在「永無島」開兩個人的誓師大會，他的目標明確，反正就是走上藝術這條不歸路。他問我今後想做什麼，我說，開飛機。因為我沒見過真的飛機，總覺得穿上制服，好幾百人的生命交在我手上，由我罩著，特別酷。他朝我敬了個禮，叫我，飛機先生。我推搡他一下，別給我丟臉了，人那叫機長，你這叫的怎麼那麼像搞色情服務的啊。

高考成績下來，我被省內的某所211大學錄取，意味著再過幾個月，我跟偶然就要分開兩地了，但沒關係，我倆這感情，三秋不見，如隔一日。況且有了手機，那些當面沒說完的話，就交由電話短信表達。偶然他們學校比我開學早，在車站送了個擁抱就當是餞行了，看著那個已經成熟的小子，驚覺時間好快，彷彿我們在一起聽蘇慧倫玩照片的日子，統統成了別人的故事，我則以後來局外人的姿態，開始播放那些定格畫面。

夏天快結束的時候，爸爸跟我說，「永無島」要被鎮政府拆掉了，我第一時間就給偶然發了消息，讓他趕緊回來，結果他說什麼被學姐選做了迎新晚會的主持人，排練走不開，我只能一個人堅守陣地，又是舉橫幅抗議，又是跟那些監工幹架。「永無島」是我第二個家，裡面埋了很多秘密，收容了那麼多歡笑和不快樂，每一處未完成的水泥和磚頭，鋼筋和破布網子，都是我們珍藏的回憶，怎麼能隨之化為灰燼煙消雲散。

聽說挖掘機啥的都已經進廠，我加緊速度，就差幾步路，結果在路口的轉角處，被一輛酒駕司機的車撞了，再有意識時，我的身體就動不了了，以至於錯過了開學軍訓，直接缺席了大學的人生。

講實在的，我對偶然一直耿耿於懷，我覺得他背叛了我們的青春，沒有守護好「永無島」，朋友才會變淡，我們只會絕交。所以他上大學那幾年，給我發的消息我都只收不回，看著他一個人的獨角戲，慢慢了解他的生活。

他用電腦設計商品包裝，去風景區寫生，每天的作業是手工，這個專業特別適合他。他在迎新晚會的表現一炮打響，成為他們學校的典禮御用主持，我就納悶了，他那麼一個省話機器，害羞鬼，怎麼能在那麼多人面前說出一個完整句子的，或許他身體裡原本藏好了這樣的天分，只是在我面前，就放肆表現他的缺點。

最讓我意外的是，二〇〇八年汶川地震，他跟班上的同學去災區做心理援助，要知道受災者在感情上接納你，才是幫助，如果受災者還沒準備好接納你，你去了就是打擾。所以當我知道他在那裡一切安好，無條件地傾聽，無條件地接納與關懷，幫助了很多受災者，我佩服得五體投地。

他跟我熟悉的偶然又不一樣了。

同年八月北京奧運會開幕，全國運動風氣盛行，他們男生寢室裡開始夜跑打籃球比身材，偶然對這些不感冒，跑去天橋擺攤，賣自己做的工藝品。不過他帶了一對啞鈴，在沒生意的時候偷偷練，也就在那個天橋上，認識了他後來的女朋友。

我覺得他女朋友一定是同情心使然，路過幾次，看到他好用力地在用兩條細胳膊舉啞鈴，可能以為他在賣藝。

他畢業後換了兩次工作，待得最長的是在一家影視公司做設計，一做就是三年。設計這行業苦逼，誰都是你爸爸，每天聽得最多的一個字就是「改」，所以久了就會失去自我。三年下來，頭髮熬白了，才賺來一輛車。他跟我抱怨說，花了一大筆錢去駕校學車，天天被教練敲腦袋說笨，結果現在的車都是自動檔的，油門一踩車就隆隆地走了。

他二十六歲那年結束了愛情長跑——在終點前分了手。原因是女方家裡吵著要結婚，他覺得沒準備好進入人生下一個階段，就不耽誤彼此了。那時他是一個自由職業者，靠接私活賺錢，成天宅在家裡，與外界斷了聯繫，原本練就的一點點口才又隨著年少時的怯弱憋了回去，連打電話都害怕，任何事只能發文字溝通。

終於在吃了半個月的外賣快吃吐的時候，他套上厚重的棉大衣，決定開車去外面覓食。當時簡言之就坐在他後面，但是吃飯過程中兩人都沒看見對方，直到結完帳離開時，簡言之低頭玩手機，沒注意就跟著偶然走出去了，走了段路聽到身後有人叫她才反應過來。

聽到簡言之的名字，偶然轉過身，兩人驚嘆。他有很多話想說，到了嘴邊只濃縮成三個字，你瘦了。看著簡言之莞爾一笑，本以為重逢初戀是歡喜，但她身後的男人走上前，牽起了她的手。

偶然晚上就給我發了訊息，還附上一張照片，照片上是我們三個當年在「永無島」上的自拍，三人傻乎乎分別地舉著玉米，一支筆，還有我一手涼粉一手便當。他說：「你猜我今晚碰到誰了？簡言之！這照片是她從錢夾裡給我的，說她這些年一直放在錢包裡，你看她沒有忘記我啊！」

「我們啊！」

他後面補的這一條很沒必要。

簡言之再次成為他生命的過客，他頹了一陣子，老本花得差不多，還生了場重病，連累到他媽媽都去照顧了他一陣子，我好氣憤這小子怎麼那麼不讓人省心。好在他命硬，日子衰歸衰，照樣還得朝天老爺磕個頭，認栽繼續活著。他重新整理了自己，海投了一通簡歷，可竟然沒一家公司肯收留他。他把自己灌醉，當然灌醉他也很容易，半瓶啤酒就可以了。他邊哭邊給我發消息，說他錯了，他最開心的日子，就是在「永無島」，他覺得虧欠我，所以過得不好感情不順也認了。

我恨不得立刻衝過去給他兩拳，當時是誰不珍惜我們的秘密基地了，別跟我認錯，先自己揍自己一頓。

他繼續給我發消息，說：「我的人生差不多就這樣了，小時候，我好恨我爸，好恨好恨，恨到現在竟然也無所謂了，很多事看透之後就沒了樂趣，好像沒有什麼是最重要的，馬斯洛需求層次你知道嗎，我看到那張三角形圖，覺得自己沒什麼欲望了，我不想出人頭地，不想變成厲害的人，打從認識你那天就沒想過，但是我真的好想你啊。」

我很想回：其實我也想你，只是你能不能別哭了，跟個小女生一樣。

咳咳，我的故事就先講到這裡。

那個眼鏡男又舉起手，怔怔地站起身，見我眼神柔和，才敢接著問：「飛機先生，你開始不是說你的朋友已經……這個故事感覺沒有結束啊。」

「還要繼續聽嗎？」

其實在這中間，偶然回來過。「永無島」變成了一個大型超市，兩邊的道路加寬，跟當初的記憶完全變了樣。

不過他沒來找我。

後來回到大城市，偶然憑著過去在影視公司工作的經驗，轉行去搞文字工作，幾經輾轉，終於開啟事業的第二春，他在一家影視公司寫文案作策劃，可能曾經做過心理援助，也或許是從我這裡取了經，後來的他，獨當一面特別會搬弄道理，成了人生導師。公司主管重用他，在贊助商經費允許的情況下，批了檔節目給他，主持策劃腳本剪片一鍋端，節目上線第一期就破了當時的紀錄。

他的工作團隊問他，為什麼要起「飛機先生」這個藝名，不直接用「偶然」呢。他說，因為他最好朋友的童年夢想是當機長、穿制服，罩著幾百號乘客。

節目裡的偶然，侃侃而談，從容淡定。他有好多故事，手裡的那把木劍，是當初送給我的那把，上面的名字已經被我劃掉了，但只要你仔細看，他在下面又重新刻了上去，三個字，路子由。

我的名字是我媽起的，她說「子由」，諧音「自由」，而我是她最好的兒子。

偶然回小鎮那天，站在已經消失的「永無島」前，又給我發了信息，他說：「原來不用鼓足勇氣，告別依然會來臨。子由，你先去遠方，不要回望，我會奔向更好的下一站，你也是。」

我不知道他現在在哪裡，是否開心，但我知道，他相信，我依然在。

「怎麼樣，這個故事滿意嗎？」我輕輕抹掉眼角的淚。

台下的學生們集體沉默。

「你們看過電影《心靈捕手》嗎？裡面有段我很喜歡的台詞——我每天到你家接你，我們出去喝酒笑鬧，那很棒，但我一天中最棒的時刻，只有十秒，從停車到你家門口，每次我敲門，都希望你不在了，不說再見，什麼都沒有，你就走了，我懂得不多，但我很清楚。

「這是查克在工地上對威爾說的話，他希望看到朋友過得好，所以鼓勵他向更廣闊的天地去。我更想要這樣的結局，所以那天回到小鎮後，其實去了子由的家，我不知道屋裡會不會已經住進了外人，但仍敲了敲門，心裡默念著，不要開門，不要開門。因為我覺得，只要門沒開，最好的朋友，只是去了遠方，至少永遠不會分開。」

07:15 ______ AM

07

WISH YOU
WELL

願你若天晴

這個世界很大，每個人都需要跟別人建立情感聯繫才能生存下去，不要把自己變成一座孤島。

「各位單身男女們，歡迎來到戀愛交友觀察秀——《愛有晴天》。你們所在的位置，是位於印尼的一座未開發完全的島嶼，你們將在這座島上共同生活三個月，體驗一場心動冒險。除了你們背包上的GoPro，島上也已經遍布了我們的攝影鏡頭，節目將由國內知名視頻網站全程直播。三個月內，回到乘船點放信號彈視作自願棄權，最終牽手成功的一對將贏走我們一百萬元的戀愛基金。現在，請將你們的電子產品放入前方的木框內，從此刻起，你們需要回歸原始，自己尋找物資，祝各位好運。」

十個人中個頭最高的男生楊漾把任務卡上的內容讀出來。

「不會吃的用的都要自己找吧！」說話的是年齡最小的魏來，一刻不停地踢著腳邊的沙子。

「有沒有人啊?!」化著精緻韓系妝容的黃橙子朝著空曠的沙灘喊道。

「別喊了，遊戲已經開始了。」付曉茹把手機放到木框內。

剩下的幾個人裡，叫展佳佳的成熟女人一言不發，徑自往叢林裡走。

「喂！」楊漾還不知道她的名字，叫了一聲後只得到她越來越遠的背影。他攤開任務卡內的島嶼地圖，跟大家說：「我們最好兩兩一組，有個照應，大家盡可能多地找到食物、帳篷，太陽落山之前在沙灘邊集合。」

「你能別那麼多廢話嗎，愛怎麼找怎麼找。」胖胖的郝哥語氣很不客氣，他自信地看著另外四位女士，問：「誰願意跟我一組啊？」

沒人搭理他。

「美女，我們一組吧？」他問付曉茹。

「我自己去就好了。」說著付曉茹顛了顛背上的包。

最後，魏來和黃橙子組成一隊往正北方向去，另外兩男兩女一起去了西北方向。楊漾待所有人離開後，在樹幹上做了個標記，踩過凌亂的腳印獨自出發。因為炎熱的氣候和充沛的降水，這裡的植物長得都很高大，叢林內很多灌木叢，穿行而過時身上的防水服發出的摩擦聲讓他頓起雞皮疙瘩。

楊漾一路在經過的樹幹上做著記號，繞到一條主幹道時，看見蹲在地上的付曉茹。她的腳踝被灌木刺傷，楊漾連忙從包裡拿出ＯＫ繃，上前蹲在她身側，幫她貼上。

「謝謝。」付曉茹把耳邊的散髮撩到耳後，面無表情地看著他，隨後刻意朝他靠了靠，一隻手抱著膝，擋住雙肩包帶上的GoPro，用指尖輕輕在他手背上蹭了下。楊漾輕咳一聲，抬頭假裝看天色，在確定攝影鏡頭轉至另一邊時，他用力握住付曉茹的指頭，三秒後，鬆開。

鬧鐘此時已經響過五遍。

說好不要再熬夜，早上九點起床，但付曉茹最後還是敗給自己無窮盡的藉口，畢竟從一段情傷裡走出來不是那麼容易的事。

她拉開窗簾，刺目的光照亮那張寡淡的臉，瞇起眼的一剎那，委屈感又再度襲來。談了三年的男朋友，已經到了婚嫁的階段，結果就因為男生一次次的「我媽說」，讓他們提前收場。付曉茹不想去南方，男友最後的分手理由是「我媽說你那裡的空氣品質不好」。她掛上電話，跟她的朋友們吐槽這個「媽寶男」的奇葩事蹟，杯盞間一副獨善其身的高傲姿態，讓他們都以為自己在這段智商不對等的愛情裡早已全身而退。

回到家後的付曉茹把遮光窗簾拉上，在黑暗裡哭了整整三天，第四天的時候，她丟掉看不順眼的化妝品，窩在不足二十平方公尺的臥室裡，把枯燥的綜藝節目開了關，關了開，身邊堆著的是喝空的啤酒瓶，以及同一家外賣的包裝袋。因為不甘心所以心不死，從此再沒有人住進她的日常，成全她的幼稚，幫她擦疲憊的高跟鞋。

手機鈴聲響起，楊漾強忍著情緒聽客戶的修改要求，掛上電話後，把手機甩去一邊，用力撓了撓直挺的短髮。他當著全公司的面罵了讓他忍無可忍的主管後，果決地當了一個自由職業者，他有一個二十萬粉絲的公眾號，出過幾篇閱讀量超過十萬的文章，大部分的收入來源都是找他合作的廣告商。自媒體這一行最怕的就是不溫不火，沒有話語權腰就挺不直，合作的軟文要做到價廉物美，還要在客戶無數次命題作文後，悻悻地回一句「好的」。

好在這不是他唯一的生財之道，他有一手很厲害的廚藝，於是在鄰里做菜的APP上開了家舖子叫「鮮生一味」，賣自己拿手的日系蓋飯。

熱點文寫到一半，手機提示收到新的外賣訂單，楊漾沒打開，就胸有成竹地去廚房洗菜做飯，等外賣小哥到位，他把包裝好的鮭魚波奇飯遞給他，小哥搶在他前面說：「隔壁三單元1702。」

這半個月以來，有一位食客每天十二點過後都會點這道飯，更有心的是，她總會及時給上一大段的好評，字裡行間表達已經依賴上這道菜了。楊漾覺得這個食客一定是個對生活充滿愛的知音。

宿醉的付曉茹又一次成功睡到下午，她在黑暗的房間裡滑開手機，第一件事是點外賣——鮭魚波奇飯。把手機放回枕邊，她一隻胳膊壓著雙眼，放空著又淺淺睡了會兒。

沒一會兒來電聲把她吵醒。

電話那頭的磁性男聲問：「您好，是付小姐嗎？」

「嗯……」她還沒有完全清醒。

「不好意思，我今天不在家，APP上忘記關店了，能取消訂單嗎？」

「為什麼要我取消訂單，這是你的問題啊，你知道這碗飯對我意味著什麼嗎？」付曉茹說著說著哭了出來，「我不過只是想平平淡淡地吃一碗飯，我沒有別的要求，你們男人如果沒這個能力，為什麼要讓我看到可能，我不是小孩子了，為什麼大家不能用成人思維考慮問題。好啊，你走啊，你們都走，反正我有的是時間和自由，想幹嘛幹嘛，現在我什麼都有了……又什麼都沒有了。」

「你別哭啊。我、我……你等我一會兒。」說著男人掛了電話。

回到飯局上的楊漾聽著「客戶爸爸」當面數落，對方不停在廣告植入到底是硬一點還是軟一點中找平衡，一篇稿子竟然來來回回改了十七版拖了半個月之久。

「對不起這合作我不接了。」楊漾的好脾氣終於被點燃，起身拿著包走人，轉身就把客戶拉入黑名單，心想不就是一萬塊錢嘛，西北風又不是沒喝過。

付曉茹在床上大哭一場後，臉頰上黏滿了三天沒洗的頭髮絲，聽到門鈴響，她以為是錯覺，再聽到清晰的敲門聲，她才一臉不情願地下床，穿著碎花睡衣開門，門口站著一個高大的年輕男人，還拎著兩袋外賣。

楊漾把鮭魚波奇飯拎起來：「做了兩份，有幸一起吃嗎？」

在最落魄時候的相遇，往往更容易滋生惺惺相惜，兩個同在人生低谷的人，無論怎麼走都是向上。見面十次之後，他們決定閃婚，不在乎對方過去的戀愛簡歷，也不考慮未來種種，但在定好婚禮後，他們在「麵包」的問題上產生了困擾。按照付曉茹選的那一套婚禮流程，婚慶公司給他們的報價是二十萬，兩人的積蓄並在一起也就夠結一半的婚，楊漾畢竟是個男人，又撂不下面子找雙方父母借錢，就在兩人互相給對方台階下，是要「退而求最次」還是「門戶開放」東挪西借時，他們看到了《愛有晴天》的嘉賓招募廣告。

兩人對上眼，靈光一閃，約定假裝陌生人，三個月後搞定獎金，回來就結婚。

太陽漸漸偏西，海島上游走的雲被縫上一層金。

楊漾和付曉茹找到椰子，但返回途中沒看到之前的標記，迷了路。楊漾只得爬上路邊一棵粗樹，到最高處遠望辨別方位。怎料在喜歡的人面前爬上去容易，下來就露了怯，平衡能力極差的他看著扭捏的樹枝，不知從何下腳。

這個時候胖子郝哥向他們走來，見到付曉茹立刻開啟調情模式，說他找到了節目組藏好的帳篷，晚上可以跟他一起睡。付曉茹看著他不可一世的油膩嘴臉，餓了大半天的胃竟有了飽腹感。來者不善的郝哥倒是激發了楊漾的保護欲，他突然身手敏捷地從樹上下來，完美落在兩個人中間。

就在他們轉角的林中小道上，魏來用工具刀把地裡的葛根挖出來，把上面的土清了清就咬了半口，剩下半個遞給黃橙子：「美容的。」

「不是吧，我吃了中毒怎麼辦。」黃橙子接過來做作地看了兩眼。

「我都吃了，要死一起死啊。」魏來壞笑。

「成年人講話是要負責任的哦。」黃橙子難掩已經叫得歡脫的肚子，她小口咬下一塊，澀澀的酸味襲來，嗆得立刻把野生葛根丟掉，止不住乾嘔。停頓片刻，突然兩眼一閉栽倒在地上。

魏來收斂笑容，用腳尖碰了碰她的身子，見她沒有反應，嚇得跪在地上，顫抖著開始掰著指頭數數，數到第十下的時候，黃橙子瞇起眼，嘴角偷跑出一絲笑意。

玩笑並不好笑，其實這不是她的什麼好感度測試，而是在她準備咬下那難吃的葛根時，看見路邊的攝影鏡頭，她神經習慣性綳緊，知道自己的戲份來了。

在他們後方的楊漾付曉茹和郝哥聞聲趕來，在太陽落山前，五人一起返回起點沙灘。黑夜降臨，四周莫名多了一層詭異的氣氛，領頭羊楊漾再次失算，一行人迷失在下一個路口。暴脾氣郝哥又開始罵罵咧咧，眾人一籌莫展的時候，灌木叢裡突然發出沙沙的聲響。

故事進行到這裡特別適合冒出來一些島上的奇禽異獸，或者是畫著五彩濃妝的食人族部落。

「是我。」還好是展佳佳。

她帶著所有人回到沙灘，另外兩隊男女已經在準備做晚飯了。在兩個小時之前，展佳佳找到了一個帳篷和三個睡袋，還找好樹枝枯木堆在沙灘邊，等待更聰明的人生火。

借著月光，沙灘一下子親切許多，郝哥自告奮勇地用樹皮和樹枝摩擦生火，付曉茹和黃橙子在旁邊捏著衛生紙隨時準備迎接火苗，十幾分鐘過去，滿頭大汗的郝哥仍不放棄，手指都已經磨破皮。他跟付曉茹說：「美女你放心，一會兒火就來了。」

楊漾實在看不過去，用手裡的打火機直接點燃了樹枝。

「你有打火機為什麼不早說啊！」郝哥抹掉額上的汗。

「你不是要表現嗎？」成功K.O.一臉狼狽的郝哥，楊漾得意忘形。

當晚他們吃著現烤的小海魚，就著鮮椰汁勉強充飢。火堆燒得正旺，眾人開始夜聊。

「你們有互相看對眼的嗎？」提出這個問題的當然是我們的郝哥了。

楊漾跟付曉茹首先躲開彼此碰觸的眼神。

黃橙子向魏來掃了一眼，見他只顧著吃魚。

展佳佳起身離開。

另外兩隊男女好像也沒有來電。

最後只有郝哥自己結束這個話題：「我挺喜歡這位美女的。」

他指著付曉茹。

尷尬之時，無人機送來兩天的飲用水和最新的任務卡，按照指示，當夜他們就要投票淘汰一位參與者。

投票結果公布，十個人裡的假小子女生首先被淘汰，十分鐘後，就有一艘快艇前來接她，一刻也不能留。

剩下幾個人裡，郝哥應該是公認的下一位寵兒。

投票過後，男生開始幫忙搭帳篷，楊漾假裝被石頭絆到，踉蹌著塞了張字條到付曉茹的衣兜裡，難為了搞得像特工交易的這對熱戀情侶。

關於當晚睡覺的分配，我們的郝哥非常「紳士」地睡進了自己的帳篷，四個女生只好擠在展佳佳找的大帳篷裡，另兩個男生再睡一個小的，年輕氣盛的楊漾和魏來駐守沙灘，睡睡袋。

入夜後的空氣裡似乎都帶點海水的鹹味，黃橙子偷偷用了兩瓶第二天的飲用水卸妝洗臉，還從背包裡取出面膜敷上，展佳佳翻了個身，不知是不是睡著了。趁兩人不注意的空檔，付曉茹攤開楊漾的紙條。

「牆壁眼睛膝蓋。」

付曉茹會心一笑，把紙條捏成團塞回兜裡，儘管荒島生活不是她樂意的選項，但至少有那個人的出現，她願意為之咬牙冒險。夢裡楊漾拎著兩袋鮭魚波奇飯來到他們家，趕上最好的相遇，第二天的外賣上，他就貼著這張字條，她問過楊漾，這是什麼暗語。他說你把它們翻譯成英文看看。

不會說情話的寫手不是好廚子。

沙灘上，楊漾被郝哥的呼嚕聲吵醒，他微微側過頭，見魏來瞪著大眼睛望著夜空。

「睡不著？」楊漾柔聲問。

「蚊子有點多。」魏來回以客氣的笑。

楊漾囁嚅地「嗯」了一聲，半晌後他又問：「你是怎麼想到來參加這種節目啊？小小年紀，缺錢還是缺愛？」

「都不缺，」魏來訕笑道，「主要是時間多。」

時間對他來說，確實沒有什麼意義，這短短十九年裡，他早已經歷過兩種極端人生。

魏來從小就是那種「別人家的孩子」，家境優越，被父母練就十八般武藝，文能揮墨畫畫算奧數，武能跆拳道擊劍跳國標，小學雙優，中學霸占排名表第一的位子，他坐在老師安排的好學生黃金席位，自帶背光，跟打架鬧事插科打諢的同級生完全隔離。初三那年一場小小的模擬考試，不料名次下滑，第二天醒來的時候，他拿上家裡的一把雨傘，開始繞著學校的街道打轉，他突然瘋了。

他的靈魂像被關在一個狹小的黑屋子裡，看得見整個世界，卻不再能支配大腦，用力呼救也沒用，只能任憑自己的皮囊犯下愚蠢的禍事。尖子生魏來成了笑話，牆倒眾人推，那個時候他才知道，原來同學們是那麼討厭他，原來努力成為一個發光的好人，是一件錯誤的事。

關在黑屋裡的他放棄抵抗，靜默觀察，偶爾絕望就默默掉淚，那個瘋子的外殼變成一隻不諳世事的蝴蝶，攪動起接下來的三年的巨大風浪。他的父母帶他看過無數醫生，吵過無數次架，終於在他成人那年，選擇分道揚鑣。

某天夜裡，他被媽媽用粗繩子綁在床上，半夢半醒間覺得手被勒疼了，就用力轉了轉手腕，片刻間，他發現剛才的舉動是自己的意志支配。

沒人知道魏來是怎麼清醒的，醫生雖然說他痊癒了，但仍留下了後遺症，在焦慮害怕的時候，會扳手指數數。之後的他，儼然變成了另一個人，缺席了三年的高中教育他也不補了，甚至放棄了正常的人生，他要認認真真做一回稜角鋒利的「壞人」。這幾年，他當過吊兒郎當的古惑仔，摔過酒瓶打過架，所有情緒用髒話作為出口，對愛情馬虎以對。人生失去目標，時間就變得富餘，而他唯一的行為準則，就是這件事不管對錯，只顧好玩。

他還記得有一任女友當著他的面砸爛手機，大罵：「你真是個賤人！」

「誰說這個世界，不是賤人笑到最後呢。」魏來說罷，笑得燦爛。

太陽東升，海島褪去一身神秘，呈現一片旅遊短片裡才會出現的碧海藍天。

眾人從帳篷裡出來，沙灘上留下了很多退潮後的水草和貝殼，以及一張新的任務卡。

他們今天的任務是要乘坐皮划艇漂流到孤島另一頭的集合點。

一行人按照島嶼地圖來到任務卡所在的象牙灣，到了漂流地才發現是兩人乘坐的自划小皮筏。這意味著又要分組，而此次分組後多餘的男生，將會面臨淘汰。

付曉茹給楊漾使了個眼色，換上救生衣，搶占先機坐進靠前的皮筏裡，結果郝哥身手矯健地坐了上去，還胸有成竹地順了順油膩的頭髮道：「有哥在，別怕。」

魏來和黃橙子又自成一組，兩個都戴眼鏡的男女立刻抱團，展佳佳隨後登上第三只皮筏，她回頭看了眼一臉挫敗的楊漾，聲音淡漠問：「上來嗎？」

楊漾呆愣地點點頭，坐了上去。

個子相對較矮的男生落單淘汰，節目進行到現在，嘉賓剩餘八人。

這裡的水流比他們想像的湍急，楊漾坐在展佳佳身後，與她刻意保持距離，皮筏剛順著水流划出沒多遠，不等楊漾反應，就被河水沖上了巨石，慣性使然差點把他甩出去。楊漾兩隻腳緊緊踏住護帶，一邊划槳一邊安慰自己：「應該不會有危險的。」

展佳佳控制著槳，拋來一句：「不要那麼樂觀。」

楊漾乖乖地正襟危坐，向內伏下身體降低身高。沒想到後半段路險流急，衝下一個高坡後，四支隊伍距離逐漸拉大，直到付曉茹的皮筏消失在楊漾的視線裡，他擔慮地伸長脖子張望，忘了手裡划槳的氣力，到了一處漩渦時一支槳卡在旁邊的礁石縫裡，一緊張，船槳抓得緊，另一隻手的韁繩下意識抓得更緊，結果直接把整個皮筏掀了起來，連累展佳佳一起栽進了水裡。

巧合的發生不過是概率的結果罷了，就好像楊漾的救生衣沒扣牢，掉進水裡的時候小腿正巧被礁石滑破了一塊厚皮，手腳使不上力，陷進漩渦跟著順流而下。他有點失憶是怎麼撲扇著水花努力自救的，等到意識稍微清醒時，感覺有人正從腋下拖著他的身子一點點往岸邊挪，淡淡薰衣草香的髮絲打在他臉上，眼神漸漸聚焦，看到距離自己只有幾公分的展佳佳的臉。

楊漾不僅受了傷，GoPro連著背包也丟了，島上的地圖也在裡面。不過展佳佳倒是沒有怪他的意思，兩三下把自己包裡濕漉漉的菸撕開，晾到半乾，用菸草包紮楊漾腳上的傷口。看著展佳佳動作俐落，楊漾被她的氣場震懾，不敢說一句話。

天光將暗未暗，沒看到周邊節目組的攝影鏡頭，求助無門，兩人只好彼此攙扶著穿過灣邊的叢林，到了一處開闊地，展佳佳提議馬上入夜，不要再走了。

沒了打火機，楊漾靠郝哥的套路成功生了火。他們砸下幾個椰子，煮了半熟的藤壺充飢，展佳佳把自己僅剩的兩瓶水遞給楊漾一瓶。

他接過來，不敢看她，對著礦泉水說：「你一定不是正常人。」

展佳佳把外套墊在草堆上準備睡覺，場面尷尬了好一會兒，她才回應：「為什麼？」

「因為很厲害，但又不講話，所以很神秘。」

「不愛說話不代表神秘，只是懶得說。」展佳佳面無表情地側躺下，遠遠看著他。

「其實我覺得，你沒表面上看著那麼冷，你是個很好奇的人。」楊漾囁嚅著。

「為什麼？」

「因為我不告訴你為什麼的話你會一直問我為什麼。」

「沒幽默就別硬撐了。」

楊漾開始翻兜，嘟囔道：「啊，明明出門帶著了的。」

她終於笑了。

在他們對角線兩公里處的任務集合點，是一個架在草場中心的高腳屋。屋裡有個臥室和家庭間，頂端只有一個橙色的燈泡照明，屋後有個小廚房，裡面提供了炊事的爐具和食材。

睡覺前，除了楊漾和展佳佳外的六個人已經按任務卡規定，在自己的GoPro前記錄了兩天相處後的心情。

不能表現得太過擔心楊漾的付曉茹心不在焉地說著場面話，郝哥自信地說感覺得到付曉茹其實也喜歡他，只是女生都比較裝，不會說出來。黃橙子不住地抹眼淚，說節目比她想像得還要辛苦，但她會加油的喲。

魏來心高氣傲地說除了黃橙子，其他三個女生都可以。

錄製完畢，黃橙子琢磨了好一會兒剛剛的表現。鑽進沒有攝影機的小屋裡，她終於鬆弛了神經，身心俱疲地呈大字形趴在床上。

就在幾個小時前，他們從漂流的終點徒步過來，途中付曉茹想喝水，發現都被黃橙子洗臉卸妝用掉了，她成為眾矢之的，而這一切剛好正中她下懷，她用餘光找到大家的鏡頭，換了個站位淚眼婆娑跟他們道歉，魏來不耐煩這群人嘰嘰喳喳，幫她說了好話，走在最前。

黃橙子心裡難掩得意，在快到高腳屋之前，她到魏來身邊，對他說了聲謝謝，魏來笑笑，俯在她耳側說了一句話。

他說：「你演得不累，我看都看累了。」

在魏來看來，她就是那種矯揉造作，全世界都該圍著她轉的女生。

黃橙子是她那群姐妹裡最先實現財務自由的人，大二的時候就成了當地小有名氣的模特兒，她的生活裡，沒有食堂教學樓寢室的三點一線，她非常清楚自己要什麼，清楚那些看她的人要什麼，代價就是跟自己身邊的朋友漸漸活成了兩個世界的人。她有超高的化妝技術，妝前妝後判若兩人，直播風靡那會兒，她可以每天泡在直播上，刻意用奶聲奶氣的台灣腔說話，成為金幣排行榜上最高的網紅，她變成了表演型的人，喜歡出風頭，鏡頭裡自己不完美了，就在臉上動個手腳，還要隨時隨地秀那些大大小小的名牌，但離開那個長方形螢幕，她的家亂成豬窩，說話沒那麼講究聲調和文雅，卸了妝之後泛紅的痘印黑眼圈，都在提醒她：如若這麼走在路上，她就是那種最最平凡的女生。

媽媽從小就跟她說，女孩子嘛，不用那麼拚，找個好男朋友好老公才是正經事。結果在黃橙子實踐之前，家裡的「好老公」首先辜負了她們，後來父母雙方都組建了新的家庭，黃橙子成了最可憐的人。這幾年，每年春節團聚的日子，她就送給自己一場旅行，好證明自己沒有被這個世界拋棄。媽媽偶爾會過問她，但中心思想都離不開錢，她說：「怕你亂花錢，媽給你存著。」

但凡媽媽過問，黃橙子就大器轉帳給她，一點兒怨言也沒有，她深切明白一個道理，把解決辦法依賴於性別的人，其實是因為能力差，她覺得要想不辜負年輕的皮囊，一切只能靠自己。

這個自媒體時代出名容易，只要有人關注，無論是讚美還是罵聲，她都覺得自己是有價值的。或許只有她自己知道，從幾百張同一角度的自拍裡選一張，花幾個小時修圖想文案，再刷著那些大同小異的評價，時常跟假臉姐妹們出沒在ＫＴＶ酒吧，製造各種熱鬧，都是為了掩蓋另一個事實，那個事實叫孤獨。

付曉茹一夜沒睡，輾轉反側掛念著楊漾，天色放亮後才迷迷糊糊睡著。她被無人機的雜訊吵醒時，是上午十點半。

無人機送來的一個大箱子裡，裝著動力繩、安全頭盔、上升器、腳踏帶、手杖等等工具。新的任務卡上說，這座小島上有一個原始村落，住著一百多號人，找到穿五彩乾草裙的中年婦女，領取下一張任務卡。

「你們是不是在玩我們啊?!」坐在地上的楊漾朝著無人機大吼一聲，轉頭朝地上吐了口唾沫。

展佳佳攤開新的地圖確定好方向，背上雙肩包回過頭問他：「自己可以走嗎？」

「沒問題！」楊漾站起來，剛邁開腳，小腿肚子傳來一股鈍重的痛，又一屁股坐回地上，兩手向後撐著草地。

展佳佳把他拽起來，將他一隻手環在自己肩上，扶著他的腰小心翼翼地往前走，她說：「你爭口氣，我們一會兒可能要攀岩。」

「攀岩?!」

付曉茹仰頭望著十幾公尺高的岩壁，她回頭問眾人：「確定這是唯一的路了嗎？」

「地圖上是這麼畫的。」魏來說。

郝哥終於派上用場，他取出上升器，說在電視上看過這種玩意兒，潦草教了大家使用心得之後，幾個人就有樣學樣地嘗試攀爬，利用腳環靠腳部發力向後蹬，再沿著主繩把上升器往上推，看似簡單的使用方法，卻讓幾個人力不從心，甚至連理論知識完備的郝哥爬到半截也洩了氣，他死撐著面子怪罪是這個上升器不好用。瀕臨崩潰的付曉茹手臂和大腿全然不聽使喚，她死死抓著繩子，大聲朝郝哥嚷道：「你能安靜點嗎?!」

讓所有人驚訝的是，最先登頂的竟然是黃橙子。其實這樣的鳩瑪爾式上升器更多是考驗手腳協調能力，靠蠻力往往很難達成。魏來最後幾乎是靠臂力攀上去的，郝哥等著付曉茹，眼看還差三分之一的路段，付曉茹卸了力靠在繩子上停住了。郝哥本想幫她拽一下繩子，結果伴隨著身體一個旋轉，笨拙地將自己和她的主繩纏在一起，付曉茹體力不支，細瘦的胳膊青筋凸起，加上頭天晚上沒有睡好，一時間喘不過氣，越想大口呼吸，意識越是朦朧。就那麼幾秒的時間，她眼前像蒙太奇一樣閃過許多畫面，失戀在家的陰影，跟她有絕對身高差的楊漾，還有為了騙婚禮錢參加這鬼打牆的生存節目，她抬起眼，正對著郝哥肥碩的屁股。

付曉茹心如死灰，用盡全身力氣仰頭大喊：「夠了，我受夠了，這是什麼戀愛節目，我不錄了！我不想幹了！」

眼睛開了閥，付曉茹淚水不止，郝哥也神色倦怠地放棄了掙扎，最後靠其他四人合力把他們拉了上來。之後的一路，郝哥再沒有講話，付曉茹一個人生無可戀地走在最後面，她此刻特別想見到楊漾，告訴他，我們回家吧。

山坡下的村落，被四面的高山草甸環繞，陽光穿透雲層傾瀉而下，在植物纏繞的房頂上投下了晦暗的陰影，頗有些綠野仙蹤的意味。付曉茹沒心情欣賞，因為她遠遠看到村口小道上的楊漾和展佳佳。但讓她大失所望的是，楊漾見到她並沒有她期待中失而復得的緊張情緒，問他腿傷，他也只是說沒什麼大礙，不知道是自己多疑還是怎麼，感覺他與展佳佳四目交接了好幾次。

付曉茹突然有種被耍了的感覺，明明只是分開一下子，卻錯過許多，彷彿曾經的承諾只是一次比較鄭重的呼吸，在空氣裡零星添了些唾沫星子而已。

楊漾此時無心戀愛，因為十分鐘前他跟展佳佳已經粗略地在村裡走過，這個所謂的原始村落裡，根本沒有居民。

更讓他們不安的是，家家戶戶早已破敗不堪，難聞的氣味襲人鼻腔，像是很久沒人住了，而且這裡沒有通電，加上又被群山環繞，周邊高聳樹木較多，月光也會打個折扣。這就意味著他們今晚要摸黑在這個「鬼村」住一夜。

當晚所有人都睡得很淺，木製的門框會忽來一陣嘎吱聲，屋外更像是被放大了分貝的大千世界，樹葉的飄動，蚊蟲的叫囂，還有不知道是人還是野獸鬼怪的腳步聲，讓人腎上腺素激增，混雜成了懸疑電影的最高潮。

楊漾手裡握著紙團，躡手躡腳地來到離大部隊百米多外的村屋旁，付曉茹已經等待多時。她開門見山地說她要退出，讓楊漾跟她一起走。楊漾當然不解，已然走到這一步。她抹掉不爭氣的眼淚，明明心裡擔心他的安危，卻把矛頭指向了展佳佳。

「你不要胡思亂想。」楊漾皺眉。

「我在乎你才會亂想啊，不然我想都不會想。」

「你們女人就愛拿這個當武器，如果連我們最基本的信任都沒有，那我不需要你這樣的在乎。」

「所以你覺得我跟那些女人一樣，」付曉茹陡然大聲，「展佳佳更好更特別是不是？」

「你已經有這樣的設定了，我再多說一句，我倆只會吵得更厲害。」楊漾聳聳肩，不再接話。

「楊漾，我再跟你說一次，我要離開這個鬼地方！」說罷付曉茹揚長而去。

付曉茹一語成讖，這裡真成了「鬼地方」，他們來時的唯一上山小徑被幾塊巨石攔住，一行人被困在這座廢棄的村落裡，一困就是三天，把紅毛丹和葛根當主食，旁邊的樹林裡有手臂般粗大的爬藤類植物，砍下一段後會有清水流出，飲用止渴。那三天猶如慢放般煎熬，所有人被打磨得士氣全無，冷戰中的付曉茹和楊漾保持距離，魏來因為太餓，其間犯過幾次病，一個人躲在屋裡來回從一數到一百。郝哥就在漫長的打盹中消磨時間，展佳佳倒是時不時繞著村子觀察，隊伍裡唯一還堅持化妝的黃橙子把油膩腥臭的頭髮隨意紮起，看著屋簷下的鏡頭再也沒有一點表現欲望。

唯獨那對眼鏡男女為了獎金還在拚命硬撐。

第四天清晨，無人機帶來新的生機，他們拆開任務卡與補給包，傻眼了。所謂的補給包裡除了水，只有兩個飯盒，一個打開是活蚯蚓，另一個是浸在水裡的牛寶。有人尖叫著把飯盒丟了出去，郝哥直接蹲在路邊乾嘔，經過幾日折磨，他的啤酒肚都小了一圈。從此刻起，他們才幡然醒悟，所謂的戀愛交友都是幌子，荒野求生才是真的。

任務卡提示他們所處之地是舊村，新村在島上的西南角，沿路線提示，可以走到另一條隱藏的山坡前。

好在不用攀岩，大夥兒拄著登山杖，終於上了山腰，把陰森的荒野綠村留在了身下。在眾人滿身泥濘、疲憊不堪時，他們看見一個木頭砌起的平台，上面固定著一根纜繩，另一頭直接插入前方茂盛的樹叢裡，在樹椿的起點處，掛著金屬護具。

看到這裡的觀眾們，一定在螢幕前吃著瓜子，從猜測誰能在一起變成誰能活到最後。

有那麼一刻，楊漾也想放棄了，但看到一臉愁緒的付曉茹，還是咬咬牙選擇堅持。

郝哥最先戴好護具，兩隻肉腿一蹬，伴隨著一聲沉悶的喊聲，就快速滑進了叢林裡，接下來是魏來和眼鏡男女。黃橙子深呼一口氣，她有點恐高，抓緊安全繩，眼睛一閉就跳了出去，由於忘記戴頭盔，到終點的時候披頭散髮，頭皮被樹枝刮得生疼，攤開手全是勒紅的印跡。

起點處的楊漾不敢往身下看，努力調節呼吸，好不容易平靜一些，隊伍最末的展佳佳突然愣住了，她說：「我的這副是壞的。」

她腰上的安全繩斷了一截無法固定，正準備起跳的楊漾站定，偏著腦袋向後看，付曉茹看在眼裡，她神情肅然，上前直接把楊漾推了出去。

穿戴完備的付曉茹回過頭，冷冷地對展佳佳說：「你這麼厲害，一定會有辦法的吧。」

說完，她站在平台邊，朝空中縱身一躍。

來這座海島不過一週的時間，楊漾跟付曉茹分手了。

那天他們狠狠吵了一架。

楊漾說，他可以愛一個受過傷的人，願意為她做一輩子的飯，但那個人，不能沒有善良。

付曉茹說，這已經不是自己想要的了，她以為帶她走出陰影的人是他，他卻給了她更大的陰影。

每一對情侶的吵架，都有個必經的過程，從直抒胸臆開始，翻舊帳為經過，結果是越來越幼稚。

「在確保展佳佳的安全之前，我不會退出的。」

「呵呵，張口閉口都是展佳佳。」

「你也有你的郝哥啊。」

「楊漾，你以為我不敢喜歡別人嗎？」

「那我們就比比看，誰先拿到那一百萬。」

「好啊！」付曉茹怒瞪著通紅的眼，指著別處嚷道：「你可以滾了。」

楊漾咬緊腮幫子，真的走了。

女生的話術中有一句叫「薛定諤的滾」，當她說讓你滾的時候，你永遠都不知道她是想讓你滾，還是讓你過來堅定地留守在她身邊。

付曉茹整理好情緒回到隊伍，她刻意走在郝哥旁邊，裝腔作勢地從嘴裡發出奇怪的聲音，郝哥睨了她一眼，舔著乾裂的嘴唇，捂著肚子無心搭理。坑坑窪窪的小徑不好走，沒幾步路的工夫，郝哥就兩眼發昏站不穩了，付曉茹眼疾手快地攙住他，佯裝關心道：「郝哥，你沒事吧。」

「能有啥事，哥哥我只是餓了，但也不吃你這一套。」郝哥餓歸餓，但那滿腔自信一點兒也不少，他掙開付曉茹的手道：「人都有看走眼的時候，你其實也配不上我，就別假惺惺了。」

付曉茹當下恨不得拔刀同歸於盡算了，但回頭見楊漾笑意盈盈，心裡盤算著生命誠可貴，還是先爭口氣贏了這場比賽，再作打算。

其實郝哥的自信不是空穴來風，全仰仗他這近四十年的傳奇人生，從賣噴漆塗料毛氈玩偶到如今的排隊美食大王，他總在事業最高潮選擇歸零玩別的，但如有神助，做什麼都能馳騁在生意場上成為常勝將軍。他說到了這個年紀，不再相信什麼從不成功到成功，不成熟到成熟的曲線上升，他覺得上下折騰，蹦躂著走，才是人生。

所有圍著他的人，都頻繁獻上言語蜜糖：郝哥你真的好厲害，郝哥你真的好帥，郝哥你就是成功男人的標準示例，郝哥誰嫁給你誰上輩子就是銀河系本人……

郝哥出生在市政府大院，不清楚老爸真正的工作，只知道他被眾星捧月，說的每句話都有人拿著小本子記錄。跟他爸出門，鄰居都會連帶著表揚他幾句——瞧你這帥兒子。耳濡目染之下，他覺得自己的帥跟其他人不同，自己的優秀也是獨一無二的，有一種眾人皆醉我獨醒、眾人皆濁我獨清的超然。

唯獨感情上不太順利，除了一次失敗的婚姻，他其實沒談過幾次戀愛，準確來說，跟郝哥在一起過的女人，要嘛是為自己審美觀感到抱歉的少女，要嘛是認錢不認人的世故社會人。

圍著郝哥的人總有理由幫他推託，是那些女人配不上你，是她們不懂什麼叫極品男人。

活在謊言裡的郝哥真的信了，他覺得自帶發光體，走在哪裡，都應該有女人對他投來仰慕的目光。

所以他來了。

天色暗下來，幾個人已經不吃不喝地徒步了大半天。楊漾看著手裡的地圖，總覺得哪裡不對，但又說不上來。身子骨最弱的黃橙子，畫皮終於繃不住，忽然蹲在地上，把頭埋進雙臂裡，魏來也停下，俯身在她耳邊問，又要開始表演了？黃橙子微微側頭，兩行眼淚掛在臉上，狠狠盯著他，連一句回嘴的力氣都沒有，餓得差點直接生嚼蚯蚓了。

眾人來到一條大路上，楊漾終於知道什麼異樣了，他看見旁邊的樹幹上，留著自己第一天上島時做的標記。

跟著標記往前沒走幾步路，就出了這片叢林，回到登船點的沙灘。楊漾把地圖往地上一砸，罵了句髒話開始搓頭髮。這麼多天過去，繞了個圈回到起點，眾人被節目組玩了一通後潰不成軍。黃橙子來到登船點，猶豫再三，還是放了宣告著退出的信號彈，黃色的火光在黛藍色的天空畫出一道弧線，等待良久，並沒有她期待的船隻或者直升機前來營救。

這節目根本就是個陷阱。

黃橙子捂著嘴哭了，眾人陷入沉默，氣氛跌至冰點。付曉茹看了眼離自己幾公尺開外的楊漾，強忍著淚水，一屁股跌坐在沙灘上。

人說到底都是貪吧，一開始只想要一碗飯，現在想要刻滿自己名字的一顆心，那個時候想要的，都不是現在想要的樣子，死心原來只是一瞬間。夜晚風浪大，付曉茹又餓又冷，眼前布滿一層清透的霧，感覺自己快死了，在情緒跌落谷底的時候，右側方向的叢林裡突然騰起一串白色的信號彈。

其實新村就在島上的東南角，他們當時上島只需向右一直走就到了。看到黃橙子的信號彈後，展佳佳接連放了三枚，在一個小時前，她已經把新村的情況摸透了。這裡是島上唯一有常住人口的地方，由於村民比較少，大多時間都很安靜，他們的每棟房子都是獨立建築，村民們可以完全按照自己的風格來裝飾自己的房子，在白天看來，一片飽和度濃重五顏六色，非常像地理雜誌修片過度的藝術封面。

終於在島上看到其他活人，眾人彷彿從地獄回到人間，全身赤裸只用乾草遮住重要部位的村民們準備了地道的晚餐，雖然沒有什麼硬貨，大多是拌上各種咖喱大蒜椰子奶檸檬汁的海魚和香蕉樹莖髓，仍讓餓了好幾天的八人組大快朵頤。

付曉茹跟展佳佳劫後餘生再見，氣氛異常微妙，原本就塞滿愧疚感的楊漾在聽到展佳佳若無其事地說「我把飯盒裡的牛寶和蚯蚓吃了充飢」之後，更是一刻不停地關心她。展佳佳溢滿笑意，側身在楊漾耳邊說，其實我包裡有巧克力。聽罷，楊漾噗哧一聲笑了出來。

他知道付曉茹看在眼裡。

付曉茹不甘示弱地夾了一塊吞拿魚給郝哥，吃得一臉油膩的郝哥癟著嘴，把吞拿魚甩在了桌上。

付曉茹強掩尷尬道：「郝哥你這是浪費食物啊。」

魏來把魚夾起來塞進嘴裡，對付曉茹眨了下眼：「給對了人就不會浪費了。」

黃橙子餘光看向魏來，順了順眼前的散髮。

此時正在熱聊的眼鏡男女笑起來，看彼此的眼神都帶著愛意。楊漾和付曉茹心想，完蛋，敢情這局勢內憂外患啊。

這一系列動作讓眾人心裡升起了圍牆，算盤聲噼哩啪啦地響，一頓晚餐吃出了雲譎波詭的後宮味道。

第二天一早，穿著五彩乾草裙的女村民發布了新的任務，繼續兩兩分組，楊漾自告奮勇跟展佳佳一組，付曉茹跟魏來一組，眼鏡男女繼續綁定，郝哥轉移目標，看上了一臉膠原蛋白的黃橙子。

三張只有實物一部分的線索圖，在島上尋找完整實物，用拍立得拍下，在日落前返回新村，第一名的隊伍可以住在族長的高腳屋，第二名住村民小屋，第三名住海邊的帳篷，最末一名有可能被淘汰。

接下來是楊漾和付曉茹的貓狗大戰。

第一張圖，墨綠色底上有淺紅色經絡。

楊漾和付曉茹把目標鎖定在植物上，於是兩隊在叢林間狹路相逢，眼尖的付曉茹首先找到一棵半公尺高的小樹，目標鎖定在上面稀疏的樹葉上，她拍好照片，然後回頭警惕地望了眼不遠處的楊漾和展佳佳，她眼光一閃，把樹上的葉子全部拔下來，藏進了灌木叢裡。

自鳴得意的付曉茹不知道，這樹葉有毒，接下來皮膚會痛癢整整三天。

第二張圖，黃色的長條物。

楊漾疑惑，難道這印尼的島上還有人參這麼療癒的物種。倒是魏來一眼就看出這是當初拔過的葛根，在地圖上確認位置，就拉起付曉茹往小道上跑，楊漾不甘示弱，牽起展佳佳一路追擊。

四人終於在山腳下找到一棵獨苗，楊漾跟付曉茹虎視眈眈地盯著前方，心裡哨聲一響，付曉茹先發制人衝在最前，緊隨其後的楊漾碰巧摔了一跤，身子往前猛地一探不偏不倚地抓穩了葛根的枝椏。

這齣戲還沒完，此時一群野牛突然從山上衝下來，楊漾大腦的邊緣系統發出凍結訊號，趴在原地呆愣三秒，直到野牛朝著自己跑來，他才護住腦袋把整張臉埋進土裡，一陣鏗鏘的步子從兩旁滑過之後，他灰頭土臉地仰起頭，不知是屎還是泥的東西濺了一腦袋，想哭但是哭不出來。

第三張圖，一撮白色毛髮。

兩隊人馬找了小矮馬、野猴子，把老鼠都從洞裡揪出來了，就是沒發現那撮白毛，任務限定了地域範圍，不能走太遠。日落之後，他們落寞地回到新村，發現郝哥和黃橙子已經在吃飯了。

原來那撮白毛來自於發布任務的村民——後腦勺的一捋乾草辮子。

郝哥牙齒上留著香料葉，齜牙咧嘴道：「我出發之前就看見了，這個必須要觀察能力很強的男人才看得到。」

最後的結果，郝哥跟黃橙子睡在族長家裡，付曉茹和魏來睡帳篷，眼鏡男女只收集到樹葉，面臨淘汰。村民發布任務，他們要玩一個猜拳的淘汰遊戲，只能出剪刀和石頭，如果兩人都出剪刀，則一起留下，如果一人剪刀，一人石頭，則出石頭的人可以留下，另一個人淘汰，如果兩人都出石頭，則一起淘汰。

他們倆互看一眼，很輕鬆地都出剪刀。

村民接著給出新的指示，這個淘汰遊戲還沒完，剛剛只是熱身。

現在仍然是剪刀和石頭，但是變成四十萬階段獎金，兩人都出剪刀，平分獎金，並且安全留下，一人剪刀，一人石頭，則出石頭的人獲得全部獎金，另一個人一分錢也拿不到且被淘汰。如果兩人都出石頭，則都空手回家。

在場的其他人都驚呆了。

眼鏡男女二人臉上的微表情明顯發生變化。眼鏡女先發制人，她說：「親愛的，無論你選什麼，我向你保證，我一定出剪刀。」

眼鏡男微微點頭。

最後的結果，眼鏡男出了石頭，留下了。

看著眼鏡女被前來的直升機接走，其他人只剩唏噓，原本想退出的黃橙子也動搖了，她有那麼一瞬間幻想過，如果自己自願放棄，坐在那個直升機上，其他人會怎麼看她，是「這個女生真蠢啊」，還是「這女生跟這些可憐女人都一個樣」。

眼睜睜看著兩個互相來電的男女瞬間分崩離析，付曉茹心情沉重，跟著魏來一起拎著帳篷往海邊走。

他們把帳篷搭好，全程沒有互動，魏來生好火，把背包枕在後腦勺，躺在沙灘上看夜空。

付曉茹遞給他一個罐頭，謝謝他那天在餐桌上替她解圍。

魏來換了個姿勢，把腿蹺得老高：「我沒那麼偉大，只是沒得選啊，一個假惺惺的，一個年紀大的，還有一個被送走的傻瓜。」

「和另一個傻瓜。」付曉茹自嘲道。

「那你碰上我，至少還可以調教。」

付曉茹笑著坐在他身邊，海風拂過臉頰，望著遠方漆黑的海域，眼眸深邃。

叢林裡有動靜，他們向後瞭望，魏來見付曉茹害怕，又燃起一個火堆。

楊漾捂著嘴緩緩蹲下身子，挪進右邊更深的灌木叢裡。

魏來坐起身，話匣子被開啟，兩人變得熱絡。魏來半開玩笑地說：「你最好別喜歡上我，因為我不是什麼好人。」付曉茹也很直接，她說：「沒心思搞姐弟戀，我只想要贏，我要拿到那一百萬。」

「是嗎？」魏來說著在付曉茹臉上留下淺淺一個吻，見她一臉驚愕地捂著臉，孩子氣地笑笑，「那我陪你玩。」

灌木叢裡發著綠光的楊漾忍不住學著野獸嗷嗷叫。

警覺的魏來隨手撿起火堆裡的一根粗枝朝他走來，楊漾措手不及地左右張望，像螃蟹踱步一樣，橫行躲進了幾公尺外的一間「豪華」高腳屋。

漆黑的屋裡有股難忍的酸臭味，楊漾等到火把的光亮離開後，才長長舒了口氣，後背都浸濕了。這種感覺並不好受，明明對方已經不是適合自己的人了，但又伴隨著一點大男子主義的不甘心，不屬於自己的東西，別人也不能得到。他跟自己打著架，正想挪開身，感覺腳踝碰到了什麼粗糙的東西，踢了兩腳，質地軟軟的，像是曬化了的輪胎。

楊漾蹲下身，饒有興致地點起打火機，看到一隻外形像是科莫多龍的巨大蜥蜴。

高腳屋傳來楊漾驚天動地的一聲叫喚。

在所有人的圍觀下，楊漾解釋說自己在夢遊，付曉茹當然不相信他的鬼話，心知肚明他這晚扮演的角色是破壞者一號。

接下來的幾天，他倆互相扮演彼此的破壞者，找食材做飯的環節，楊漾在付曉茹的菜裡放了魔鬼調料，嗆得村民流著淚給了差評。男背女衝浪的環節，戳中楊漾的死穴——

平衡力負分患者。付曉茹像隻樹袋熊一樣趴在魏來鮮嫩的肉體上，指揮他調整衝浪板，從楊漾身邊俐落地滑過，然後楊漾俐落地帶著展佳佳滾進了海裡。最坑的一次是男女雙方做馬殺雞，楊漾在精油裡加了紅色染料，付曉茹把精油換成了樹膠，後來魏來和付曉茹身上沾著血紅色，展佳佳的手停在楊漾兩胸前動不了，兩組真是別開生面的香豔啊。

在最新的幾次戀愛記錄裡，付曉茹對著GoPro毫不猶豫地說了魏來的名字，楊漾念了三遍展佳佳，兩人戰火升級，徹底割據。

節目進行到後半程，攝影機二十四小時不停機，仍然沒見節目組的工作人員出現。最後一次的七人互投淘汰環節，眼鏡男獲得三票被投出，他帶著四十萬不光彩的階段基金，登上了接駁船。

至此，嘉賓剩餘六人。

最新的任務發布，他們需要橫渡一條瀑布的高空繩索離開新村去往下一個目的地。先不說這個項目的危險性，最關鍵的是兩人一組要被帶鎖的繩子綁著手，雙方脖子上各掛有一把鑰匙，只有互相同意，才能解開手腕上的鎖，而這也意味著但凡一人掉下去，就會連累另一個人。儘管村民給他們穿上了安全設施，但仍讓眾人叫苦連天。安全帽上的GoPro捕捉到了全程尖叫變形的黃橙子，閉眼咬緊腮幫子的付曉茹，還有爬到一半不敢挪身子的楊漾，他身體顫抖的頻率已經讓整條主繩都不停晃動，展佳佳在他身後給他打氣，楊漾忘形地大吼著：「這個時候別給我灌雞湯，這真的是我的死穴啊！」

展佳佳抓著繩子的手被勒得生疼，她其實也撐不住了，記得上次這樣力竭的狀況，是自己一個人在瑞士攀岩。

她二十二歲那年就結婚了，跟著男友在全世界溜達，玩遍了年輕人嚮往的華麗冒險，他們的行為很快吸引了更多的年輕人加入，辭掉工作背起行囊說走就走，在印度恆河目睹過燒屍，在極地冰川迷過路，誤食過致幻的亞馬遜森林野果，也徒步登頂過英國的斯科費爾峰。

但他們的婚姻只持續了兩年，最後停在男方出軌了隊裡的一個回族女生。展佳佳回到中國，頹靡的失戀過程裡，她告訴自己，之後的愛情道路，每失戀一次，就去學一門技藝，體驗一個新的職業。

原本只是一個自我催眠的療癒方法，卻被這之後十幾年的感情造就成一個什麼都會的女超人。這個世界上的男人，真的來得快，去得也快，快到她很快喜歡上別人，又能很快地不喜歡了，如同練就出一個愛情的開關，變成一個可控的能力。久而久之，似乎跟這個世界少了很多關聯，很難有一個人能一路披荊斬棘，擊潰她佯裝的鎧甲，偷偷住進她的心裡。

年輕時喜歡一個人三分，表現十分，後來喜歡一個人，哪怕十分，也只表現三分。她其實沒有多少安全感，但靠那些技藝與職業體驗，也慢慢把自己變成一個好像不那麼需要愛情的人了，那條不知是誰送的圍巾，後來她還留著，只是因為暖和罷了。

眼前的景象突然像肥皂泡一樣擴散，展佳佳氣力也快耗盡了，她陡然大聲：「楊漾，我不想掉下去！」

滿頭大汗的楊漾努力保持平衡，胃裡止不住翻江倒海。

「我之前遇見的每個男人，都讓我摔得很慘，我其實好希望這個世界還剩一個跟他們不一樣的人，我不知道那個人是不是你，但我希望是。」展佳佳說。

「嗯！」

楊漾掉下去的時候他緊緊抓穩了展佳佳。

像是玩了一次雙人蹦極，等到腿上的安全繩平穩後，楊漾和展佳佳從河裡爬上岸，濕漉漉的二人相視一笑，感覺又回到兩個月前。

楊漾擰著短褲上的水，對剛剛的事還耿耿於懷：「我肯定跟別的男人不一樣，我其實挺成熟的，你要看看我其他方面。」

「你沒機會了。」

「這不公平！」

「說這話就代表你還小。」展佳佳笑著走在前面。

楊漾也笑著搖搖頭，他仰頭看了看頂上其他人的動靜，落寞地跟了上去。

眼看著楊漾和展佳佳攙扶著上了岸，付曉茹壓抑著心裡的怒火，回身直接挽住了魏來的手。驚魂未定爬過來的黃橙子斜眼瞥著他們，隨後惡狠狠把視線拋到樹上的一架攝影機上。

魏來經過她身邊的時候，撂下一句：「很氣哦，忍吧，反正你也不敢說什麼。」黃橙子嘟起嘴，她盯著攝影鏡頭的眼神慢慢軟下來，用力撐出一個微笑。

就是那天，他們遇上了上島這兩個多月以來最猛烈的暴風雨。墨雲翻滾著遮蓋了半邊天，如注的雨水從山後隨著狂風漫過來，再加上幾束幾乎在眼前爆開的雷電，所有人魂驚膽戰地四處亂竄。

從海灘邊傳來一陣船隻碰撞的金屬轟鳴聲，突然整個島斷了電，視線所及的一切陷進黑暗裡，樹上的攝影機罷工，頭上也再沒有無人機的身影。

不知是誰喊了一聲，往回跑！

兩隊人馬綁著手跑到瀑布前，發現來時的繩索早被雷電攔腰劈斷了。他們又互相叫嚷著躲過被狂風吹倒的椰子樹，繞開崩塌滑落的山石，踩過陷進半個腳的濕泥，在失去方向的一頓亂竄後，看到不遠處的一個小山洞。

付曉茹渾身濕漉漉地坐在洞口的石頭上，頭上不時還飛出幾隻蝙蝠，她心有餘悸地撥開如同水草般的頭髮，繩子另一頭綁著的魏來，正在不住地搖晃腦袋，掰著手數數，不過這一次，他停不下來，當其他人束手無策時，黃橙子給了他一耳光，他才慢慢安靜下來。

其實黃橙子也很絕望，這段經歷早已超出了真人秀的範疇，再精心打磨的偽裝，套在一個孤獨的女孩兒身上，也有些不合身的臃腫感。她在魏來身邊坐下，用手將濕髮順至腦後，露出飽滿明亮的額頭，魏來埋著頭用餘光看她，彼此默不作聲。

眼前焦灼的情景平息後，他們發現一個更嚴重的問題，除了黃橙子還背著包，其他人早已在剛剛的暴雨逃亡中丟盔卸甲。但黃橙子的包裡，除了大半的化妝品，只有幾瓶水和村民送的乾果，一行人再次彈盡糧絕。

睡得迷糊中的魏來被吵鬧聲驚醒，起因是郝哥一人吃了半包乾果，還把沾了口水的半塊遞給黃橙子，說哥吃過的都是好東西，付曉茹看不過去搭了搭腔，郝哥用一句「你就別打我的主意了」頂回去，隨後二人爭執起來。帶著起床氣的魏來直接送給郝哥一拳，蒙圈的郝哥也出拳回手，受繩子牽扯，四個人扭打在一團。

直到付曉茹嚷道：「你這個Loser差不多就行了，本來有些話說出來就傷自尊，你偏要我告訴你，好啊，你聽好了，根本沒人會喜歡你這種人。」

郝哥停下來，扯了扯已經變形的T恤，問道：「我是哪種人？」

「每個節目裡，總要有奇葩和極品來調節氣氛，很不巧，你就是。」這句話是黃橙子說的。

郝哥回過頭，詫異地看著她，視線再回到嘴角滲著血的魏來臉上，他在笑，就是那種小孩嘲笑一個愚蠢成年人的笑。

伴隨著「砰」的一聲，郝哥心裡有根線斷了，這根線帶著他多年引以為傲的自尊，而那一頭一直綁著搖搖欲墜的真相，二十歲那年，他喜歡的女孩子愛上了隔壁單位的小帥哥，他只好用錢吸引更多漂亮的女生，以為真正能整容的，不是手術刀，而是金錢。三十歲那年，他開始掉頭髮，笨拙地在淘寶上搜索假髮，怎麼戴怎麼滑稽。四十歲那年，他跟妻子離婚，醫生告訴他，他的睪丸內精子存活率過低，宣判他沒有生育能力，他終日買醉，變得大腹便便。

很多事其實他一開始就知道，只是習慣催眠自己，唯一害怕的是叫醒他的人。

暴風雨過後，島上一片狼藉，楊漾和展佳佳躲在一艘擱淺的破船上勉強過了一夜。他們吃著現抓的魚，展佳佳從包裡掏出兩瓶啤酒。

「哇，你是專門為今晚準備的吧。」楊漾接過啤酒。

「參加戀愛節目，要學會未雨綢繆。」展佳佳倒也接他的話。

楊漾此時腦海裡蹦出付曉茹的臉，旋即搖搖頭帶著玩笑的語氣問她：「你覺得我們有可能嗎？」

「你真的喜歡我？」展佳佳問。

不知怎麼回答，楊漾猛灌了一口啤酒，被嗆到：「怎麼這酒那麼苦啊？」

「因為你還有不甘啊。」

楊漾愣住。

第二天清晨，天地一片晴朗，空氣中泛著新鮮的泥土味，洞口淹出了水坑，植物葉片上的水滴在上面濺起漣漪。山洞裡，郝哥不見了，他偷偷用黃橙子脖子上的鑰匙，解開了他們手腕上的繩子。

三人分食完剩下的乾果，付曉茹提議出去探路，黃橙子堅持說要在山洞裡等節目組救援。付曉茹問她，你還肯相信這節目組嗎？不置可否的黃橙子看見洞口樹上被風吹歪的攝影機，瞳孔突然放大，她幾步衝出去，站定後，對著鏡頭比了個中指，用所能想到的髒話破口大罵。

原形畢露的黃橙子並沒有讓付曉茹有多意外，她走到洞口，右手被繩子向後扯了一把，回過身，魏來悻悻地指了指她脖子上的鑰匙，選擇留下。

很多事好像不用問緣由，已然蓋棺定論，看來最終還是輸給了楊漾，注定這幾個月以來自己就是個笑話。生無可戀的付曉茹反而覺得一陣輕鬆，她選了條最順眼緣的路，獨自開始一場冒險。

魏來來到黃橙子身邊，揶揄道：「那玩意兒又沒有電，省省力氣吧。」

黃橙子扠著腰，滿臉不悅地看著魏來。

「但剛剛的你，挺酷的。」魏來兩眼直直地盯著前方。

其實黃橙子有個秘密，她自己都不知道，但老天爺知道。

中學的時候，她就是個死宅，每到寒暑假就把自己關在昏暗凌亂的房間裡，玩裝扮漂亮的跳舞遊戲，學美妝雜誌化妝，那個時候，她有一個望遠鏡，立式的那種，無聊就會用這個望遠鏡觀察外面的世界。

直到有一天，看見一個撐著傘的男孩，每天都會繞著學校一圈一圈地走。

太酷了。

當然後來，也沒什麼後來，他就只是青春期的一個觀察對象而已，隔段時間就忘了。只是這麼多年過去了，黃橙子看到這個節目嘉賓照片的時候，總覺得魏來很眼熟，剛看完玄幻小說的她，以為他們上輩子可能相遇過吧。

展佳佳的地圖晾乾後勉強還能派上用場，他們決定繼續朝任務布置的東北方向去，兩人爬過一座小山，穿過幾段道路不明晰的密林，楊漾最先看到一群野牛，正用屁股對著他們，呈半圓形列隊，還是展佳佳告訴他，裡面好像有人。

付曉茹半蹲著身子靠在山壁上，一臉欲哭無淚的表情。

楊漾在看清楚是付曉茹之後，立刻往前探了探身，卻被手上的繩子牽制住。

「去救她吧。」展佳佳取下自己的鑰匙。

之前感受過野牛的踐踏，楊漾也不知道怎麼制伏牠們，只能甩著一件紅白相間的背心，以為世界上所有的牛看到紅色都會興奮，但他不知道牛其實都是色盲，牠們興奮的不是紅色本身，而是動起來的那塊布。

終於，他讓那群野牛徹底high了，在牠們蓄勢待發前，他緊緊拉住付曉茹，沒別的後路，只能靠跑。

兩人抓緊彼此逃命，途中看見路邊竟然停著一輛皮卡車，楊漾機敏地直接把付曉茹推進車裡，然後自己鑽進駕駛座，正要發動引擎，就聽見一聲槍響，他們抬起頭，前方不知何時竄出來一個終於穿著衣服的黑人村民。楊漾只有在中學軍訓的時候看過真槍，他瞬間嚇傻了，眼看後方的野牛群馬上追上來，他一腳油門下去，火速轉著方向盤，從那個村民身邊開過，差點就撞上他。

又是幾聲槍響，楊漾一手摸著自己胸口，感覺中彈了，在確認自己還能喘氣兒的時候，已經把村民和牛群遠遠甩在了身後。

好不容易平靜下來，他抬眼下意識看了看後視鏡，那隻在海邊高腳屋出現的蜥蜴，此刻正蜷縮著巨大的身子，趴在後座上盯著他。

「別往後看。」楊漾冒著虛汗雙手顫抖，車頭明顯左右晃起來。

「啊？」臉紅心跳的付曉茹乖乖地轉頭，再回過頭的時候，眼淚就下來了。

「別哭、哭啊，我在，」楊漾緊張得都結巴了，「你看到前面的轉角沒有，我喊三二一，我們一起跳車。」

「我現在就想下去。」

付曉茹話音未落，皮卡車中彈的前輪被路上一根破木樁子絆到，車身隨之一顫，蜥蜴的腦袋直接從兩人的坐墊中伸了過來，正巧夾在兩人中間，蜥蜴吐出長長的舌頭賣萌，楊漾靈魂出竅，把著方向盤的手不自覺地重重向左打死。

皮卡車直接滾下了山坡，好在被山下的熱帶植被攔阻做了個緩衝，掉在平地上的時候，除了車的側門被撞破，楊漾和付曉茹都平安無事，只是無辜的蜥蜴幫二人擋住了衝破擋風玻璃的鋒利樹枝，肚子上被扎出了好多個血口。

楊漾把付曉茹從車裡拽出來，兩人絕望地抱在一起，蜥蜴呆呆地看了眼他們，轉身爬走了，留下一路紅色血痕。

真是個爬行戰士啊。

不過如果蜥蜴本人會說話，那時牠一定會感謝他們拯救牠於水火，終於不用被那個原始村落的黑人豢養，擁抱屬於牠的大自然。

看著巨型蜥蜴爬走後，付曉茹突然張嘴大哭，她不想跟楊漾爭個輸贏，不想繼續在這個鬼地方拍這個神經病鬼節目，也不想結婚了，她現在只想回家。

楊漾抱著她的手沒鬆開，原本是想像哄小孩一樣哄她的，結果因為後怕，也不爭氣地酸了鼻子。付曉茹見楊漾哭得比她還慘，瞬間母愛氾濫，收了眼淚開始安慰他，兩個人就這麼一來一往地哭了半個鐘頭，最後破涕而笑。

在那北五環同一棟的房子裡，付曉茹邊吃著楊漾給她做的鮭魚波奇飯，邊在微博上寫道：電影《北非諜影》裡有一句台詞，說世界上有那麼多城鎮，城鎮有那麼多酒館，他卻走進了我的。這句話我突然想改改，世界上有那麼多城鎮，城鎮有那麼多混吃等死的失戀女青年，他卻給我做了飯。

那時的她心想，楊漾的出現就是來拯救她的吧，遇到他以後，之前的委屈都被踩在了腳底下，再看別的男生都會在心裡默默比較一下，確定誰都不如他。

當時的楊漾也是這麼想的。

這時的他們，應該也會有新的想法。

接下來的幾天他們要面臨新的生存問題，為了找到水源，兩人朝地勢低的地方走，路上靠烤香蕉和椰子汁果腹，結果好不容易撐過了幾天還落得腹瀉的下場，就在身體和心理都虛脫到極限的時候，島上終於恢復供電，他們看見離自己最近的一架攝影機亮起了紅燈。

兩人像是見到黎明曙光般對著攝影機打招呼，告訴節目組他們的位置。

圓形的攝影鏡頭裡映照著另外兩個人的身影。

山洞口的魏來和黃橙子也正在招手。

又是半天過去，在確認等不到無人機後，魏來問她願不願意相信他，黃橙子若有所思地睨著他，魏來撿起黃橙子的繩子，套在她的手上，然後把手腕伸進另一頭的鎖釦裡，牢牢扣動鎖芯。黃橙子詫異，因為沒有郝哥的鑰匙，兩人分不開了。

「所以問你願不願意……」魏來頓了頓，「怕不怕相信我。」

「在這兒已經要完蛋了，我還怕你這個壞蛋嗎，去他媽的。」黃橙子把裝滿化妝品的背包用力摔進山洞裡，決定跟魏來，還有她的未來拚一拚。

兩人離開山洞，拋棄安全區，朝東北方向行進。來到海邊的峭壁，前方沒有路，但明顯能看到峭壁對面的小徑，他們看著懸崖邊泡沫般的海浪愣神。退潮時，裡面的礁石顯露出來，他們互相交換了眼神，然後牽著彼此，一起翻越礁石。

黃橙子粗暴地把頭髮一紮，踩著礁石全程大叫，素面朝天的臉上每一道表情都擠出生動的細紋來，魏來嘲笑她的蠢樣子，卻在她身後始終保持著護住她的姿勢。

越過海邊峭壁，又是一段叢林探險，隨著夕陽西下，日升月落，迎來豁然開朗的一處高地，讓他們驚嘆的是，眼前有一座深褐色的火山。

幾日的跋涉後，付曉茹在火山腳下發現一個紅色的郵筒，上面貼著一張任務卡。

「這裡是全網戀愛交友觀察秀《愛有晴天》，在你面前的是伊瓦庫爾火山，從這座火山噴出的熔岩大多直起直落，因此其被稱為『世界上最容易親近的火山』之一。在登山觀看火山噴發之前，你需要給你喜歡的人寫一封明信片，這封明信片也預示著你們在本節目最終的歸屬。」

付曉茹從郵筒邊的木框裡取出兩張空白明信片，一張遞給身旁的楊漾。

他們一人蹲在岩石邊，一人趴在郵筒上，背對背寫著心意。

付曉茹動筆很快，好像早有腹稿：有人說當你問出一個問題的時候，心裡其實都有自己的答案，所以丟硬幣的時候，如果丟出的結果讓你心裡有一陣遺憾，那就選另外一面。所以我就自私一點，關心關心自己，也試著問自己問題：我真的想結婚嗎？我想的。但我真的非要那幾十萬結一個體面的婚嗎？好像我其實是無所謂的。我真的愛吃鮭魚波奇飯嗎？不愛吃，其實好膩，我其實是看廚子的照片長得帥才有了點餐的原始衝動。我真的愛那個廚子嗎？真的很愛。那現在他在我旁邊一公尺外的地方寫自己的心事，我想讓那張明信片上有我的名字嗎？我真的好想。我騙不了自己，有他在天空都很寬，世界很好看，很多年前，那是我真的想去的地方，既然這樣，結果如何我也不在乎了，因為我發現，我不想離開你，楊漾。

楊漾想起那晚暴風雨過境，跟展佳佳的酒後暢聊。

展佳佳輕鬆地說出了那句暗語——牆壁眼睛膝蓋。她說付曉茹太大意，紙條都不毀屍滅跡，再對照著楊漾在地圖上標註的字，一看就知道字的主人是誰。他們每一次眼神交流，擦身而過輕碰的手，還有彼此硝煙瀰漫卻更在乎對方的幼稚行徑，她早就看在眼裡。

展佳佳對楊漾說：「許多男女吵架，不是真想傷害對方，只是一種先下手為強的自我保護。可是你想過沒有，或許你的保護在對方看來就是不作為，而你以為對方的無理取鬧，也全是你想像中的人設。兩個人在一塊，就是要彼此拆解，弄掉那些精緻，留下最後那個赤裸裸的東西，才能讓對方安定。有一天，當你在戀愛中開始發現自身的不足，恭喜你，你正在邁入成人的世界。」

或許他真的還是個小孩，但在那個時候，他的心裡也有答案了。

楊漾思緒萬千，寫作對他來說該是得心應手，但遲遲不知道怎麼下筆，最後塗改了幾次，就留了一句話。

楊漾和付曉茹再次對上眼神時，竟像當初互相看對眼的時候一樣，竄出一絲羞怯。他倆一前一後把明信片放進郵筒，明信片在漆黑的狹小空間裡掉落，平穩降落在另外兩張明信片上。

黃橙子沒有躲躲藏藏，直截了當地把明信片給魏來看了，上面寫著：你在扮演一個壞人，我在演好人，我倆累不累啊，但我覺得，我能治你，魏同學。

她仰著頭努力撐出自信的笑臉等著魏來的回應，儘管她心裡早已到谷底，只是想做自己的意願太強，只好放肆賭一把。

魏來給她了一個神秘的笑，然後把自己的明信片飛快地塞進郵筒裡。

「你寫的誰啊？」黃橙子急得抱住郵筒，杵在小小的開口處往裡看。

「你猜。」

「你到底什麼意思啊！」黃橙子又開始大吼大叫。

叫喊聲慢慢變成火山沉悶的嗚咽，伴隨著夜色降臨，火山噴發越來越頻繁，每隔幾分鐘，絢麗的岩漿肆意衝破火山口，如煙花噴湧在空中，火山灰混著煙霧和蒸汽，有如流星雨般墜落，隨後恢復平靜，醞釀下一輪的暗湧。楊漾牽起付曉茹的手，兩個人的面龐被映成淺橙色，眼波流轉，不發一言，只有敬畏。

另一頭的魏來和黃橙子畫風就要歡脫許多，他倆一口一句髒話，在熔岩直奔天空的時候大叫，在煙柱凝固的時候大叫，在火山灰被吹得糊住雙眼時大叫。滿臉髒兮兮的黃橙子反應過來：「剛剛是不是該許願啊！」

魏來捂著肚子，笑得比誰都開心。

其實那晚郝哥也在，只是他遠遠看著這上帝的煙火，除了感嘆自己渺小至極，也再無其他情緒。

那場壯觀的火山噴發後的第二天，他們終於聽見無人機的聲音。

按照指示，他們在伊瓦庫爾火山的南面搭乘螃蟹船回到了當初上島的登船點，也還是在那片沙灘上，他們再次見到展佳佳。

最近一次失戀，展佳佳學完了自由潛水一星的課程，來到這裡當上了海島管理員，通過每週的報告、相簿日記和視頻接受媒體跟蹤訪問，向當地旅遊局和全世界報告其探險歷程。每天在水下有各種珍貴魚群蜂擁而至等著她餵食，也曾肩負原始村落的調研保護或在高空完成航空郵遞服務的重任，以及在幾個月前，接受《愛有晴天》節目組的邀請，成為戀愛十人組的隱藏指引。

這是她的工作，但她仍然對楊漾有了好感，一次次暗中幫助他，在眼鏡男淘汰的那次投票裡，原本他跟眼鏡男二比二持平，是她偷偷把郝哥投給他的票改到了眼鏡男頭上。

但她仍然選擇退出，因為她明白，楊漾心裡的位置不夠了。

展佳佳取出四個人的明信片，一一對應後意外發現最終並沒有人拿到那一百萬的獎金。

付曉茹和黃橙子面面相覷。

原來魏來的明信片是空白的，他沒寫黃橙子的名字，是因為他覺得這樣不酷，他不想玩了。節目結束後，他準備認真一次。

而楊漾塗了又改的明信片上只留了一句話：晴天沒有你，便不是晴天。

到底還是搞文字的。

其實這還不是故事的最後結局。

後來發生的事更令人啼笑皆非，他們的節目因為點擊量直線下滑，在直播到第二週的時候就被影音網站退訂了，意味著節目臨時腰斬，就連節目的官方微博也停更了，重點是不知道是出於什麼特殊的原因，製作方並沒有通知所有嘉賓。

他們就真的在這座海島上經歷了幾個月的荒島求生。

那些攝影機記錄下的素材，全變成塵封的數據，而這一行人經歷的心和身的改變，也只有自己最清楚。

展佳佳在送眾人登船後，她問楊漾能不能抱抱她。展佳佳被他擁在懷裡，對他說了聲謝謝，雖然楊漾並不明白為什麼她會感謝自己，但仍回了句，不用謝。

回到陸地後，他們再也沒見過郝哥，魏來焦慮的時候再也不敢數數了，因為黃橙子會搧他巴掌，在一個徹底放飛自我，直播卸妝，成為網上正義使者的瘋女人面前，他覺得還是當一個文靜的三好學生比較舒服。

人潮湧動的市民廣場上，一對穿著禮服的新人站在人群中心，楊漾手裡拎著個行動音箱，大聲向所有人宣布，他們在今天結婚了，付曉茹羞赧地哭得花枝亂顫。後來在警察的追擊裡，他倆手牽手唱著歌輕車熟路地逃跑，旁邊的行人刻意給他們讓開一條路，有人淚目舉著手機，有人鼓掌歡呼，有人覺得這肯定是兩個神經病。

那三個月的經歷彷彿就像一場夢，後來每個人想起來，印象都變得很模糊，網上找不到節目的影片，身邊也沒人討論過這個節目，他們開始懷疑，真的參加過這個節目嗎？而那座坐落在印度洋和太平洋中間的島嶼，是真實存在的嗎？

這個世界很大，每個人都需要跟別人建立情感聯繫才能生存下去，不要把自己變成一座孤島。其實我們都太需要愛了，那些嚷著不會再愛的人，真沒有幾個孤獨終老的，所以不用假裝自己很開心，試圖讓自己合群，或是佯裝堅強，嘴硬說一個人能行，你沒那麼多觀眾。

你其實最希望的，是一直做自己，然後遇見一個懂你的人，但現實是做自己很難，懂你的人還沒趕來。

各位單身男女們，歡迎來到戀愛交友觀察秀，你們所在的位置，是柴米油鹽的世界，你們將在這個世界共同生活百年，體驗一場心動冒險。這個世界已經遍布了我們的攝影鏡頭，節目將由記憶系統全程直播。你可以選擇退出，但其實你根本逃不了。哦，忘了介紹，這個節目的名字，叫，這就是人生。

12:03 ______ AM

08

START UPON
RED LIGHT

紅燈故事

愛就是兩個靈魂，住到對方的身體裡，
彌補了之前的所有傷口，開始第二段人生。

電影《我的藍莓夜》裡，有句台詞很適合我現在的心境：其實要過那條馬路並不難，就看誰在對面等你。

打從我入職後，就跟馬路結下了不解之緣。

有人一直在路上，而我就一直在馬路中心，酒吧大道和劇院大道的交會處，固定一天換兩崗，每次四小時。我特別希望，對面出現的不是酒駕司機或是飆車的熱戀情侶，而是一個讓我能看見未來的人。

我其實挺喜歡疏導交通的，路口不堵，我心裡也不堵了。可能在外人看來，女警是警隊裡的稀缺生物，重點保護對象，但實際操作起來的時候，為了能讓自己看起來不那麼好欺負，說話要練丹田之氣，頭髮也不能留太長，一年中四分之三的時間都穿著警服，每天早上七點多出勤幾乎也沒時間化妝，素面朝天混到男警察堆裡，其實性別是可以忽略不計的。

除非還有一種情況——感冒，就像今天這樣。

一整天都昏沉沉的，站兩個小時就有人來接我的班，中午還吃到了同事甲乙媽媽做的愛心午餐。其實除了生病，還有被特殊照顧的時候，不知是哪個主管想出的主意，用直播軟體直播查酒駕，作為隊裡唯一的女性，我順理成章成了這個路口的主播。

我們區的交警隊跟一個代駕公司合作，引入了一個代駕熱力圖，可以即時查看以群組區域為特徵的代駕訂單密度，代駕訂單越多的地方，喝酒人群越密集，酒駕風險也就越大。

我的路口剛好成了重災區。

每日看似冷漠的車來人往，卻像是一個小型的人生舞台，你方唱罷我登場。在這裡，你可以看到失意的中年男棄車跑到路邊痛哭，可以看到三不五時載著不同女人的男人，還有找來社會大哥的肇事者，談判後發現對方的哥更大，賠了錢不說還請大傢伙吃飯，然後，就是酒駕。

就好比現在這個，滿嘴酒氣，非說他剛吃了蛋黃派，副駕駛座上的女人擋著臉，顯然連她也聽不過去這民間爛藉口。

我強撐著痠疼的身子，把手機直播屏對準自己，朝酒精測試儀吹了口氣，數值顯示為零。我當著酒駕司機的面，從甲乙的包裡找出來個蛋黃派吃掉，再次檢測，數值顯示為七十毫克／一百毫升。

酒駕司機嚷嚷著：「你看吧！我的也才八十毫克！」

我保持微笑，關注著手錶秒針，三十秒後，我再次吹氣，數值變為三十九毫克／一百毫升，三分鐘後，結果忽略不計。

酒駕司機沒轍，下車胡攪蠻纏，試圖搶我的手機，說這是侵犯他的隱私。

他靠近我，突然指著我的鼻尖喊：「原來是你啊，你還記得我不？」

我用手背貼了貼自己的額頭，確實燒得厲害，但理智還算清楚，不記得這號人。

「上次就是你，罰完我錢當沒事兒人一樣是吧！」司機咄咄逼人的唾沫星子濺在臉上，我感覺下一秒就要暈過去了。

恍惚間我看到了他的車牌，一拍大腿：「藍色的瑪莎拉蒂，當時你還摟著一個尖下巴短髮妹子，對吧？」

後來的事啊，直播重播裡有，點開直接拉到二十三分五十七秒，那個副駕上的女人直接下車，當街因為「尖下巴短髮妹子」跟那個司機打了起來。

這種奇景在我的職業生涯裡數見不鮮，所以我一般很少看電視劇，因為我每天在這條馬路上見過的人和事，超越了狗血本身。

回到家後，我暈得實在厲害，明明已經入夏，渾身還發冷，雞皮疙瘩隨著步子的挪動此起彼伏的。原本以為只是個小感冒，含完溫度計才發現已經燒到四十度，我翻箱倒櫃找了藥，不管說明書，看到退燒兩個字，就塞了兩粒，渾渾噩噩地睡下了。

來到後半夜，夢裡出現一個會飛的超級英雄，沒穿像蜘蛛俠蝙蝠俠那麼騷情的緊身衣，就是一件特別乾淨的白T恤，下半身寬鬆黑短褲，身後披著一條真絲披風，肌肉豐滿，該激凸的地方激凸……等等，我是個人民警察，此刻怎麼能作如此下三濫的春夢，等我想再看清楚這個超級英雄的臉，畫面來到了我執勤的馬路上。他漸漸向我走近，然後脫了他的鞋。

我真實地感受到了臭味襲來。

我猛地睜開眼，臭味還在肆無忌憚地彌散。

黑暗裡，一個男人正背對著我，但我太虛弱了，嗓子裡也發不出聲音，等那個男人轉過身見我撲扇著大眼睛看著他時，他向後一個趔趄嚇得摔在地上，原來手邊還有刀。

我計算了一下，大概跟他對視了有五秒。我本能地起身反抗，但無力可施，像一條帶魚癱軟回枕頭上。那個小偷本來想躲，見我這德行，立刻操起了手裡的刀。

尖刀伴著月色銀光一閃，我死死閉上眼，多少往事在腦裡閃現，再睜眼時，另一個身材更高大的男人舉著一盆龜背竹，朝小偷腦袋上用力一砸。小偷隨之倒地，龜背竹在原地轉了兩圈，完好無損地停穩。

我想看清這位英雄的樣子，只見他戴著一個日式的豬臉面具，瀟灑地跳窗走了。

我躺在枕頭上，恍然覺得這可能還是夢裡的情景，英雄應該飛走了，要知道，我家在七樓。

我在一家麵包店工作。

店面很小，在一個毗鄰湖泊的小山丘上，我也不是那種穿著白衣戴著廚師帽的高級糕點師，頂多就是個打雜的，主要負責揉麵、烤麵包，每天工作四小時。對我來說，八小時的工作實在是不好找。

因為我這個人特別頹喪，有我在的地方，大好的天氣也會突然低氣壓。我前三十年的人生幾乎就是一齣鬧劇。

我媽剛懷上我的時候，她跟我爸在放映廳看恐怖片，我爸嘴裡含著塊喉糖，結果碰巧螢幕上猛鬼出街，我爸一個激靈被喉糖噎死了。

我爸的離奇死亡成了鎮上的花邊新聞，從此我媽被說是剋夫災星。我一歲那年，她想在家裡的農地蓋個新房，結果因為太忙昏倒在了工地上。半年後，我媽因為子宮頸癌去世，我頭上綁著白條子穿著孝衣，周圍人議論紛紛，有一個聲音我聽得很清楚，她說：「原來真正的災星，是他們兒子啊！」

成人後，我就沒幹過一個長久工作，不是老闆拖欠薪水跑了，就是碰上狡猾刻薄的包工老大。我在飯店誤傷過客人，不小心燒過烤串攤，印刷廠都能被我弄得大面積機器報廢。最窮困潦倒時，垃圾桶的餅乾我都撿過。

我不是一個快樂的人，覺得老天爺給了我一條命，卻欠了我一輩子。

我談過一次戀愛，那個女孩兒還陪我睡過地下室，她喜歡日本電影，那個時候我倆天天守著一部山寨手機看電影，小小的地下室被我們布置得異常溫馨，溫馨到我真以為她會嫁給我。

她離開後，我仍然悉心布置自己的小窩，每天把自己整理得人模狗樣的，雖然我喪，但我不髒，說到底，骨子裡還是一個文藝青年。這個世界的人擅長遺忘，我其實挺怕渾渾噩噩走這一遭，好像沒有存在過一樣。

所以我還有一個聽起來特別不要命的職業，危險到隨時會搭上性命，每天爬上爬下是常態，不能光是體力好，還得聰明，要熟讀各種心理學的書，眼觀六路耳聽八方。

好吧，就是小偷。

帶我入行的人叫強子哥，強子哥對貫徹「慣偷理論」很得心應手：偷風不偷月，偷雨不偷雪。所以我第一次上手，是在一個風雨交加的夜晚，偷一個小商戶。強子哥把攝影鏡頭砸掉，熟練地撬了鎖，我卻全程手抖腳抖，大氣也不敢出。強子哥問我，你看看周圍，有什麼是自己特別想要的，我掃視了一圈，大件物品不敢瞧一眼，只能伸出一隻顫抖的手，指著一個電風扇。強子哥猛拍我的後腦勺，出息！

那天我們什麼也沒偷到，因為風太大，門窗被吹得哐哐直響，住在二樓的店主人醒了，媽呀，原來有「老虎」！我倆落荒而逃。而我因為，從窗戶外面溜走的時候，把人家的百葉窗一併給帶下來了，綁在屁股上，一路逃一路嘎吱響，從此我有了個代號，叫百葉窗。

我一直堅信，一個好的小偷必須要懂人性，如果一味靠手法和技術，那永遠是二流小偷。所以直到現在，我下手之前，都會怕。

今天注定是非同尋常的一天。

我在麵包店裡揉著麵，強子哥突然出現，假借買麵包的空檔，給我施了個暗號，說今晚幹票大的。

月黑風高，我們假扮外賣小哥混進社區，強子哥鎖定了三家重點對象，「老虎」均不在家。第一家我們順走了一把古董刀，第二家顯然家裡有小孩子，遍地玩具，家具幾乎都搬空了，除了彩電還值得偷，沒什麼值錢玩意兒。但強子哥一直叮囑我賊不走空，我左顧右盼，最後看到一個日式的豬臉面具，覺得甚是可愛，拿走前懺悔一番，才帶在身上。

第三家是在七樓，我倆進到屋子裡，客廳東西少，一眼便能看穿這滿屋子的窮味，眼看今晚要落敗收場，強子哥忽然瞧見臥室一角有一個金晃晃的東西，敢情是一塊大金磚啊。強子哥勇猛一揮手，我乖乖順從跟在後面，「做賊剜窟窿，全憑不吱聲」。躡手躡腳來到臥室，才發現床上躺著人，我立刻就慌了，入行以來，最怕的就是「老虎」。

強子哥拍拍我的肩，示意我脫鞋進去，我緊張地湧起一陣尿意，脫得慢，不料被強子哥的腳臭味熏得「唔」了一聲。

我趕緊捂住嘴巴，蹲下身子，此刻那個金晃晃的東西就在我腳邊，我埋頭一看，是一盆龜背竹，好死不死在花盆塗了一層金漆，這「老虎」是有多閒。

內心牢騷還沒發完，只見強子哥重摔在地，手上的古董刀也跌落在一邊。床上的「老虎」坐了起來。

那一瞬間，我腦裡擠入很多畫面，比如我跪在「老虎」面前自搧耳光，比如我被警察叔叔套上手銬押解上車，比如我直接用強子哥那把古董刀切腹一了百了。

但現實的畫面是，那隻「老虎」突然躺回枕頭上，強子哥不受控地舉起古董刀，我被古董刀發出的白光嚇得退後兩步，直到我看見衣架上掛的警服。

「苦海無邊回頭是岸」幾個大字閃現在腦海中，我下意識舉起那盆龜背竹，對準了床上的「老虎」。

強子哥被我砸暈在地。

而後聽到床上那隻「老虎」虛弱地喊了聲：「英雄！」

還是個女人！

我嚇得措手不及，摸到腰帶上綁的面具，眼疾手快地戴在頭上，伴隨著大腦的短暫缺氧與渾身不自主的抽搐，想也沒想就踅摸著窗戶跳了出去。

我以為我就在那晚結束了這潦草的生命。

結果被兩家的雨棚做了緩衝，最後砸破了一塊塑膠大棚，掉進了柿子車裡，人沒事，就是滿身柿子泥。

在我看來，知道自己糟糕的人才是成熟的人。如果世界上只有這一種判定成熟的辦法，那我覺得我已經熟透了。

春城市政廳發布沙塵紅色警報，整個春城淹沒在紅色的沙塵裡。

強子哥被警察帶走的時候，神志還不太清醒，但是第二天的報紙上，登出了有人拍到的戴豬臉面具的宋乾坤，加上交警李唯西的口供，記者給他取了個超級英雄的名號——神豬俠。

正在烤麵包的宋乾坤無意間看見門口經過的老式廣播車，他用手帕捂住嘴，瞇起眼努力辨清廣播車上貼著的今日報紙，頭版頭條幾行大字寫著：春城神豬俠勇鬥小偷，飛天遁地營救人民警察。

宋乾坤羞紅了臉，原來當超級英雄是這番滋味，只不過神豬俠這個名諱過於像個低成本動畫片的主角，好歹應該叫個百葉窗俠之類的，回頭想想強子哥現在還在局子裡，難免又有點追悔莫及。

本以為這小城風雲隨著紅色沙塵暴吹幾天就過了，有天宋乾坤準備下班時，李唯西竟然出現在麵包店裡。

李唯西穿著便裝，背對著他選麵包，他一邊收拾廚具，一邊上下打量。

「有沒有人啊？」選好麵包的李唯西轉過身，視線跟宋乾坤對上。

老闆在裡屋裡喊：「結下帳，我在廁所呢。」

宋乾坤嚥了口口水，怔怔地從烤間裡出來，在衣服上蹭了蹭手上的水漬，走向李唯西。

好漂亮的女孩兒啊。

這是蹦進他腦海裡的第一句話。

「這個點了你們是不是該打個折啊？」李唯西看著眼前過於害羞的怪人，大方地笑起來。

她笑起來真好看。

這是第二句。

「行行行，不打折那就多送我一個牛角麵包唄。」李唯西其實是在逗他。

她不僅漂亮，還好看，關鍵是好眼熟啊，會不會是我前世的戀人啊。

這是第三句。

第四句還沒來得及蹦出來，宋乾坤已經機械地送了她兩個牛角麵包，並且打了個六折，然後揮著小手跟李唯西送別了，以上一套行雲流水的動作全出於本能，並沒有給腦子思考的機會。

因為跟甲乙臨時調崗，李唯西換到了靠近春城湖的小學門口，接下來的一週，她收工後就三不五時去山丘上的麵包店買麵包，說來可笑，每次都是那個憨憨的麵包師傅幫她結帳，要嘛在集點卡上多蓋了幾個紅章，要嘛偷偷塞給她好幾個牛角麵包。

她職業病一犯，想拍拍肩章才發現穿的是便服，於是換上一個凌厲的眼神：「送我一次當你是可愛，多了我可就認為你在賄賂我了。」

這女生當自己是警察呢，宋乾坤覺得自己戀愛了，甚至扒別人錢包的能力都退化了，再也無心戀戰，晚上一個人躺在簡陋的小民房裡都能咯咯傻笑個不停。

他看見桌子上的豬臉面具，莫名開心，好像他的命運從他成為超級英雄那刻開始，慢慢發生改變了。

他戴上面具，從圓形的兩個小洞看出去，世界彷彿變成了粉紅色，他把床單披在身上，學著電影裡的英雄，一隻腳踩著窗台，伴著朦朧月色，擺了個拯救世界的pose。

此時，就在他對面的民房樓頂，站著一個中年男。

他一個不穩摔到了窗台底下，等爬起來再向窗外看時，中年男已經坐在了天台邊上。他朝對面的人吼了一聲，磕磕絆絆地穿上鞋衝出了門。來到對樓樓頂，中年男見有人出現，那些標準台詞終於有機會說了。

「你不要過來！再過來我就跳下去了！」

「不是兄弟，我是看在下面那家麵包店的分上，咱別影響人家做生意，能不能換個方向，往那邊跳一跳。」宋乾坤此刻全是真心話，比真金還真。

「你不是那個神豬俠嗎！見死不救啊你！」中年男崩潰了，小嘴兒一癟，哭了起來。

後來他們開了很久的茶話會，中年男苦心攢了大半輩子的錢都被一個女人騙走，人財兩空，他感受到了人生滿滿的惡意，準備一了百了。說到慘，宋乾坤就有了話語權，想說這男人在他面前，也不過是小慘見大慘，自己爹媽女朋友跟趕集一樣離開他，人民幣從沒眷顧過他，就連最近喜歡上一個女孩兒也連屁都不敢放一個，之所以活到這歲數沒感受到什麼人生惡意，因為他的人生打從出生到現在，就沒善過。

藏在面具後面的宋乾坤一把鼻涕眼淚，越講越頹喪，他突然站上天台，說什麼也要往下跳，好在中年男緊緊抱住他，倒回天台的水泥地上。

次日，中年男登報感謝神豬俠救了他一命。遊走在春城的廣播車上，迴圈播放著中年男的話：「原來世界上的英雄過得比我還慘，我還有什麼想不開的！」

從此以後，宋乾坤的人生開了掛，像被神明指示，但凡戴上面具，他總能誤打誤撞，成為每個人的英雄。

他看見迷路的小女孩哭，便戴著面具哄她，爸媽找來的時候，連連感謝，又是送錢又是送菜的，殊不知小女孩事後偷偷趴在他耳邊，用大人的語氣說：「其實我是故意走丟的，就想看看他們更愛我還是弟弟。」

碰上兩個同行從一個老太身上順了錢包，贓款瓜分不均，他本想戴上面具嚇唬他們，自己漁翁得利，結果同行是嚇走了，老太這時帶著警察找了過來，宋乾坤只得乖乖上交錢包。老太老淚縱橫，感謝神豬俠幫她找回錢包，回頭惡狠狠地跟警察說：「你看，要你們有啥用！」

這只是神豬俠光榮事蹟的冰山一角。

原本只是輿論的一陣風，漸漸吹成了這座小城的歷史大事件，神豬俠成為吉祥物，幾番修飾加工後，他真的變成上天遁地、無所不能的超級英雄。神豬俠的周邊還成了爆款，經常在路上看見小孩子戴著做工參差不齊的同款面具，手裡拿著公仔小人，嘴裡振振有詞念著口訣，好像下一秒就可以一飛沖天，懲惡揚善。

宋乾坤在牆上釘了塊木板，還打了紅色射燈，專門供著面具，他從此決定金盆洗手，做個正兒八經的英雄，不辜負老天爺給他的這一道縫隙裡的陽光。

李唯西也是神豬俠的超級崇拜者，甚至有一點私心，覺得自己是這座城裡第一個發現神豬俠的人。她站在小學門口，看著魚貫而出的孩子們，一時期待著，神豬俠再次出現在人群裡，與她上演一次久別重逢。

甲乙帶了西瓜來給李唯西解暑，自從換到這小學門口以來，工作明顯比以前清閒很多，光是看直播軟體的分享次數就知道。但甲乙換到李唯西以前的十字路，就沒一天輕鬆過，各類奇葩車主讓他大開眼界。

零星還有學生從學校裡出來，李唯西揚揚下巴頦，示意甲乙前面那輛正左搖右晃的黃色SUV。

攔下車後，司機搖下車窗，果然酒氣熏天。這大白天的喝成這樣還敢往學校門口開，李唯西讓司機出示駕照，那司機眼睛軲轆一轉，棄車往山上跑。

山丘上的民房錯落無序，李唯西和甲乙暈頭轉向差點跟丟了人。最後他們把酒駕司機堵在一個單元門口，李唯西喘著氣，習慣性地取出手機，開啟直播。

那個司機看著鐵門上的鎖眼，糊塗得當這是密碼鎖拚命在上面一頓亂按。

甲乙抱著雙臂橫在胸前看好戲：「要不再給你一次機會猜一猜。」

李唯西上前一把揪住司機的衣領，氣鼓鼓地說：「我沒心情陪他玩。」

怎料那瘋狂司機直接一拳頭揮在李唯西的右眼角，李唯西直接被打翻在地，太陽穴頓時如針刺般疼，右眼一時間什麼都看不清了。

甲乙沉悶的一聲驚呼後，正想動手，這時一串強有力的水柱直接劈頭蓋臉地把司機沖倒在地上，神豬俠舉著下水道施工隊的水管，英勇駕臨。

酒駕司機被押上警車，等著清醒後的審判。戴著面具的宋乾坤把李唯西扶起來，雖然此刻她腫著右眼，但他也一眼認出了這就是他朝思暮想的牛角麵包女孩。

好好的女孩當什麼警花，宋乾坤恨不得立刻找個地縫鑽進去，他慣性想逃，但被李唯西一把抓住，她按著眼睛，帶著哭腔喊道：「英雄，我終於又見到你了！你還記得我嗎？」

一直在試圖掙脫她的宋乾坤心中一喜，難道她認出來了，早在麵包店時就互相看對了眼？

「龜背竹！金盆子！」李唯西興奮得全然忽略了痛覺，「就是我啊！」

此話彷彿一道青天霹靂，宋乾坤隨之一顫，他使出吃奶的勁兒掙脫她，向後退了好幾步，結果被絆倒，尾椎直接磕在石頭上，他站起來扶穩面具，夾著尾巴狼狽地逃走了。

再見神豬俠，果然非同凡響，李唯西春心蕩漾，甜意浸滿全身。甲乙突兀地伸手摸了摸她的右眼，她痛得驚聲尖叫，被一頓暴擊的甲乙央求著：「我以為你不痛了啊！」

那是宋乾坤一生中最漫長的一夜，驚喜與驚嚇並存，但他無比確定，小偷愛上警花，他的人生變得好浪漫。

這天是春城入夏以來最熱的一天，往日下圍棋的大爺們不見蹤影，霜淇淋車沿街擺了一排無人問津，看門犬吐著舌頭懶洋洋地趴在地上，只有廣播車還在勤勤懇懇地播報著價值連城的紅寶石被盜的新聞。

宋乾坤剛把一個迷路的大媽送到家，出來就聽見學校的放學鈴響。戴著豬臉面具的他來不及躲，就被蜂擁而至的小學生們團團圍住，他不得不蹲下身子，耐心地在他們的書包和作業本，還有臉上簽名。

招呼完一群小粉絲，他看見正站在對面星星眼的李唯西。

李唯西滿腔熱情，跟他講了很多執勤時的趣事，最後問到他那天為什麼會出現在她家，宋乾坤三緘其口，怕多說一句就露了餡。誠實的李唯西只好自問自答，但沒有半點尷尬，她搓了搓拳頭，問：「是不是你們做超級英雄的都像你這麼酷啊？」

他其實特別想用力點頭，再吶喊一句：「是的。」

但他忍住了。

收工後的李唯西頭一回穿著警服來他店裡買麵包，這次換他開啟話癆模式，還故意放慢結帳的速度，就想多跟她聊兩句，末了還補上一句：「是不是你們女警察都像你這麼漂亮啊。」

宋乾坤喜歡李唯西，而李唯西喜歡神豬俠。從此麵包店與學校街口情景來回交互，宋乾坤也不得已在沉默寡言的英雄和輕佻的麵包師中忙碌切換。

李唯西問神豬俠：「你有超能力嗎，就是電影裡那種？」

宋乾坤問李唯西：「女孩子當交警，會被人欺負嗎？」

李唯西問神豬俠：「你會談戀愛嗎？」

宋乾坤問李唯西：「你有男朋友嗎？」

李唯西：「沉默就當你默認了哦，也是，電影裡的那些超級英雄背後都有美女相伴的。」

宋乾坤：「沉默就當你默認了，你別告訴我，那個人是神豬俠。」

李唯西紅了臉：「你這個麵包師能不能好好結帳，聒噪死了。」

到這裡為止，他們之間成了一部遺憾的三角愛情片。

跟甲乙換回原崗那天，李唯西按約定等宋乾坤等到傍晚，她戀戀不捨地看著這個山丘下的路口，臉被火燒雲映得通紅，手裡握著的牛角麵包，是幾個小時前去麵包店買的，想送給神豬俠。

宋乾坤給她結完帳，看著她一臉女花癡模樣雀躍地盯著錶，那個時候他就決定，還是不要赴約了。

她是安穩一生的貓，而他是四海為家的老鼠，她是無公害的萬家燈火，而他只是燈紅酒綠的一盞紅燈，這樣注定沒結果，注定擦肩而過。

心灰意冷的宋乾坤戴著豬臉面具躺在床上，老天爺這玩笑開得並不好笑，甚至過頭了，或許回到平日頹喪的日子，當個負能量的貨小偷，他會更心安理得，但現在他自我膨脹了，還開始奢求什麼愛情，享受萬人敬仰。

他站在窗前，對著天空喊：「老天爺祢是不是選錯男主角了！」

變調的門鈴聲適時響起。

這麼晚是誰呢，宋乾坤小心翼翼地開了門，四下無人，懷疑是不是自家的門鈴壞了，正琢磨著換塊電池，忽然從樓梯上滾下來一塊石子。

強子哥回來了。

他笑得滿臉燦爛，但總覺得有點猥瑣，宋乾坤思量著，果不其然被一塊黑布當頭罩住，後腦勺挨了一悶棍，而後再無意識。

他在一間氣味刺鼻的破屋裡醒來，嘴上貼著膠布，手腳被綁在凳子上動彈不得。見強子哥正靠在桌子上打盹兒，他哼唧著努力挪動凳子，強子哥被吵醒，連忙蹲在宋乾坤跟前，比了個「噓」的手勢。

「百葉窗，你不能怪哥，哥也是身不由己。」

宋乾坤嚇得不輕，用舌頭猛舔膠帶，直到口水把膠帶滑開，他剛想求救，就被強子哥脫下的襪子堵住了嘴。

他翻著白眼，此刻很想死。

「坤兒，我沒在跟你鬧！一會兒他來了，你有啥就答應著，老大真的惹不得。」

原來這劇情裡，還有個大哥。

幕後大哥終於現身，他雙手插在口袋，從黑處徐徐走近，不是宋乾坤不相信，而是眼前這位大哥就是個未成年的小鮮肉，模樣清秀，長得特別像個女生。這跟古惑仔裡的刀疤黑社會著實不符，他被嘴裡的臭味刺激得快昏厥過去，一刻不停地哼唧著。

小鮮肉下手俐落地在他腦門上一拍，然後向下一撅屁股，強子哥眼疾手快地把凳子對準他下落的屁股。

小鮮肉叫老K，春城地下的老大哥，強子哥當時入這行也是為他做事。這次他把宋乾坤綁來，是聽聞神豬俠的事蹟弄得滿城風雨，他手裡拿著宋乾坤的豬臉面具，直覺靠他的英雄身分可以做點大事。

他把豬臉面具給宋乾坤戴上，問他：「是要繼續做你的大英雄，還是人人喊打的狗熊，自己選吧。」

宋乾坤淚流滿面，連連點頭。

「你這小兄弟，這麼好說話？」老K大驚，隨手抽走他嘴裡的襪子，宋乾坤哇的一聲就吐了老K滿臉。

被逼無奈的宋乾坤重出江湖。所謂的大買賣就是讓他抱著一盒生日蛋糕在春城大酒店等人，按照訊息行動。宋乾坤被要求全程戴著豬臉面具，酒店的人看到他，爭先恐後地用手機拍照，他按照老K的指示預定了六〇三號房，等待晚上八點敲門的「客人」。

早早入住的宋乾坤肚子咕咕叫，跟那個蛋糕面面相覷良久，心想著一會兒下去再買個蛋糕，於是拆開蛋糕盒大快朵頤。

蛋糕切開一半，刀子被鈍物卡住，好奇害死貓，他手伸進去，抓出來一顆紅寶石。想起最近的新聞，宋乾坤目瞪口呆，後背瞬間鋪上一層汗，喉結上下抖動，狠狠嚥了口口水。

此時強子哥發來訊息，帶了個小丸子表情包，說：「我在你隔壁。」

「你知道你在幹什麼嗎！」他火速敲了一行字發過去，還把紅寶石拍下來，擔心訊息會有監控，於是點開手機藍牙，想直接把照片傳給他，結果此時蹦出另一個開了藍牙的用戶，他來不及反應，食指已經點在那個頭像上。

李唯西的手機親切友好地收到了紅寶石的照片。

空曠的走廊傳來手機的振動聲，另一頭一個西裝挺括的大叔機警地回過頭，她猛地捂住手機，往牆內躲了躲。

就在一個小時前，一輛比亞迪和賓士在李唯西眼皮子底下追尾，責任顯然是後方的比亞迪車主，李唯西敲敲大奔的車窗，想跟他說明情況，剛看清楚司機是一位穿著白色西裝，戴著墨鏡的文藝大叔，大叔就猛踩油門，留下一個撞歪的保險杠。事有蹊蹺，李唯西跟甲乙報備後，開著警車跟上了那輛賓士。

大奔停在了春城大酒店樓下。

大叔拎著一個棕色皮箱上了酒店，李唯西一路尾隨，大叔的電梯停在六層，訓練有素的李唯西也輕鬆地從消防通道來到六層走廊。

敲門聲響起，宋乾坤心跳漏一拍，他強裝鎮定地打開門，請拎著皮箱的西裝大叔進屋。

「年輕人都擅長玩cosplay啊。」大叔進屋後開始環顧四周。

「你不認識我？」宋乾坤詫異道。

「老K的人那麼多，沒必要都認識吧。」大叔點了支菸，用手帕巾掃了掃皮質沙發，優雅地蹺著二郎腿坐下，「廢話不多說，東西給我看看。」

大叔打開蛋糕盒，紅寶石坦白地擱在空曠的盒子中央，四周還零星有點蛋糕殘渣。

「我也是方便您看。」宋乾坤哆嗦著嘴，點頭哈腰道。

手機提示收到一條訊息，老K說：「想辦法，跟窗外的強子換一顆寶石。」

愚鈍如他，此刻也都懂了。宋乾坤看著大叔戴上白手套，取了一枚放大鏡湊在蛋糕盒上端詳，沒有機會下手。等他用無比莊重的姿勢拿起寶石，用手帕擦拭時，他突然想到整治潔癖強迫症以及文藝青年，只有一個辦法，就是無下限的髒，以及無下限的low，氣死他。宋乾坤開始胡扯，說他們老大還有更多好貨，巴黎直供，然後開始摳頭髮，講話故意噴口水，最後懶散地往凳子上一癱，一隻腿蹺在扶手上，脫去襪子，伸出傲嬌的小拇指，開始在腳趾縫裡上下左右來回搓。

油膩的動作完畢，他伸出雙手燦爛地擁抱了大叔。

大叔嫌棄地站起身，把寶石放在墊著手帕巾的桌上，開了洗手間的水就是一頓猛洗。

宋乾坤回頭看了眼趴在窗外的強子哥，抓起桌上的寶石，晃著小碎步來到窗台，成功跟強子哥用太子換狸貓，正要回身，聽見身後大叔的聲音：「你們在幹什麼？」

後面的事就變成了動作片，大叔識破騙局，拎上皮箱開門想走，結果趴著房門聽動靜的李唯西直接栽了進來。她戴好警帽，用催淚噴霧直接把大叔制伏，再來個臨門一腳，大叔跪地，被銬在桌腿上，白西裝全是灰，褲襠中央還有個鞋印，這比眼睛疼下半身脹痛更讓他崩潰。

「坤兒，跑啊！」站在窗台邊的強子哥拍了幾下愣神的宋乾坤。

見他沒反應，便把他直接抱了出去，一臉蒙圈的宋乾坤終於回了神，跟著強子哥順著通氣管道往下爬。李唯西咬緊腮幫子，來不及消化混亂的訊息，縱身追了出去。

這是她當警察以來第一次爬通氣管，以往在警校最多是模擬訓練，以至於抓力不夠，爬到三樓的時候，沒抓穩管道上的鐵片，仰頭掉了下去，宋乾坤適時拋出挎包，讓她扯住包帶一角，但她瘦歸瘦，但密度大，把宋乾坤一起帶了下去。宋乾坤用手腕護住她的頭，兩人摔在低矮的植物帶裡。

紅寶石摔在台階上，裂成碎片，被陽光折射出漫天的紅色光暈。

李唯西忍著痛爬起來，費力咳嗽，她撿起一塊碎片，是玻璃。

強子哥抓著真的紅寶石剛跑出酒店五十公尺遠，迎面等來了接他回家的甲乙。

「沒想到竟然在這裡遇見啊，」李唯西的情緒開始起波瀾，語無倫次道，「神豬俠嘛，對啊，肯定是在幫警察的忙，以身試險啊。」

宋乾坤埋著頭，難過得一言不發。

「剛剛那個人叫你……坤兒，那是你的名字嗎？」李唯西聲音發顫，「強子，他是上次來我家的小偷兒，他為什麼可以這麼親切地叫你啊？」

宋乾坤也站起來，手臂椎心地疼，他知道自己骨折了。

李唯西解鎖手機，打開直播對準宋乾坤。

她高高舉著手機，揭穿他的所有話到了嘴邊，卻開不了口，眼淚旋即流了出來。

宋乾坤百口莫辯，又想逃。這段日子自欺欺人努力當一個英雄，但現在才知道，那不叫努力，就是使勁兒，最多跟早上爬起床一樣。

認才該是他人生的永恆要義。

但在這之前，他聲音沙啞，問了她一句話：「你喜歡我嗎？」

李唯西惡狠狠地盯著他，眼裡全是淚。

「原來你也只是把我當英雄。」

這不明就裡的話，讓李唯西如鯁在喉，她放下手機，看著他逃之夭夭，心裡支撐自己的正義感突然破碎了。

那天宋乾坤沒有回家，在門診簡單掛上石膏，不顧醫生勸阻瘋狂灌啤酒，在四下無人的街拎著酒瓶晃蕩，路遇一隻不懷好意的流浪狗，他叫得比狗還大聲。

那夜他跟乞丐坐在一起，他沒有哭，卻比任何一次經歷都要心痛。看著這座小城從黑夜慢慢甦醒，感受地球轉動，生命又老去一天，他決定換一個地方，糊塗走完接下來的人生。

第二天一早，他去麵包店辭職，老闆好巧不巧又鬧肚子。門口的風鈴響起，一臉寡淡的李唯西破天荒在這個時候光顧。

他打開廁所門，伴著臭氣和老闆的抱怨聲整理儀容，重新回到收銀台，李唯西問他：「你的手怎麼了？」

「嗷，揉麵揉的。」

「鬼才信。」李唯西笑不出來。

「那個，今兒你的麵包算我頭上吧。」他儘量壓低聲音，「我不幹了。」

「哦？這麼巧。」

「你也……」宋乾坤睜大眼。

「你知道當警察的，每個錯誤是道坎兒，有些坎兒過不去，哎呀，說了你也不懂。」

宋乾坤把她送到門口。

李唯西問他：「還不知道你叫什麼？」

「宋乾……」他頓了頓，「……捆。」

「怎麼名字還帶東北口音啊。」她竟然笑了，「我叫李唯西，這些天謝謝你的牛角麵包。」

宋乾坤老實巴交地點點頭。

走開沒幾步，她突然折返回來：「你一會兒有事嗎？」

李唯西邀請宋乾坤陪她散步。雖然她是交警，但其實對春城的道路並不熟悉，每天只存在於一小塊安全區。

那天他們相處一整天，聊天的頻率卻很少，很多時候兩人默契地保持沉默，只是看看手機。太陽落山前，他們站在春城湖邊，比賽扔石子打水漂。

「我一直在想一個問題，」李唯西舉起手裡的石子，「人因為有鼻子，所以能聞到氣味，有眼睛，所以能看到喜歡的人，那這個世界會不會還存在很多感覺不到的東西，只因為我們少了個器官。」

石子在水上跳躍好幾次，打出無數個漣漪，超過了宋乾坤的最好成績，她拍拍手，繼續說：「比如說，人跟人的靈魂這種東西，如果我們有一個感知器官，是不是從一碰面能知道誰是適合你的誰不適合，誰是好人，誰是壞人。」

「你這很像我看過的日本電影。會思考這種問題的女主角，都有病。」宋乾坤指了指腦袋。

「你是在損我嗎？」

「真的，一定程度上，我是個文藝青年，不然也不會在麵包店工作了。」

「我看你現在一定還沒女朋友。」她的轉折很突兀。

宋乾坤不接她的話。

「要知道喜歡上一個人的時候，就是有病啊。」

「我覺得老天爺很聰明的，我們的身體已經很精密了，不需要專門弄一個器官，因為好不好，跟喜不喜歡沒關係啊，喜歡是不能控制的。」見李唯西有點呆愣，他補充道，

「哦，我在回答你前面的問題。」

其實是他暗自想了很久，看到她，一萬次現實的暴擊都抵不過一次還是想要愛的衝動。

晚高峰車流密集，他們在路口分別，這一次離開，宋乾坤並沒做好告別的準備。好幾名高三模樣的學生從他們身邊跑過，在車流的縫隙中打鬧，把書撕成一片片拋在空中。

李唯西上前抓住幾位學生告誡他們，其中一個染著黃毛的學生叫囂著：「這位大姐你誰啊？」

李唯西意識到沒穿警服，她換了個語氣：「大姐是為你們不值啊，現在把書都撕完了，等下個月高考完撕什麼？」

說得好有道理竟無法反駁，幾個學生乖乖被降伏。

宋乾坤遠遠地跟李唯西道了再見，他雙手插兜，轉身朝十字路右邊走去。

剛邁出步子，他突然意識到什麼。

在那幾個學生裡，有一個人的側臉特別熟悉，他終於想起來是誰了——老K。

再回頭，李唯西已經被抓上了車。

手機收到老K的訊息，是一個位址定位，他不敢報警，一路小跑回家，從牆上取下豬臉面具，像是儀式般戴上，自己的女人要靠自己拯救。

手機信號不好，定位失靈，急性子的老K等不及打來電話，劈頭蓋臉地一頓罵：「我都要等睡過去了，你他媽是不是男人啊！」

宋乾坤委屈道：「你這定位是個茅廁啊哥！」

無奈之下，老K直接派了個大漢把宋乾坤敲暈，人肉扛去了目的地。

醒來後他躺在一個菸草味刺鼻的倉庫裡，四周全是紅色集裝箱。

他手腳被綁著，脖子上掛著一個稱重的大籃子，上面放了幾塊廢鐵。他克制著恐懼環視一周，看見對面掛在空中的李唯西。

那個大漢來到李唯西身邊，二話不說添了兩塊鐵片到她的籃子裡。這頭的宋乾坤腳底失重，被身後的繩子拎了起來，掛著盤子的麻繩一時間陷進後脖頸裡，立刻把他疼出了眼淚。

兩人就像一個巨型天平，一上一下被大漢玩弄於廢鐵之間。

宋乾坤不停呼喊著李唯西的名字，讓她也讓自己保持清醒。

老K鼓著掌登場，一邊做作地抹著眼淚，一邊向下撅屁股，準點落在大漢送來的椅子上。

「百葉窗，神豬俠，損失的貨我不跟你計較了，今天，我們再玩一個選擇題怎麼樣。」老K摩拳擦掌道。

大漢丟了塊鐵片到宋乾坤的籃子裡，他隨之下落，腳尖終於夠著地面，而李唯西則忍著脖頸的痛吊到空中。

「你要讓我做什麼都可以，放了她！」看著李唯西一臉痛苦，宋乾坤歇斯底里道。

「你看我很欠虐嗎，在這秀恩愛！」老K陡然大聲地站起來，而後清清嗓子又溫柔坐下，「我要玩點更有意思的。」

他在手機通訊錄上打出一一〇，招呼大漢在李唯西腳下放上一台攝影機。

「這邊兒，我可以放那個女人走，但你要跟警察叔叔說真話，你不是什麼神豬俠，不過是個人人喊打的小偷，不僅手賤，還倒賣寶石。抬不起頭是小，這輩子就要在牢裡過囉。另一個選擇，就是我把你身上的鐵全部拿掉，知道後果吧，你會從那邊的地上聽到『砰』一聲，你可以繼續做你的英雄，但我會把帶子送給你，讓你想她的時候就看一遍，看她怎麼摔死的。左邊還是右邊，選吧。」

話音未落，宋乾坤果決地喊：「右邊。」

老K下巴都快掉到地上。

「啊，是我的右邊還是你的右邊，你能不能說清楚啊？」宋乾坤急忙補充。

「你的……我的！你他媽是不是白癡啊！」

「不用說了，你打電話吧，這對我來說就是個屁，我壓根不想做別人的英雄，只做她一個人的男朋友。你快把她放了！」宋乾坤一聲冷笑，小朋友玩遊戲事先也不查查清楚，他這三十年來就沒抬起頭過，生活跟牢裡也沒什麼兩樣。

簡而言之，選錯人了。

一旁的大漢認真地看宋乾坤撥通電話，突然一撮麻繩掉到腦袋上，他抬起頭。

李唯西使出洪荒之力用力卷腹，膝蓋把籃子高高頂起，裡面的鐵片全部掉了出來，正中大漢面門。她又迅速往上升了兩公尺，一個高抬腿夾住房樑，直接翻到了房樑頂上，用豁口割開手上的麻繩，選了塊離自己最近的集裝箱跳了下去，連帶著幾個翻滾安穩落地。

而這一邊的宋乾坤也沒閒著，他用力跟老K的腦門相撞，把他遠遠撞在地上，見身後的繩子掉下來，他彎腰甩開脖子上的籃子，一蹦一跳地逃開。

他跟李唯西終於會合，兩人抱在一起，與整個世界劃清界限。

李唯西剛解完宋乾坤腿上的繩子，他就重重摔在地上，被繩子另一頭的老K扯了過去。

李唯西朝地上吐了口唾沫，咬咬牙，兩腿站定一個馬步紮穩，使出在警校拔河女王的魄力，輕巧地把繩子一拉。

老K在空中完成了個拋物線，臉朝地完美降落。

李唯西不緊不慢地繼續解繩子，身後鼻青臉腫的老K顫悠悠地站起來，宋乾坤瞳仁鼻孔和嘴巴同時放大，臉上褶子都擠出來兩層，原來他看見老K掏出了一把手槍，對著李唯西的後背開了火。

宋乾坤動作敏捷地華麗轉身，像植物大戰殭屍裡的堅果牆般擋在了李唯西身後。

他以為自己要死了。

睜開眼，老K打偏了。

老K惱羞成怒，又連開三槍，還是沒射中，最後一槍還被強大的後座力震麻了手筋。

李唯西見機立刻朝他撲了上去，兩人扭作一團，槍掉在地上，滑到宋乾坤腳邊。

陰風拂過，一股迷之真氣遊走全身，他把歪了的豬臉面具扶正，撣撣身上的灰，扭了扭痠疼的脖子。

拯救春城的神豬俠，come back。

他學警匪片裡警察握槍的動作，對準眼前的獵物，雖然有兩隻糾纏在一起，但此刻他眼裡如有精算機器，自動過濾了要保護的人，他拉開槍栓，瞄準對手。

毫不猶豫地扣動扳機。

子彈從槍膛射出，筆直飛向目標，不過是老K腳下的廢鐵片兒，子彈被反彈到旁邊的鐵柱上，又正中大漢騎來的重型機車，拐了彎，最後往回彈，直接穿破了宋乾坤自己的心臟。

李唯西尖叫一聲，用手肘敲昏了老K。

她上前抱住倒下的宋乾坤，淚如雨下。

宋乾坤氣若游絲，握著李唯西的手問：「我是不是，第一個掛掉的超級英雄啊。」

「你不會死的！」

「上次有個問題你沒回答我……你是不是喜歡我？」

兩行淚滾落，李唯西用力點點頭。

「好巧，我也是。」宋乾坤開心地笑起來，嘴裡湧上一口血，不忘調侃道，「噴血怎麼跟嘔吐一樣啊。」

笑完後，他的眼皮開始不受控地慢慢耷拉。

「求求你，別死。」李唯西哭著挽留。

「你這傢伙。」說著把她攬入懷裡。

之後他再沒有動靜，李唯西就這麼躺在他懷裡放聲痛哭。

聽著不再跳動的心臟，她捂著嘴，嘗著腥鹹的淚，取下他的面具。

紅燈熄滅，綠燈亮起。

在剛剛等紅燈的六十秒裡，我視線一直停在對面正在執勤的女交警身上，雖然她的頭髮不長，也沒有什麼精緻的妝，但看她身材挺拔、氣質非凡，看到她的時候，我腦海裡好像就已經跟她度過了一生。

站在她旁邊的那幾個行人裡，只有一個比我帥，為免除後患，所以我當他是女交警的同事，叫甲乙，甲乙丙丁的甲乙。站在我旁邊這個賊眉鼠眼的小鬍子就是強子哥，雖然我並不知道他是誰，但好歹「揚眉吐氣」當了回賊。

我給那個交警起了個很好聽的名字，李唯西，念起來的時候像在微笑。

剛剛想過的故事不夠好，身為英雄的我不能死，應該被來自宇宙星河的高等生命救贖，活過來再續前緣。

我是真的愛上她了，我現在慢慢走向對面，離她越來越近，我看到她在用眼光上下打量我，我確認，她，在看著我笑。

《我的藍莓夜》裡說：「其實要過那條馬路並不難，就看誰在對面等你。」

我好像等到了，我決定兩人擦肩而過的時候，跟她打一個溫柔的招呼。

綠燈開始閃爍，行人加快步伐，互相擦肩而過，這條斑馬線上，有穿著校服的小鮮肉，模樣清秀，像個女生，有拎著皮箱穿著白西裝的大叔，有老太太小孩，小孩的手上，拎著一個豬臉的面具，對面的廣告路牌上，是新上映的續集英雄片。

他們成全了奇幻故事，卻仍是生活裡最平凡的那一個。

有人說，遇到一個對的人好難啊。感覺過去太放肆，愛我的沒有珍惜，我愛的送了我一身傷痕累累。但越往後來走，越發現過去發生的種種，不過是肩上的一枚勳章，有些疼痛已經被記憶篡改，需要時提取成一張褪色的照片充當談資，全無痛覺。

要知道，遺忘是大腦最溫柔的自我保護。

後來循此一生，遇到一個對的人，確實好難。但遇見，特別容易，可能就在某個路口。放下那些被傷害的後遺症吧，愛情始終不是精挑細選的商品，求不得好，也問不明合適與否，愛就是兩個靈魂，住到對方的身體裡，彌補了之前的所有傷口，開始第二段人生。

而兩個有趣的靈魂相遇，上帝會為他們創造故事。

11:59 ——— PM

09

TIME ROLLINGBACK
CLUB

逆時人生俱樂部

青春期那會兒，我們愛得像烈士，
屁大點兒感情都卯足了勁兒，眼裡的世界是被修飾過的，
疼痛是一丁點兒碰撞的誇張，遺憾是我們分手了的排比，愛是有點喜歡你的比喻。
正巧這些都是我們曾經幼稚過的證明。

我確定看到了天堂。

光很刺眼，隨後是一片開闊的白。我從未感覺到這樣的安寧，器官衰竭伴隨的絞痛，也在此時消失了。四周很安靜，卻沒有隔離感，我感覺自己輕飄飄的，聽不見心跳，沒有了笨重的身體，但好像又變得巨大無比，似乎向前伸個懶腰，就能擁抱一整片晴朗。旋即又有那麼一刻，我突然變得沉重，天堂的景觀不復存在，只能看見穿著白衣焦急的醫生。

我真的不喜歡身上插那麼多管子，我又不是個行為藝術品。

直到聽見旁邊的呼吸機發出一串淒厲的哀鳴，我笑了。我知道，終於又可以看見天堂了。

我沉沉睡去，結束了八十二年的生命。

在睜眼之前，夢境飛快進行到尾聲，前面的過程忘記了，只記得我在初中的教室醒來，書頁上留著一攤口水，地理老師在講地球自轉的運動。我瞬間崩潰了，因為我意識到自己在作夢，這也意味著我還沒死。我努力睜開眼，想看看是哪個該死的醫生把我又救了回來，結果只看見一個年輕護士插了束嫩黃色的花在我的床頭櫃上。她見我醒了，嚇得手一顫，花瓶碎在了地上。

我的倔脾氣在醫院是出了名的，主要真是覺得這身老骨頭禁不起他們折騰，所以很不配合。連醫生都怕我，更別提年輕的小護士了。

從那個小護士收拾好玻璃瓶，起身念叨著「碎碎平安」，到今天一整天的巡查記錄，我都覺得格外漫長，且帶著異樣，直到晚上小護士又把一個新的花瓶擱在我床頭，我盯著花瓶上綠色的螺紋看了許久，才終於用落了灰的腦子理清了異樣的原因。

今天發生的所有事，在前幾天發生過。一模一樣的人事物，那束嫩黃色的花，碎掉的花瓶，陽光落在床腳的區間，醫生說過的話，以及螺紋花瓶。我安慰自己，這可能是去天堂的必經過程，迴光返照的幻覺。

再次睜眼的時候，我看見戴著眼鏡的醫生，他摸了摸我的額頭，勸誡我：「老頭兒，你下次要是再自己把呼吸機關了，我就把你換到別的病房去，讓那些男護士守著你。」

我終於確定這不是幻覺，因為這是上個月發生的事，我周身騰起一陣熱流，絕不是尿床，而是腦筋突然明朗了。我有個大膽的想像，只需要靜待時間來驗證。

果不其然，第二天，第三天……每天睜眼的時候，我會倒流回過去，這個奇遇沒有特定的規律，短的大概回到三、五天前，最長的也就一個月。

我的身體竟然越來越好，記憶裡那層沾滿水霧的玻璃好像也被某隻手掌漸漸抹開了。某天半夜醒來，我覺得口渴，下意識地起身找水喝，等我聽到飲水機上水桶發出哐嘡的聲響時，我才反應過來，我不在醫院。

我回到了養老院。

我們那個養老院在我看來就是一個高科技監獄，混搭親切的老上海建築風格，目的就是為了騙不懂事的老人。洋玩意兒就是洋玩意兒，弄得再智慧也不是小時候憧憬的家。

我的房間在中央花園的北面二層，空置的一〇一號房旁邊，木質結構的大開間裡一應俱全，但都冷冰冰的，沒一點兒人味。餐桌旁的牆上掛著一個養老院標配的資料夾，其中有一頁，是我的個人介紹。

方衡，男，六十歲時入住怦然療養院，伴有癌症與多年的氣管囊腫。

雖然時間在倒流，但仍然免不了要在這監獄裡再度過二十年人生，好在時間跨度慢慢變大，就在昨天一早，我發現自己竟然直接回到了五年前。為了不讓自己重蹈孤獨的覆轍，我努力笨拙地造反，反正這日子不需要昨天的我來交代。

我遙控著輪椅大鬧養老院，把釘子塞進了好幾個端茶倒水的機器人脖子裡，讓它們闖了一路的禍，還用內褲遮住監控，從純露機器上偷走了幾束無刺玫瑰，學著電影《阿凡達6》的台詞，跟我的年輕護工表白，I always see you。院長把我關到不允許外出的閣樓裡，被幾個膀大腰圓的家用機器人看管。我滿足地吃飽飯，一身輕鬆地躺在床上，迎接第二天的時光逆行。

我果然又安穩地從自己的睡床上醒來，之前發生的一切都不復存在。

我發現雙腿能走了，激動得來不及洗漱，來到走廊上瞎晃悠。一轉身，看見隔壁一〇一號房間的門打開，從裡面出來一個燙著鬈髮，穿著碎花裙的老太婆。

準確來說，她是別人眼裡的老太婆，卻是我一個人的老婆。

我忍不住上前抱緊她，還不爭氣地濕了眼眶。終於再見到她，有種失而復得的驚喜交集。我主動提出想吃她做的便當，她有些意外地看著我，念叨著我不是很討厭吃她做的菜嗎。我倆坐在陽台上，迎著落日吃得很開心。她好像被我感動了，努努嘴道，你今天好像跟以往不太一樣。

她不知道，在我看來，我們已經快二十年沒見了。當初我們搬進養老院之後的一個月，她從樓梯上摔下來磕到腦袋，人就這麼沒了。

我對阿兔始終有愧疚的，嗯，結婚之後我一直這麼叫她。我承認我不是個好男人，這一生沒給過她什麼，理所當然地接受她的付出，就仗著她愛我。我從一個固執的中年人變成一個固執的糟老頭兒，遇上一點兒不順心，就喜歡拿她當靶子，哪兒都看不順眼，以至於進了養老院，也要分開兩間房，但我心裡清楚，我依賴她，根本離不開她。

我牽起阿兔的手，輕輕在她耳邊告訴她：「下個月初，不要走樓梯。」

阿兔顯然被我今天的態度轉變扎了心，突然抽泣起來，問我：「我是在作夢嗎？」

我回答：「沒有，是我在作夢。」

我已經很久沒作過夢了。

每個夜晚就像是被按下了快退按鈕，伴隨著刺眼的黎明，回到過去熟悉又平凡的一天。好在接下來幾天倒流的幅度不大，有足夠的時間跟阿兔再相處。我可是到過天堂的人，哪還有那麼多脾氣，況且終於又見到阿兔，怎麼看她怎麼順眼。見她之前，我會認真洗漱，把頭上掉得差不多的呆毛梳得整齊俐落，學那些年輕人談戀愛，帶她把這監獄當成絕佳旅遊勝地來逛，我還邀請她住進我的房間。每一天跟一個過去的她重逢，再看見她因為我的轉變意外一次，如此迴圈，這真是老天爺給我開的非常可愛的玩笑。

直到有天電梯壞了，經過樓梯間時，遠遠看見阿兔在台階上跳舞，那時我才反應過來，她或許不是無聊去爬樓梯的，而是偷偷在這裡跳舞。

依稀記得，跳舞好像是她唯一的愛好。

我站在樓梯間，看著腳下十三階的樓梯，心想只要摔不死，殘了半邊，明天醒來又是一條好漢。我咬咬牙，闔上眼，像個烈士一樣瀟脫地把身子往前一探。

摔得已經全無痛覺的我躺在急救中心，唯一還能聽見電視裡傳來的新聞播報，說怦然療養院下午發生事故，院長決定封閉全院的扶手樓梯，聽罷，我放心地閉上了眼睛。

我想，未來的阿兔，應該不會從那裡摔下去了吧。

時間一天天逆行，我像是站在人行橫道上，看著所有人迎面走向我，又匆匆從我身邊穿過，而只有我在往對面空無一人的目的地踽踽獨行。

後來是阿兔把我叫醒的，我睜開惺忪的睡眼，動了動身子，前所未有地充滿活力，我一陣竊喜地坐起身，發現此刻正在自己家裡，終於離開養老院，我這個老不死的現在就想開香檳慶祝。

看著家裡陌生又熟悉的一切，一時還有些不適應，看著自己組裝的儲物櫃，從舊貨市場淘回來的木製彌勒佛，我突然靈機一動，趕緊去茶几下面掏出零食盒，開蓋之後，心滿意足，裡面是我最喜歡吃的餅乾，要知道，五年之後它就停產了。

阿兔正在收拾行李，我大口咬著餅乾問她這是要去哪裡。她低聲說，別鬧了，知道你不想去，但我們也該認命了。我訝異，去哪兒？阿兔沒有理我，去客廳把一張廣告單遞給我，上面寫著怦然療養院。我條件反射地向後一躲，差點撞到衣櫃上。阿兔害怕我又發脾氣，停下了手上的動作，悻悻道，那你自己跟兒子說。

突然反應過來，我還有個跟我老死不相往來的兒子。

他拒絕跟我溝通，人在美國我又逮不到他，坐飛機十幾個小時才能到，越過時差線，我哪怕打個盹兒，醒來又會回到家裡。

我像個腦殘粉一樣在微博上搜他的名字，看到有人發他的航班資訊，知道他回國工作，才在機場堵到了他，還跟接機的小妹妹借了塊很大的橫幅，躺在上面讓他注意到我。

方有全，哦不，現在他叫方一尋，就是電視上熱播的那個皇太子的扮演者。他是我兒子，也是別人眼裡的型男明星，說實話我到現在還耿耿於懷，起藝名也要看性格啊，我兒子什麼時候那麼娘炮了。

他終於給了我半個小時時間，在機場附近的一家高檔酒店裡坐下來聊聊天，我也不想跟他敘舊，這麼多年有一個形同虛設的兒子早也習慣了，我大半輩子沒見過他，還有什麼舊可敘，當初那些矛盾隔閡早已生了鏽，拉長成茫茫時光中的一聲嘆息。

我開門見山地說：「你媽其實不想去養老院的，她是在逼自己懂事，你就那麼坦蕩啊，送我們去了養老院，你安心了是不？你不喜歡我可以，別因為我的窩囊連累到你媽。我知道你肯定覺得我照顧不了她，說實話，就我這樣，我也不放心，有本事，你就把她接到你身邊去，沒本事，你就送她到那破監獄去。」

其實有全從小特乖，品學兼優，我這個暴脾氣老爸反倒是沒什麼存在感，直到高三那年，他說想學表演，我硬是把憋了十幾年威嚴的父愛發揮到極致，不僅打消了他這個念頭，還讓他嚴格按照我設定的人生道路前行，進入名牌大學，畢業後再去一家大公司上班。那一年其實大學生就業早已不是難事，各行各業選擇頗豐，但我傻啊，外面的世界再開放，總有閉塞的青蛙，生在同一口井裡。誰知他二十八歲那年，突然辭掉了年薪五十萬的高管工作，跑去橫店當了大齡「橫漂」。

那時的我，一怒之下說要跟他斷絕父子關係，而後的幾十年，我們在爭吵裡度過，他說要做自己，我說你被動地來到這個世界，就沒有自己可言。

但會說那些話的，也是那時的我。

那天去機場接機，問那個小妹妹借橫幅。她問我，你也喜歡方一尋啊。我羞赧地點點頭，小妹妹笑著說，大爺您真是好眼光，他太值得我們愛了，這也是一尋的福氣，有您這麼大歲數的粉絲。

那段話聽得我像灌了蜜。回來之後，我真的看完了他的每一部戲，忽然好像有點理解他了，甚至覺得，我兒子長得帥，演戲那小眼神兒也到位，好像蹲在格子間裡西裝挺括地伏案開會實在是失敗的人生配置。方有全這個名字，應該去幹體力活，一尋，才是文藝巨匠。

從那一天起，我開始期待，時間回到有全在我們身邊的那段日子。

在我五十二歲那天醒來的時候，我成功地又有了自己退休前的最後一份工作——坐便器體驗師。

這個時代的電子公司除了智慧手機手環手錶二輪三輪四輪車，魔爪還伸向了衛浴設備，其中智慧馬桶一直是飄紅在銷售榜前線的產品。我的工作就是每天蹲不同的馬桶，記錄馬桶圈的溫感，水流的衝力，還有配套影音設備的性能資料。

這段時間阿兔總在我面前鬼鬼祟祟的，一大早六點出門說是買菜，八點才回來做飯。以前我沒在意，這次回來，刻意留了點心思。在她早晨出門後，我戴上口罩和帽子跟了出去。

原來她是去跳廣場舞了。作為北廣場的領隊，阿兔意氣風發地拎著音箱整隊集合，然後吭哧吭哧在隊首花樣百出地搖擺身姿，一二三四的節拍喊得地動山搖的，跟家裡那溫順小媳婦兒完全判若兩人。

說完了北廣場，還有一隊跟他們勢不兩立的南廣場，南廣場舞后跟阿兔是死對頭，從隊員到隊服顏色什麼都要比，兩隊人馬的名字也一天一個變，一隊叫鈴鐺雨一隊就叫黃金雷，一隊叫花鴛鴦一隊就改叫大棒棒，一物降一物。

時間又撥回幾天之前，他們結下梁子是因為市裡的廣場舞比賽，南北廣場隊都去了，南廣場舞后的家裡是專業做燈光的，一個個身上綁著彩燈，五顏六色的效果一流，跳得好不好已經不重要了，那次阿兔她們輸，就輸在了太實在上。

比賽當天我從廠裡偷了一批馬桶出來，白花花地繞著廣場中心擺了一圈，外接上電源，隨著阿兔隊伍的舞步開關蓋，還自帶立體環繞ＢＧＭ。

果然北廣場隊狠抓了把觀眾眼球，馬桶廣場舞上了頭條，媒體記者採訪阿兔的時候，她緊張得嘴皮子都哆嗦。

一天的喧囂過後，只剩我倆留在廣場上，身後是擠成一團的馬桶和電量還沒耗盡的團團彩燈。我們背對背坐在一個馬桶上，她問我，這些東西回去怎麼交代，我笑笑說：

「反正我也不想幹了。」

我突然有個大膽的衝動，想邀請她跳舞。隨之不聽使喚地伸出一隻手，她不解風情地重重打在我手上。我捂著手心驚呼你幹什麼，她委屈地眨眨眼，不是要玩「看誰躲得快」的遊戲嗎。

我承認，在我們都年輕的時候，玩得最多的就是這個遊戲，因為她是斷掌，打人很疼，但我躲得快，所以棋逢對手，互相較量樂此不疲。但此刻，我氣得站起來，直接把她扯到跟前，像個孩子般厲聲道，我是要跟你跳舞！

馬桶適時放了首鋼琴曲，我抱著她旋轉，礙於我手腳不協調，連累我們踩了彼此好多次，但看她蕩漾的笑臉一刻沒消失過，我也心滿意足了。

她的臉上留著淡淡妝容，堅定的光重新回到眼睛裡，皺紋已然少了許多，我忽然意識到，自己也從死過一次的禿頂老人，來到了中年。

她把額頭貼在我肩上，輕聲說：「你今天跟以往很不一樣。」

「聽你說過很多次了。」我說。

「啊？什麼時候？」

「未來。」

某天我在一片黑暗中醒來，發現自己正套在一個巨大的鴨子玩偶裡，剛剛休息了片刻，接下來要繼續在這家主題樂園裡當吉祥物。這是我做過最長的工作，扮演一隻勇敢無畏的卡通鴨子，讓前來遊樂的癡男怨女們相信童話。我在悶熱的絨布罩子裡擺動身體，做出各種可愛的pose，跟排隊的遊客們一一擊掌，謹記著園區HR給我的叮囑，不許說話，在客人面前不能摘頭套，以及催眠自己——我就是隻鴨子。

回到家後，有全回來了，我止不住興奮地給他夾菜，他卻夾還給阿兔，不跟我說一句話。我理解他，也理解自己，當初會那麼惹人厭，是因為白天悶在黑暗裡不能講話，只能讓情緒變成最簡單粗暴的出口，用在自己最親的人身上。

我沒有一個體面的職業，所以希望兒子能為我完成。說到底，我還是個自私的爸爸。

飯後，我坐在有全身邊，見他正在寫案子，有些話難以啟齒，便等他上廁所的空檔，在他正在寫的word文檔上，匆忙打下一行字，我說：「帥哥，好好收拾收拾自己。」

這真的是心裡話，主要是這次看他如此不修邊幅，跟之前我看到的那個大明星相去甚遠，我兒子必須要帥在起跑線上，未來他可是名震四方的皇太子。

我趴在廁所門口觀察有全，他竟然完全沒反應，屁股剛挨著沙發就啪啪地敲起字來，忽然他抬眼看了我一眼，我趕緊躲進廁所裡。

像是完成了件人生大事，心口被暖意填滿，我淡定地看著鏡子裡的自己，終於等來了久違的四十歲。

年輕的我精力越來越好，我又可以喝啤酒，大塊吃我最愛的餅乾，穿著鴨子服在樂園裡跑跳也就是多喘幾下，陪阿兔看電影追劇到了半夜也不覺得睏。

回過頭再看我們這段生活，雖然仍覺得自己不夠好，但還算跟幸福沾了邊。

唯一遺憾的是，我固執了一生，而阿兔圍著兒子和我繞了一生，這好像是大多數平凡家庭的常態，有了孩子以後，做父母的就失去了自己。

三年前，我搬了一次家。

回到兩室一廳的老房子裡，我找到了中學的同學錄，翻到貼著阿兔照片的那頁，她在中間小小的留言欄上密密麻麻寫了幾行字，她說：「我有兩個願望，一個是嫁給自己喜歡的人，一個是成為非常厲害的舞蹈家。」

視線往上，是她的星座血型，最後停在名字上，鄭如夏。

就在她後面那頁，貼著一張清秀的女孩照片，名叫林煥煥，我想到了一些事，於是把照片揭下來，在它的背後，是我用紅字寫的暱稱——阿兔。

我的老婆其實不是我喜歡的人。

阿兔這個名字是我跟林煥煥的秘密，她是典型的南方女生，五官精緻，眉眼間帶著靈氣，喜歡用粉色頭繩綁兩束辮子，很像兔子耳朵。那時我們都喜歡動漫，戀愛談得很二次元，我們會一人綁著一只氣球，坐在電影院最後一排，會在學校裡玩尋寶遊戲，到處藏滿線索卡，就為了找到對方送的聖誕禮物。

我倆寫過的交換日記上，貼滿了《犬夜叉》和《鋼之煉金術師》的卡通膠。她給我的日記，習慣以「dear，大狗」開頭，我就用「阿兔，晚安」結尾。

在我倆這段早戀之間，還夾著一個高我一級的學姐鄭如夏。她從小學舞，腿特別長，常年留著短髮，老被我們笑說是男人婆，但我知道她喜歡我，只是她不說。

後來我們班上又有個男生喜歡煥煥，我這脾氣不怕情敵，就怕煥煥這種公主性格，她似乎很享受這種被很多男生追的狀態。終於在一次黑人外教課上，那個小男生在台上說，I want to marry Lin Huanhuan。我當時真的捏緊拳頭了，回頭看煥煥的反應，只要她給我個眼神，我下一秒就可以衝上去揍他。

可她沒有，而是捂著通紅的臉蛋羞羞地笑。

是有多好笑啊，大小姐。

一氣之下，我跟煥煥分手了。又因為不甘心，在散夥飯上喝了很多酒，最後趴在廁所裡吐。鄭如夏衝到男廁所裡，安撫我的後背。見她擔心我的樣子，我莫名生氣，大聲告訴她，你就死了這條心吧，我是不會喜歡你的。

我最後還是跟她結婚了，因為她對我好，年輕的我，就是太自私，我叫她阿兔，她以為那是屬於我們的暱稱，殊不知是紀念那段遺憾。

我本來應該娶林煥煥的。

青春期那會兒，我們愛得像烈士，屁大點兒感情都卯足了勁兒，眼裡的世界是被修飾過的，疼痛是一丁點兒碰撞的誇張，遺憾是我們分手了的排比，愛是有點喜歡你的比喻。正巧這些都是我們曾經幼稚過的證明。

今天一大早醒來，我看見在廚房裡忙著做飯的如夏，覺得甚是虧欠，我從身後抱住她，跟我結婚後，她早已留起長髮，從稜角分明的個性少女磨平成了普通的家庭婦人。她被我的舉動弄得有些發怵，我聞著她頭髮的清香，跟她說了聲對不起。她半晌不說話，背對著我搗鼓著鍋裡的煎蛋，喃喃道：「一大早的，你要說什麼，有些錯不用讓我知道。」我開玩笑地說：「林煥煥回來找我了。」

她騰地轉身，驚呼：「真的假的？」

我給了她一個不置可否的笑。

「不好笑。」她轉身繼續做飯。

「你說如果當初你考上了舞蹈學院，我們還能成嗎？」我又問她。

她想了很久，只留下兩個字：「難說。」

隨著深層的記憶越發繁盛，逆流的時間幅度也隨之增大，這幾天醒來經常就直接跨到了好幾年前。

有天我在一張新的床上醒來，四周是上了年紀的裝修和家具，心弦突然一緊，來到客廳，看到我爸爸正在搖椅上看報，我抱住他哭了整整一天。

我爸媽是搞戶外運動的，在我很小的時候，媽媽死在了雪山上，我爸後來鬱鬱寡歡，也是在這張搖椅上走的。當初的我，不太理解他們，總覺得他們鋌而走險選了最不合常理的路，即便我爸得了抑鬱症，也隨他去了，因為是他們自找的。

帶著八十多歲的人生智慧再回來看，發現了很多細節，原來爸爸每天坐在椅子上會給媽媽的微信發語音，聊聊近況。他還有寫日記的習慣，日記裡說他是跟媽媽在營地裡認識的，沒有這一路的跋涉，彼此也就不會相遇。

我從小就是個特別丟三落四的人，唯一學過幾年畫畫，那些畫過的作品也被我丟得差不多了。拉開爸爸家裡的抽屜，發現那些畫竟完好地躺在裡面，爸爸還用俐落的字寫了時間檔案。

> 臨摹漫畫，畫於小衡七歲，老師說他有美術天賦。
>
> 靜物，蔬菜，畫於小衡九歲，資格考的佳作。
>
> 人像，爸爸媽媽，畫於小衡十歲，把我畫醜了，但我也愛你……

有時候，只有自己當了爸爸，才能明白有些重要的感情，很難用言語來表達。每個家庭有不同的命，或破碎或向陽生長，但出發點一定都是相同的。

有全高考結束那天，如夏給我打電話，說他離家出走了。

我在樂園的休息室裡心急如焚，脫鴨子服的時候太著急，結果被鐵絲卡住脫不下來，到了園區內又不能取頭套，我索性直接穿著鴨子服逃走，怎料歡樂巡遊準點開始，我被工作人員帶到隊伍裡，這個時段園內所有的卡通演員們都會集合表演。隊伍來到大門的主路上，我找準時機衝進人堆裡，遊客們迅速拿出手機圍觀拍照，剛好隔開了追捕我的工作人員。我一路推倒霜淇淋車，搶過小販的氣球邊跑邊送，更多的人朝我湧來，連跑帶跳的，最後順利從樂園逃了出去。

我知道有全會去哪，果然在劇院門口看到他。

他高三那年每次跟我吵架，都會來這兒花光生活費看一場話劇，以至於在如此飽和的飲食條件下還瘦了十多斤，為此我跟蹤過他，直接把他從話劇座位上攆回了家。

我無所不用其極地讓他討厭我，現在想來真是後悔之至。

其實有件事我一直沒說，有全小時候最喜歡的卡通就是這隻鴨子，所以我去做這個人偶演員的工作，也是受他影響，但跟樂園簽了保密合約，其中非常重要的一條是，不能讓別人知道我是鴨子的扮演者。連他到樂園裡玩，小的時候抱著我啃，大一點排隊跟我拍照要簽名，我也絕對配合奉上奧斯卡級別的表演，要是被他知道啃了這麼多年，每次排上半個鐘頭的隊就為了要一張簽名的鴨子是他爸，這太毀童年了，所以我從沒告訴過他真相。

此刻我忘記自己正穿著鴨子服，當有全大老遠看到我，向我跑來時，我本能的反應是躲。

我當然跑不過他，他把我壓在身下，差一點頭套就分家了。

我倆坐在劇院對面的長椅上，保持著安全距離，我不能說話，就聽他講。他真的像個孩子般問我，你迷路了嗎？他跟我講了很多心事，想學表演當明星，他說他真的受夠了每天被卷子壓得喘不過氣的日子，他還偷偷跟我講學校裡暗戀的女生，最後他說到了我，用詞太暴力我不忍心再複述一遍，總之，我就是難溝通，是他成功路上的絆腳石，自以為是的直男癌，超級低氣壓製造者。

他最大的夢想不是演戲，而是遠離我。

我作了一個勇敢的決定——把鴨子的頭套摘了下來。

因為聽到「遠離」兩個刺眼的字，我反應到，根據現在逆流的規律，很有可能下次睜眼的時候，有全就不在了，所以有很多話，我必須要及時跟他說。

他顯然是嚇到了，瞪著眼睛張著嘴半天沒吐出一個字。

「我不是迷路了，我從樂園裡逃出來了。抱歉一直沒告訴你，因為我知道你喜歡它，但你討厭我，所以我那個時候就想默默做點事，好離你近一點。」我抹著頭上的汗，大口呼吸著空氣，憋了一天終於可以做回人類了。

這下換他不說話了。

「行，你就聽著。我知道我不是個好父親，更不是個好老公，我讓我兒子討厭我，讓我老婆變成了家裡的保姆，要論失敗的男人，這世界應該找不出第二個。所以你做得很對，別聽我的，去當大明星多好啊，演演皇太子什麼的，你絕對可以，我特別看好你。但接下來的話，你必須要聽我的，我這輩子渾渾噩噩，不在乎對得起誰對不起誰，但我唯一對不起的人，就是你媽。你媽為我們付出太多了。我不懂事，但你比我成熟，記得好好照顧她，多給她一些自己的時間，像你一樣，做自己喜歡的，成為想成為的人。兒子啊，剛剛聽你說了那麼多，總結起來，你跟我一樣，還是沒長大，有些事我可能到死都弄不明白，但也算了，不過我明白一點，就是你的生活裡一定會出現一個人，願意越過你看起來的樣子，發現你的本質。」

良久，他終於開口了：「爸，你是得絕症了嗎？」

我嘆氣道：「人最後都要死的，很多事回頭再看，就沒那麼重要了。」

「滿嘴生啊死的，你不會要出家了吧？」

「寺廟都選好了。」

他瞳孔放大。

愚昧這點，我兒子特別像我。

知道我在開玩笑，他眨巴下眼，放鬆身體，把後腦勺擱在椅背上。

「話說回來，你真覺得你爸有那麼差嗎？」

他想了半天，嘀咕道：「你除了太會生之外就沒有任何優點了吧……」

我想揍他。

「哦，當鴨子當得挺好的。」

「我怎麼聽這話有點像在罵我啊。」

我終於看到他在我面前笑了。

後來我們一起去看了場最晚的話劇，不得不說，藝術永遠是我的弱項，大概看了有五十分鐘吧，我就呼呼睡過去了。

接下來每天睜眼的日子，就是有全童年的重播，他就像是給家裡投下的一顆炸彈，因為他的出現，我們的生活軌跡全部在一個中心點交匯。年輕的我父性的升起比較慢，常常幫倒忙，我爸又只是個聖誕老人，大部分時間在搖椅上傷春悲秋，想起了就大包小包帶禮物給孫子。

要說帶孩子，最辛苦的還是如夏。

以前不覺得，現在來看，發現如夏對兒子有點過分寵溺，中學住校的時候每週要去給他換洗衣服，小學長身體的時候一日四餐，餐餐要照著營養食譜來挑食材，上學車接車送，寸步離不開他。再小一點，她就抱著有全不撒手，生怕一點碰撞。

終於這天，有全在家裡玩電動火車時闖了禍，推倒了酒架上一整排的工藝品，如夏第一次狠心對他動了手，把他關在門外，聽著他哭喊砸門，自己也不爭氣地捂嘴哭了起來，最後母子倆抱在一起互相搶著說對不起，哭聲此起彼伏的。

當初的我生無可戀地在旁邊玩PS4。

這一次，我看不過去，硬是載著如夏去了遠郊的壩上草原。

我跟如夏躺在草地上，陽光耀眼。

「你每次都把蘋果削好給他，他可能以為蘋果不會長皮兒呢，蝦肉魚肉不是本來就乖乖去了刺剝了殼趴在他的碗裡的，咱兒子是當超級英雄的料，內褲只會穿裡面，那不就沒有超人了。你不要給自己太大壓力了。」

「我就是想他在我們身邊的時候，對他好點，今後大了要一個人很久。」

「這話說的，人家不會找老婆啊？」

「萬一老婆對他不好呢？」

我把她攬在懷裡：「就我這樣都娶到了你，那我兒子那麼優秀，得娶個仙女了。」

伴著初夏的風，我們一直躺到了落日，我好像從未跟她說過什麼親暱的話，也從不嚮往什麼一生一世一雙人的愛情，但此刻，突然很想婉約地表達一下感謝。

在太陽蜷縮進遠處的山坳時，我埋頭在她頭髮邊耳語：「有些話我一直沒對你說過，我不喜歡你，一點都不，但我覺得我愛你。」

這輩子，終於有勇氣說了那肉麻的三個字，像罵髒話般的爽。

那夜過後，再見到有全，他正在如夏的肚子裡。

剛好是如夏生產那天，當初她不允許我跟她進產房，這次我鐵了心，跟醫生商量好，偷偷躲在她看不見的地方，結果疼得汗流浹背的如夏聽到腳步聲就認出了我。她大喊著：「醫生，幫我拿下粉撲，我要補個妝。」

是的，永遠的獅子座少女鄭如夏回來了。

我們會結婚，其實特別順理成章。我們在同一家銀行做了五年，我沒跟她求過婚，婚禮也沒辦過，離職那天我們就去領了證，因為公司規定員工不得談戀愛。我們應了那些電影裡的經典台詞——如果到了三十歲男未婚女未嫁，那好朋友就在一起吧。

看上去好像挺將就的，但這麼多年過去，確實誰也離不開誰。高考畢業後我們去了同一所學校，整天混跡在一起，最後在男女宿舍樓的拐角處分開。我們終日浪蕩，浪蕩到我大四大三大二大一分別交了四個女朋友，她交了一個男朋友，結果分手了還是處女。

網上說，成年男性一次射精能排出數千萬甚至高達兩億左右的精子，那個時候我並不知道，有些上億的合作最終還是得靠我來完成的。

時間一不留神打了個盹兒，我回到了自己的十八歲。

我抱著更年輕的老爸親了兩口，然後迫不及待地去找鄭如夏。老街和兩旁的柳樹瞬間把記憶從遠方拉回，看著四周低矮的居民樓，走街串巷拿著糖葫蘆的小孩兒，還有響著清脆鈴聲的人力三輪車，這個時代留存著太多人情味，可是再過幾十年，這種文明就被掩埋在科技籠罩的鋼筋水泥裡，大家都生活得小心翼翼，一點疼痛，就會成為無法治癒的頑疾。

我跟著記憶很快就找到了如夏的家。

她爸媽說她去舞蹈學院藝考了，我算算日子，三天後她會回來，向所有人宣布沒有考上，從此棄舞從文。離開她家，我坐上了開往市中心的公車，一路閒逛的同時順便嘲笑著這個時代的審美，五步一個頂著厚劉海的男生，十步是BOBO頭的少女，三不五時地拿著小梳子梳一下分叉的劉海。

經過一家麥當勞時，我看見坐在角落的鄭如夏。

原來她不是沒考上舞蹈學院，而是根本沒去，在這裡躲了三天。

她看見我就逃，兩條大長腿迅速邁過桌椅，從店裡竄了出來。我在她身後追，追到我們都沒力氣，兩人停在馬路邊喘氣。

她捂著臉，哭得好傷心，說：「我只是想跟你去一所學校。」

心中突然劃過繾綣的旋律，這一路逆旅一直在等一個答案，就是人生到底是什麼，現在我好像有點明白了，我的人生就是跟我並不喜歡的鄭如夏結婚，然後生了一個跟我不和的兒子，身邊有一對攜手向生命盡頭跋涉的父母，最後還要承認自己的普通與平凡。

在不同的日子裡，重複做同樣的事情，其實就是人生。

我一點兒不覺得失望，也不後悔，甚至覺得自己是幸運的。我忽然可以原諒所有，包括我自己，我一直在期待這一天的到來。

我竟然作夢了，記得上次作夢是在八十二歲閉眼的時候，這一次，夢的細節還是忘了，只記得睜眼前，我看見自己皺紋滿臉地躺在病床上，身上插滿了維持生命的管子，旁邊的呼吸機從規律的叮叮聲變成一聲淒厲的哀鳴，床邊的醫生和護士像約好似地集體圍上來。

夢裡的我好輕鬆，四周發著光，我好像看到了天堂。

我不情願地睜開眼，發現自己趴在初中的課堂上，地理老師在講地球自轉的運動，我懶洋洋地直起身，口水黏在書頁上牽出了絲。

腦裡一片混沌，像是剛剛經歷一場冒險。突然感覺有人用指尖在後背上寫字，我猛地轉過身，看到林煥煥在朝我眨眼睛。

外面陽光尚好。

我直接跑出了教室，然後衝到鄭如夏班上，不顧老師和同學詫異的眼光，把她從座位上牽出來，帶著她往陽光裡跑。

這一次，我要讓她住進我的日常，保護她的天真，成為此生的不虛此行。

晚上回到家，我從書包裡找出鑰匙，打開鏽跡斑斑的鐵門，聽到廚房裡有動靜，我以為是爸爸提前下了班。

來到廚房，我看到一個背影陌生得像是上個世紀見過的女人，正背對著我在水池裡洗菜。

我眼前瞬間盈滿了霧氣，雙唇微顫著，說不出一句話來。

她倏爾轉過身，嚇了一跳：「哎喲，你要嚇死老媽啊。」

眼淚堆積，視界一團模糊。

她轉回身繼續做菜，問道：「怎麼回來這麼晚？」

我抹掉眼淚，嚅嚅地說：「拯救世界去了。」

「得了，是不是去網咖玩遊戲玩忘了，你最好給我老實點。」

「好啦，騙不了你。」我衝上去抱住了她。

這晚我失眠了，躺在床上輾轉反側，我有那麼一刻迷茫了，有點分不清是老人夢年少，還是少年夢人老，抑或這就是天堂的一場大夢。人生如逆旅，而我是行人，此刻終於有了勇氣，也有了片刻歡愉。

隨著黎明破曉，我緩緩閉上了眼睛。

後記

其實每個人的一生，無論好與壞，都有規律可循，任何事都有因與果。

他不是一個生活自帶彈幕的小孩，童年青春期的二三事也最多跟上課放學、打電腦遊戲和無限量的吃吃睡睡有關，所以長大以後的他，每次聽到別人童年圈地玩槍，學生時期蹺課打架，還有特別不在乎結果地想愛愛，想恨恨，都由衷羨慕。

小時候的他，個兒不高，還胖，去店裡買牛仔褲輪不到他挑，只能牛仔褲挑他。他朋友很少，所以習慣跟自己玩，用作業本寫小說，在課桌上畫鉛筆畫。

直到有個女孩走到他的世界裡，打破他的安全區，成為他光榮早戀的另一半。那個時候，校服就是最自豪的情侶裝，曾經難吃的食堂，校園門口的髒攤子，還有每逢下雨就積水的泥路，都因為跟那個女孩再次體驗，成為日思夜想的存在。

那會兒，親嘴擁抱是不合規範的，但創作力是無窮的，戀愛只維持了一年，但情書寫滿了兩箱。

大學畢業後，他才意識到，在學校四年還是過得太謹慎了，原來大學就是社會的試煉場，應該在保持善良的前提下盡可能多張揚。而後他隻身來到北京，住邁不開腿的小房子，賺靠寫小說混來的稿費。

北漂南漂全世界的漂此時都感同身受，故事大多略同，此處省略一千字。

他迷信於大城市的人際交往，在杯盞三國殺狼人殺遊戲間贏得了很多「朋友」，誰知道後來微信發明出來，掃一掃就可以稱兄道弟，白瞎了當初耗費那麼多時間經營友情。

後來啊，人走茶涼，原來所謂的朋友真的可以在人生這條路隨時上下車的。那個時候他二十二歲，明白原來人跟人的關係不是自己刻意去找，去費心經營，或是強迫自己變得很合群。所有為你鼓掌的人，是因為你好，而不是因為你很會講笑話，很會聊天，或者很努力。

說到努力，努力不是使勁兒，不是早上起床用的那股勁兒，而是運動舉鐵到身體極限時，那一絲快昏厥過去的窒息感。

後來他體驗到了。

06：00

他成為別人眼裡的「小有成就」，做自己喜歡的事還能養活自己。他一直跟別人說，自己是個幸運的人，但很少提過程。

提過程的人都太矯情，就跟現在很多人，一不順利就怪水逆，有時候還是要從自身找原因，比如長得難看等等。

幾本書的成績之後，他有想過還能寫什麼。

那些雞湯已經悉數分享，腦海裡可用的愛情素材也記憶體不足。

他想到自己小學在作業本上提筆的念頭，是一篇科幻小說。於是決定，寫故事，真正意義上的故事，每一個寫作者最該有的能力——製造夢境。

他這本書的造夢過程可謂百感交集，有一篇把自己寫哭了，自斟自飲了一瓶酒，有一篇因為從未嘗試過這樣格局的題材，把自己耗盡到生無可戀，寫不下去，不想回訊息，不想開電視，不想拼積木，不想跟朋友喝茶聊天，甚至打開外賣軟體也興趣缺缺。他甚至去網上查抑鬱的症狀，他是個人生信條裡只有「我爽了」和「我不爽」的白羊座，此刻渾身卻被焦躁塞滿。

終於完稿的那刻起，他真的像重新活了一次。

他跟自己說，這十幾萬字，不論讀過它的人喜歡或討厭，他對自己的人生走到目前為止，已經有了交代。

這是他這二十多年來，平淡生活和幸運之神的眷顧裡，對情感和活著這兩件事的全部感受。

09：00

他不是一個愛作計畫的人，人的大多數煩惱都來源於自我設計，但他喜歡幻想，比如幻想一下半百之後的人生會是什麼樣子。

那個時候他應該跟他愛的人堅定地共同邁入下一段人生，他心裡還是住著小孩，朋友也不算多，他應該也挺自戀的，對生活必須高標準嚴要求，當然他會終身帶著寫字的興趣，仍然不奢望自己的書能讓人記一輩子，只期待每一個當下的作品都能陪伴喜歡他的人一陣子，而那一陣子，很可能改變很多事的發展。

他應該還是很喜歡拼積木，喜歡傻笑，沒心沒肺的，他會不會長高，你問我？我不知道。

00：00

人會老會死，但他相信，靈魂會在某個空間醒來，與相愛的人重新認識。

小的時候想快點長大，長大了又懷念一覺醒來的班級時光。世上的事皆是因果，謝謝他堅持了這麼多年，也謝謝你一路開朗，你才能翻開他的書，他才能講故事給你聽，成為彼此的陪伴。

閉上眼，冥想幸福，再睜開眼的時候，我們就是新的自己了。

國家圖書館出版品預行編目資料

後來時間都與你有關 / 張皓宸著. -- 初版. -- 臺北市：皇冠, 2018.10
面；　公分. -- (皇冠叢書；第4717種)(張皓宸作品集；2)

ISBN 978-957-33-3401-9(平裝)

857.7　　107015498

皇冠叢書第4717種
張皓宸作品集 2

後來時間都與你有關

作　　者—張皓宸
發 行 人—平雲
出版發行—皇冠文化出版有限公司
台北市敦化北路120巷50號
電話◎02-27168888
郵撥帳號◎15261516號
皇冠出版社(香港)有限公司
香港上環文咸東街50號寶恒商業中心
23樓2301-3室
電話◎2529-1778　傳真◎2527-0904
總 編 輯—龔橞甄
責任主編—許婷婷
責任編輯—陳怡蓁
美術設計—王瓊瑤
著作完成日期—2017年7月
初版一刷日期—2018年10月

法律顧問—王惠光律師
有著作權・翻印必究
如有破損或裝訂錯誤，請寄回本社更換
讀者服務傳真專線◎02-27150507
電腦編號◎567002
ISBN◎ 978-957-33-3401-9
Printed in Taiwan
本書定價◎新台幣350元/港幣117元